ET SI C'ÉTAIT
sous mes yeux

Roman sentimental

© 2025 Vasuki Woehrel
Édition : BoD · Books on Demand, 31 avenue Saint-Rémy,
57600 Forbach, bod@bod.fr
Impression : Libri Plureos GmbH, Friedensallee 273,
22763 Hambourg (Allemagne)
ISBN : 978-2-3225-5977-0
Dépôt légal : Avril 2025

*À mon mari,
qui a accepté de jouer aux jeux vidéo pendant que j'écrivais.
Je t'aime dans tous les univers.*

*À tous celles et ceux
qui se laissent guider par leur évidence et leur instinct
pour vivre pleinement l'amour.
Vous avez raison, foncez.*

Scannez la playlist sur votre application Spotify
pour accompagner votre lecture en musique.
ou
https://tinyurl.com/sousmesyeux

CHAPITRE 1 - *Rider in the Storm* *(Snoop Dog, The Doors)* - page 9

CHAPITRE 2 - Cruel Summer *(Taylor Swift)* - page 25

CHAPITRE 3 - Lucky *(Hoobastank)* - page 43

CHAPITRE 4 - I wanna hold your hand *(Glee Cast)* - page 61

CHAPITRE 5 - Secrets *(One Republic)* - page 79

CHAPITRE 6 - Mirrors *(Boyce Avenue, Fifth Harmony)* - page 97

CHAPITRE 7 - Chihiro *(Billie Eilish)* - page 115

CHAPITRE 8 - Isn't that enough *(Shawn Mendes)* - page 131

CHAPITRE 9 - Complett mess *(5 Seconds Of Summer)* - page 151

CHAPITRE 10 - Follow you *(Imagine Dragon)* - page 173

CHAPITRE 11 - Blue *(Zayn)* - page 191

CHAPITRE 12 - Paradise *(Coldplay)* - page 211

CHAPITRE 13 - This is how you fall in love *(Jeremy Zucker, Chelsea Cutler)* - page 231

CHAPITRE 14 - Heart Waves *(Glass Animal)* - page 249

CHAPITRE 15 - Running up that hill *(Placebo)* - page 269

CHAPITRE 16 - Over and over again *(Nathan Sykes)* - page 291

ÉPILOGUE - Die with a smile *(Lady Gaga, Bruno Mars)* - page 313

Ce livre est une œuvre de fiction où les sentiments occupent une place centrale. Les discours des personnages, leur existence même, ainsi que les localisations évoquées s'inspirent de la réalité tout en intégrant une part d'imaginaire. Les propos mentionnés ne peuvent donc être directement associés à des personnes, événements ou lieux existants ou ayant existé, ni prétendre refléter un fait ou porter un jugement sur ces faits, ces individus, ou ces endroits.

Il y a une vingtaine d'années, certaines âmes dans le monde se réveillaient avec des initiales gravées dans l'esprit, des fragments d'un rêve obscur qui les hantaient dès l'aube. Ces visions, troublantes et mystérieuses, semblaient osciller entre le réel et l'au-delà, laissant derrière elles une lueur fugace de prémonitions.

Certains y voyaient des avertissements, des reflets d'un destin encore caché, tandis que d'autres les interprétaient comme des murmures venus d'une autre réalité. Les initiales n'étaient que des échos d'un puzzle plus grand, un éclat dans l'ombre d'une conscience éveillée, promettant une vérité à découvrir.

Dans l'immensité de l'univers, parmi toutes ces initiales, deux êtres distincts rêvaient de l'autre, inséparables, comme deux battements de cœur.

Celle de deux âmes sœurs.

CHAPITRE

1

Rider in the storm

« Je n'ai jamais vraiment cru en l'amour ni en la destinée. Sans repère pour l'envisager, j'ai toujours choisi de me fier aux décisions et au pouvoir de tracer mon propre chemin. »

- Seth

8 Juillet

EA

Seth ouvrit les yeux avec difficulté, ses paupières encore lourdes de sommeil, comme si un épais brouillard encombrait ses pensées. Il tâtonna, cherchant à éteindre son réveil, tandis que la radio diffusait les nouvelles du matin dans un ronronnement monotone. Les informations, qui se succédaient à travers les ondes, ne lui apportaient aucune consolation, surtout lorsqu'elles parlaient des incendies dévastant les forêts au nord de la Pennsylvanie depuis le début de l'été. L'aube, douce et chaude, perçait timidement entre ses rideaux fermés, l'attirant irrésistiblement en dehors de son cocon de chaleur. Avec un soupir résigné, il comprit qu'il n'avait d'autre choix que de se lever. L'examen de génie civil approchait à grands pas, et il était hors de question d'échouer après tant de nuits passées à réviser, même si l'usure pesait sur ses épaules comme une chape de plomb.

L'arôme du café costaricain filtrant sous sa porte fit naître un léger sourire sur son profil, comme une promesse d'une journée plus clémente. Il se traîna jusqu'à sa salle de bain privée, son esprit encore embrumé. En entrant, les lumières s'allumèrent automatiquement, dévoilant un visage fatigué dans le miroir. À l'aube de son quart de siècle, Seth portait les stigmates de semaines de révisions intenses : des cernes sous ses yeux d'ambre et des cheveux bruns en bataille, témoins de son combat contre le manque de repos. Son reflet lui renvoyait l'image d'un étudiant épuisé, mais déterminé. Il esquissa un sourire en passant une main sur sa barbe soigneusement taillée, appréciant cette allure légèrement négligée qui dissimulait son agitation intérieure.

Enfilant un jean et une chemise cintrée, il masqua ainsi la majorité des tatouages qu'il avait accumulés au fil des ans. Avec le temps, il ne les visualisait presque plus, tant ils faisaient partie de lui, de sa peau. Pourtant, leur présence surprenait systématiquement ceux qui le découvraient aussi marqué. Certains motifs, audacieux et esthétiques, laissaient entrevoir un esprit rebelle qu'il n'avait jamais cherché à brider. D'autres, plus discrets, murmuraient des histoires oubliées, des fragments de lui que même lui ne prenait plus toujours le temps de regarder.

Il ouvrit les rideaux de sa chambre spacieuse, laissant entrer une lumière dorée qui baignait la pièce d'une chaleur réconfortante. Contrairement à ce que l'on pourrait attendre de la chambre d'un jeune homme de son âge, son espace était propre, presque épuré, un sanctuaire de clarté dans un monde souvent chaotique. Les murs blancs reflétaient sa quête de règle intérieure, tandis que des motifs géométriques peints au plafond ajoutaient une touche artistique, un rappel constant de sa créativité. Sous ce vernis d'ordre, une solitude tenace restait accrochée à lui, comme une ombre impossible à chasser.

Depuis des mois, il dormait seul, hanté par deux initiales qui flottaient dans son esprit chaque fois qu'il fermait les yeux. Elles étaient là, omniprésentes, comme des échos d'un avenir incertain. Ce phénomène mystérieux, surnommé *les empreintes de Cupidon*, déséquilibrait des milliers de personnes aux quatre coins du monde. Pour certains, ces initiales étaient le signe d'un amour prédestiné à travers le temps.

Mais Seth, lui, restait sceptique. Il les considérait plutôt comme une malédiction inexplicable, une perturbation qui brouillait ses pensées et ses espérances.

D'un geste las, il éteignit l'autoradio qui s'était rallumé, interrompant les discussions sur les divorces en hausse, même dans sa petite ville de State College. Ce sujet, devenu omniprésent au fil des vingt années écoulées depuis l'apparition des initiales, alimentait de nombreux débats. Les médias, toujours avides de sensationnel, avaient exploité cette *marque du destin*, plongeant des milliers de personnes dans un tourbillon d'angoisse, une menace qui remettait en question bien plus que des relations humaines.

Descendant les escaliers en bois massif, il fut accueilli par l'arôme apaisant du café fraîchement préparé. La cuisine, meublée dans un style hispanique, se distinguait par ses couleurs chaleureuses typiques d'Amérique latine. Sa mère, impeccable dans son tailleur, se tenait près de la baie vitrée, les yeux perdus dans le jardin. Cet instant simple et quotidien apportait un peu de normalité dans sa vie. Malgré son emploi du temps chargé en tant qu'ambassadrice du Venezuela, elle savait toujours trouver du moment pour ces minutes de calme. Depuis le départ soudain de son père, quinze ans plus tôt, leur relation s'était renforcée, cimentée par une douleur partagée dont ils ne parlaient jamais.

— « *Hola mamá.* »

Il s'avança d'elle et, fidèle à son habitude, la salua en espagnol. À son approche, son sourire s'élargit, comme un rayon de soleil perçant les nuages. Il lui déposa un baiser sonore sur la joue, un geste complice qui les amusa tous les deux, avant qu'elle ne lève les yeux vers lui.

Son regard, d'un mordoré qu'elle lui avait transmis, glissa affectueusement sur son cou, là où certains tatouages se dessinaient. Lentement, elle détacha sa cravate, mal ajustée, la nouant avec une minutie aimante. Sa main frôla son bras, apportant une caresse chaleureuse, une tendresse que ses responsabilités chronophages n'effaçaient jamais complètement.

Malgré les notifications incessantes sur son téléphone posé sur le plan de travail, elle n'y prêta guère attention. Une étincelle de fierté égayait ses iris, conférant à son visage un éclat particulier. Elle était constamment sollicitée, mais à cet instant, tout semblait appartenir à un autre monde. Dans la lumière douce de la cuisine, elle n'avait d'yeux que pour lui.

— «Tu grandis si vite», dit-elle, une note d'admiration vibrante dans la voix.
— «Parce que tu regrettes vraiment toutes les nuits blanches que je t'ai fait passer?» répliqua-t-il, un sourire amusé aux lèvres.
— «Laisse-moi donc croire que je peux te porter», répondit-elle, un éclat de défi tendre dans le regard.

Il la surpassait désormais d'une bonne tête, et une lueur espiègle éclaira le visage de sa mère. Il leva sa tasse pour la tinter contre la sienne dans un clin d'œil.

— «On mange ensemble à midi? Je peux venir te chercher après ton examen, sauf si tu as déjà des engagements de prévus. Ou si tu préfères déjeuner avec tes amis, je comprendrai.»
— «Avoue que tu n'as vraiment pas envie que je te traîne en moto, hein?»

Seth aimait taquiner sa mère, saisissant chaque occasion de la faire sourire. Il comptait effectivement voir Liv et Keir, mais plutôt en soirée, probablement autour de pizzas et de fenêtres grandes ouvertes - un rituel habituel pour eux. Il avait donc tout le temps de profiter de sa présence à elle à midi.

— «J'ignore toujours pourquoi j'ai accepté que tu l'achètes, alors sois déjà bien content», répondit-elle en fronçant légèrement les sourcils, l'ombre d'une inquiétude dans son regard.

Chaque fois qu'il partait en moto, une appréhension la gagnait naturellement, même si elle savait qu'avec les beaux jours d'été, il préférait la liberté des deux-roues et n'avait encore jamais eu d'accident.

— «Parce que tu m'as élevé de manière responsable», répliqua-t-il, un sourire arrogant aux lèvres.

Elle lui donna un pincement amical au bras, avant de répondre à l'appel qui interrompait leur moment. Profitant de cette pause, Seth termina sa tasse de café, lâchant quelques friandises à son chat qui arriva de nulle part. Tout en le caressant derrière les oreilles, il jeta un regard autour de la vaste cuisine, presque abandonnée depuis que sa mère avait grimpé les échelons de sa carrière. Il se souvenait encore de leur petit appartement à Brooklyn, de la vue sur la rue animée, avant leur déménagement en Pennsylvanie. Ce quartier résidentiel sécurisé l'avait accueilli, avec une chaleur qui rappelait leurs débuts, un nouveau départ plein de promesses.

Voyant qu'elle s'éternisait au bout du fil, il sortit son propre portable, souriant en apercevant les émoticônes peu flatteuses que ses amis lui avaient envoyées pour lui souhaiter bonne chance. Le temps filait, et il se hâta de déposer sa tasse dans l'évier, un mouvement qu'elle remarqua.

— «Fais attention à la route», murmura-t-elle, couvrant de sa paume le microphone de son téléphone, avant de l'attirer contre elle pour l'embrasser. «Bonne journée, mon chéri!»

Elle savait qu'il n'avait pas besoin de chance pour ses examens. Seth n'était pas un génie des études, mais sa discipline rigoureuse et ses efforts constants l'avaient placé parmi les meilleurs. Bientôt, il serait architecte et ingénieur reconnu. Cette certitude, dans certains cas perçue comme de l'arrogance, lui ouvrait des portes avec une facilité déconcertante. Pour lui, ce n'était pas de la prétention, mais une conviction tranquille, nourrie par l'ambition que sa mère avait toujours soutenue.

Enfourchant sa moto, casque ouvert sur la tête, il prit la direction du centre-ville, profitant de cette étrange légèreté qui l'envahissait à chaque fois. Le vent, frappant son visage, apporta une vague d'évasion inattendue. Sur sa monture, il était le seul maître de son destin, une illusion temporaire, un moment suspendu dans le tumulte de la vie.

Pourtant, à chaque virage, à chaque ligne droite, ses pensées revenaient aux initiales qui le hantaient à chaque réveil : E.A. Elles flottaient dans les recoins de sa conscience, insaisissables, comme une énigme à résoudre. Alors que certains cherchaient leur âme sœur à travers ces lettres, brisant des relations intactes pour les poursuivre, Seth restait distant de cette idée de prédestination. Les liens humains, selon lui, se construisaient patiemment, sur la communication et le respect, non sur un code mystérieux inscrit dans leur esprit. Malgré tout, dans les méandres de ses pensées, la curiosité persistait. Qui était cette personne ? Avait-elle aussi les initiales de Seth en tête ou avait-elle choisi de se soumettre à sa propre liberté ?

Seth accéléra, les bâtiments défilant autour de lui dans un flou indifférent, comme si le monde entier s'effaçait sous l'impulsion de sa fuite. Il n'échappait pas seulement à la circulation dense ou à l'intersection manquée, mais à un trouble plus profond, une fatalité contre laquelle il luttait depuis toujours. Le visage de son père s'imposa à son esprit, cet homme qui, un jour, avait abandonné tout ce qu'il possédait pour suivre celle qu'il pensait être son âme sœur.

Ressentait-il encore de la rancœur envers lui ? La réponse s'infiltrait dans son cœur comme une aiguille, malgré lui. Oui, sans doute. Le serment brisé du *Je serais à tes côtés pour le meilleur et pour le pire* n'avait jamais quitté sa mémoire. Une trahison qui, bien qu'ancienne, continuait de modeler sa vision du destin, l'irritait autant qu'elle fascinait les autres. Les médias se délectaient de chaque nouvelle rupture ou ultime échec sentimental, alimentant ce récit d'illusions fatales : qui serait le prochain à se brûler les ailes en courant après un amour supposément prédestiné ?

Seth secoua la tête, essayant de rejeter ces pensées. Il avait d'autres priorités. Aujourd'hui devait marquer la fin de ses six premières années d'études, une étape qu'il aurait pu célébrer, même s'il lui restait encore quelques années d'alternance à faire pour consolider ses compétences professionnelles. Pourtant, ce poids sournois de l'incertitude l'accompagnait, implacable. Ses perspectives ? Ses rêves ? Tout semblait flou, étouffé par une amertume qu'il peinait à dissiper.

Il finit ainsi par zigzaguer entre les voitures, scrutant chaque angle mort, se faufilant dans la circulation qui se densifiait à l'approche du centre-ville. Aujourd'hui, il penserait à sa future carrière uniquement. La semaine commençait, l'été approchait, et la lumière du soleil inondait les vitrines et les immeubles près du parc. Cette clarté aveuglante l'obligea à incliner son casque, mais il rata malgré tout l'intersection où il aurait dû tourner. Un soupir agacé lui échappa alors qu'il vérifia sa montre, jetant un coup d'œil rapide à son poignet.

Il ne vit pas tout de suite la voiture qui s'était brusquement arrêtée à sa gauche ni la silhouette qui surgit soudain sur la chaussée. Par réflexe, il serra le frein et tenta de l'esquiver, mais la bécane dérapa. Le guidon lui glissa entre les doigts et, déséquilibré, il sentit son corps basculer, sa jambe frottant contre le bitume. Dans un bruit sourd, la moto racla le sol sur le flanc et finit sa course contre un arbre tandis que Seth était projeté plus loin, ses bras croisés devant lui pour se protéger.

Le silence qui suivit fut singulier, presque irréel. Étourdi, Seth tenta de rassembler ses pensées. Les éclats de cris distants, les silhouettes qui l'entouraient, cherchant à l'aider, paraissaient étrangers, comme si elles appartenaient à une autre scène.

— *« Vite, appelez les secours ! Ils sont blessés ! »*

Des passants s'agitaient autour de lui, leurs voix entrecoupées, lui demandant s'il allait bien. Il dénoua les lanières de son casque avec difficulté, son corps encore sous le choc, mais il constata que ses mains étaient intactes. Son flan droit, en revanche, le faisait souffrir sous le blouson qui avait amorti une partie de l'impact. Clignant des yeux pour s'habituer à la lumière vive, il chercha du regard sa moto. Elle gisait là, retournée, les roues tournant dans le vide, et une douleur sourde étreignit son cœur.

— « Elle est où ? » murmura-t-il, la gorge sèche.

Il dut répéter sa question pour être entendu, et se redressa lentement malgré les protestations de ceux qui voulaient le maintenir allongé. Ses côtes et ses genoux le faisaient grimacer, mais il se mit debout, boitillant, poussé par une impulsion qu'il ne comprenait pas tout à fait. Jetant son casque par terre, il fendit la foule qui s'était formée autour d'une silhouette étendue sur le sol, une main serrant encore les restes d'une mallette éclatée en morceaux.

Ses oreilles bourdonnaient alors qu'il s'approchait, ses yeux scrutant chaque détail de cette personne qu'il avait cru éviter de justesse. Son attention remonta le long de jambes couvertes de taches de sang, un pantalon déchiré laissant apparaître des égratignures. Ses muscles se contractaient malgré lui, chaque fibre de son être tendu vers elle, pris dans l'angoisse.

Sous le choc, elle demeurait immobile, son regard rivé à sa main, les paupières battant doucement comme pour chasser l'irréalité de la scène. Lentement, elle tenta de se relever, en dépit des inquiétudes soulevées par les passants autour d'elle. Elle siffla faiblement entre ses dents tout en jetant un coup d'œil rapide à ses blessures. Puis, ses yeux se figèrent en apercevant les chaussures de Seth qui venaient probablement d'entrer dans son champ de vision. Il imaginait sans mal ses oreilles bourdonnant autant que les siennes, les sons de la rue étouffés dans une bulle de confusion. Son regard finit par se fixer sur un semblant d'étui entrouvert, plus loin sur le trottoir.

— « Ne te relève pas. » Sa voix, basse, mais ferme, tentant de capter son attention.

Il savait d'avance ce qu'elle cherchait, devinait déjà son inquiétude pour cet objet, jeté sous le choc et reposant désormais sous sa moto. Elle hésita, ne bougeant pourtant pas, guettant malgré tout son bien qu'il avait percuté de plein fouet.

— « Ça peut attendre, il y a plus urgent », insista-t-il, essayant de la calmer.

Seth s'agenouilla lentement devant elle, une légère tension dans ses traits trahissant la douleur de son mouvement. Son regard tentait de croiser le sien, mais elle l'évitait, fixant un point invisible sur le côté, comme si elle ne réalisait pas ce qui venait de se produire. Aucune sirène de l'ambulance, et autour d'eux, la foule s'amassait, des voix soucieuses leur demandaient s'ils allaient bien. Mais Seth n'avait d'yeux que pour elle, absorbé par ce besoin de s'assurer que son état de choc n'avait pas compromis ses réflexes vitaux. Ses propres mains tremblaient légèrement, tandis que la vérité s'imposait à lui : il avait causé un accident, blessant quelqu'un d'autre. Une peur s'insinuait en lui, froide et insidieuse.

— « Tu sais quel jour on est ? » murmura-t-il, cherchant à vérifier sa lucidité.

Lorsque, enfin, elle leva finalement vers lui ses prunelles d'un bleu troublant, Seth se sentit suspendu dans une fraction de seconde qui étirait le temps. Il se vit dans son regard, abîmé, inquiet, mais frappé par une douceur inattendue. Une sorte de sérénité émanait d'elle, même en cet instant d'angoisse, et une présence inexplicable s'insinuait en lui, le plongeant dans un tourbillon d'émotions. Il essaya de se concentrer pour lui poser de nouveau la question, mais elle détourna soudainement son visage, prise de conscience du chaos qui les entourait, là, au bord de la route. Dans ses iris, une peur à peine dissimulée, un appel silencieux que Seth percevait dans chaque infime mouvement de ses prunelles.

Elle hocha lentement la tête en guise de réponse, écartant une mèche rousse qui s'était échappée d'un chignon qui avait sans doute été impeccablement soigné avant le choc. Son geste trahissait une nervosité palpable, une tension qui semblait s'amplifier face aux regards curieux. Elle avait l'air d'un animal pris au piège, figé sous la lumière aveuglante de l'attention des passants. Une dame tenta de s'avancer pour l'aider, mais Seth la repoussa en douceur alors que la blessée amorçait instinctivement un mouvement de recul, sans perdre son calme. Elle fixa de nouveau l'étui brisé.

— « Je m'en occupe. » Sa voix, assurée, mais sans agressivité, indiquait clairement qu'il ne laisserait personne l'approcher.

Il jeta un coup d'œil à sa moto, échouée plus loin sur le trottoir, ses roues immobiles, comme vaincues. Mais ce qui attira surtout son regard, ce furent les morceaux éparpillés autour d'elle : des éclats de bois rompu, des cordes fines qui lui rappelaient la guitare qu'il avait autrefois possédée. Il y avait aussi divers fragments de l'instrument désormais irréparable, qui ne verrait probablement plus jamais une scène. Ce qu'il devina être un violoncelle, à en juger par le grand étui éventré qui l'avait contenu, avait été réduit en pièces, et il comprit que cela représentait bien plus qu'une simple perte matérielle pour elle.

Elle posa alors une main tremblante sur son bras, et toutes les pensées tourbillonnantes de Seth s'évanouirent. Ce geste léger, presque inconscient, lui rappelait l'ampleur des conséquences de cet accident. Au loin, il perçut enfin les sirènes qui approchaient, et, comme par réflexe, elle resserra sa prise sur lui, cherchant un ancrage, une présence réconfortante. C'est à ce moment-là qu'il distingua la chair rougie de ses paumes, là où elle avait dû heurter le sol. Un parfum délicat de cerise flottait autour d'elle, un détail incongru dans ce chaos qui l'entourait.

— « Je vais le récupérer après », murmura-t-il en posant sa main sur la sienne, tentant de l'apaiser.

Ses yeux bleus s'étaient alors virés vers les tatouages ornant sa peau, les observant un instant avant de relever le menton. Elle eut un éclat subtil dans son exploration, et Seth y décelait une inquiétude qui semblait se tourner vers lui, ignorant la douleur que devaient causer ses propres blessures. Contrairement à lui, qui ne prêtait guère attention à ses dessins encrés, elle les scrutait avec une infinie délicatesse, effleurant les lignes des motifs. Il déglutit, ravalant son stress, avant de remarquer un mince filet de sang perlant sur sa tempe. Instinctivement, il tendit les doigts, essuyant prudemment les contours de la lésion, pourtant encore inconscient de la fragilité de ce moment.

— « Ils vont te soigner, ça va aller. »

Elle ne réagissait presque pas, comme si la caresse de ses yeux sur ses propres phalanges lui servait d'amarre, un moyen de rester connectée à une autre réalité malgré la confusion qui les entourait. Son calme olympien détonnait, telle une façade impénétrable, mais Seth percevait sa lutte étouffée contre des démons invisibles. Il nota alors une boursouflure à la base des son cou, dissimulée à moitié par le col d'un sweat-shirt bien trop chaud pour l'été, une absurdité de plus qui faisait naître en lui une vague de malaise. Elle refusait de parler, et cette immobilité le rendait nerveux ; il ne comprenait pas ce qui retardait autant les secours. Les secondes semblaient se distendre, chaque instant chargé d'une tension palpable, tandis que ses yeux dérivaient sur les égratignures éparpillées sur sa peau, les signes de précédents chocs sur son corps.

Il se rendit compte qu'elle ne bougeait presque plus, mais qu'elle s'affaissait légèrement contre lui, relâchant un souffle tremblant sur son épaule. Sa respiration, de plus en plus lourde, se mêlait aux murmures de la foule qui les entourait. Seth glissa sur ses pieds pour mieux la soutenir, remarquant ses paupières se fermer lentement, comme si elle luttait cette fois pour ne pas se laisser emporter.

— «Regarde-moi, ne t'endors pas!» Sa voix, tendue et pressante, fendit l'air comme un éclat d'urgence.

Sa panique était évidente, s'infiltrant dans chaque fibre de son être. Son cri alerta la foule qui se compacta autour d'eux, les observant avec une inquiétude manifeste.

Puis, soudainement, Seth se sentit nauséeux, pris de vertige et quelqu'un lui enleva le poids de la jeune femme alors que le sol semblait s'effondrer sous lui. Les sirènes s'étaient stoppées à petite distance d'eux, des portes métalliques claquèrent avec fracas, résonnant dans cette brume figée. Mais elle, elle ne lâchait pas son bras, agrippée comme si elle s'accrochait à la seule ancre stable dans ce monde vacillant. Les ambulanciers s'agenouillèrent rapidement près d'elle, leurs gestes précis et coordonnés, tandis que les agents de police tentaient de canaliser la circulation et d'éloigner les curieux.

— «Constante faible, plaies à la tête et aux quatre membres. Vous vous appelez comment, mademoiselle?» demanda l'un des secouristes, en ajustant délicatement une minerve autour de sa nuque pour sécuriser son transport.

Un autre évalua aussitôt ses inflammations, puis se tourna vers Seth.

— «Blessures superficielles, mais cœur en tachycardie. Monsieur, nous allons devoir vous conduire à l'hôpital également. Quel est votre nom?»

Les questions s'enchaînaient, mais Seth n'entendait que les mots comme des échos lointains, sa voix répondant presque par automatisme, comme s'il était déconnecté de son propre corps. À ses côtés, la jeune femme était allongée sur un brancard, les ambulanciers la chargeant dans le véhicule avec des gestes rapides, mais précautionneux, tandis qu'il la suivait sur une civière.

La camionnette démarra activement, et Seth ne pouvait détacher son regard de ses doigts fins, salis de sang, qui frémissaient en cherchant les siens. Alors que ses yeux se fermaient, sombrant dans une noirceur profonde, il sentit la pression légère de sa main glisser, un dernier contact avant le silence.

Et s'il ne la revoyait plus ?

CHAPITRE 2

Cruel Summer

« Je n'ai pas compris. Elle était là, tout près de moi, et soudain, quelque chose a bouleversé toutes mes certitudes. Puis elle est partie, laissant une trace, légère... comme une marque. »

- Seth

20 Juillet

Secoué par son meilleur ami qui venait de s'allonger sur son lit sans la moindre cérémonie, croisant les jambes avec une désinvolture déconcertante, Seth grogna pour la énième fois depuis le début de la journée. Ses pensées tourbillonnaient dans son esprit, l'angoisse l'assaillant alors qu'il ressassait les mêmes idées depuis son réveil. Keir, toujours enjoué, laissa échapper un sourire complice avant de lui donner un coup de coude fraternel, ce qui le fit vaciller légèrement, tant l'imposante stature de son ami était déroutante.

— «Ça va, l'ours mal léché? Tu sais, tu vas pouvoir rattraper tes examens avant la rentrée», avait lancé Keir d'un ton taquin, comme pour adoucir l'atmosphère.
— «Ce n'est pas ça», râla Seth, confirmant malgré lui sa mauvaise humeur.

Cela faisait déjà deux semaines qu'il avait pu sortir de l'hôpital. Deux longues semaines passées principalement dans la villa, sous les conseils insistants des médecins et, surtout, sous l'ordre protecteur de sa mère. Ils avaient tous été clairs, son cœur avait besoin de repos. Bien qu'il puisse se prélasser dans le jardin verdoyant et que la maison ne manquât pas d'activités pour occuper ses journées, Seth se sentait comme un oiseau en cage, étouffé par une routine qu'il aurait préféré voir s'écourter.

Juste à ce moment-là, une voix féminine brisa le silence, résonnant sur le pas de la porte et apportant l'odeur des couloirs propres de l'hôpital.

— «Allez, debout maintenant!»

Liv, leur meilleure amie, avait au dernier moment pu les rejoindre après de longues heures de garde, et Seth jeta un coup d'œil à sa montre, réalisant à quel point le temps avait filé. Absorbé par la série de films qu'ils avaient enchaînés, il n'avait pas remarqué la fin de l'après-midi approché, perdu dans ses pensées. Même son chat, jusque-là paisiblement installé sur la couette, laissa échapper un miaulement de protestation avant de quitter la pièce en quête de calme.

Tournant alors son attention vers Keir qui haussa les épaules, l'air de ne pas comprendre ce qu'elle faisait là, Seth plissa les yeux vers son ami, son meilleur suspect. Il savait que ce dernier voulait le sortir de son apathie, mais au fond de lui, il aurait préféré réfléchir un peu plus longtemps à cet accident sans être dérangé. En pivotant vers Liv, qui s'était posée sur le rebord de sa fenêtre près du balcon, il sentit un frisson d'été parcourir son corps avant de regarder Keir. Lui n'avait pas détaché ses yeux de la jeune femme, ses pupilles brillants d'une nostalgie qu'il reconnaissait trop bien.

Malgré leur amitié remontant à l'adolescence, Seth savait que le métis n'avait jamais vraiment réussi à passer un autre cap depuis sa rupture avec Liv. Leur aventure n'ait duré que quelques mois, mais elle avait suffisamment marqué Keir pour que Seth comprenne, au fil du temps, que son meilleur ami n'avait toujours pas tourné la page. Cela transparaissait dans ces instants où Seth, d'un coup de coude furtif, finissait par le ramener à la réalité.

— « Tu es vraiment un traître », lâcha-t-il, bien qu'un sourire discret, mais irrépressible, s'insinuait au coin de ses lèvres, dénotant malgré lui un plaisir sincère dans cette camaraderie taquine.

— « Ne rejette pas la faute sur lui tout de suite. Il m'a juste dit que tu n'avais à peine remarqué qu'il t'avait repassé deux fois de suite le même film », rétorqua Liv, une fraîcheur malicieuse dans le regard.

Seth leva les yeux au plafond, un soupir de lassitude échappant de sa poitrine. Adossé contre la tête de lit, il observa Liv ouvrir les rideaux, inondant la pièce d'une lumière rayonnante qui mettait en valeur ses cheveux blonds. Il émit un râle pour protester contre cette terrible habitude qu'elle avait de réveiller ainsi tous ses patients. Keir, le plus rapide, lança un coussin en direction de Liv. Elle l'attrapa en plein vol avant de le renvoyer vers Seth, qui intercepta l'objet avec un sourire mutin, feignant d'étouffer le traître dans un éclat de rire.

Malgré le poids des années et les parcours scolaires divergents qu'ils avaient empruntés, ce moment leur permettait de revivre la légèreté insouciante de leurs seize ans, lorsqu'ils étaient tous dans le club de sport du collège. Cependant, l'importance de leurs ambitions pesait actuellement sur leur quotidien. Liv était en plein milieu de sa sixième année de médecine et peinait à gérer ses stages à l'hôpital et ses cours, même pendant les vacances. De son côté, Keir persévérait dans la poursuite d'une carrière professionnelle au sein d'une équipe locale de basket-ball qui devait se positionner en ligue, comme depuis cinq années consécutives.

Quelques minutes après que les rires eurent fini de résonner dans la pièce, Seth se leva à son tour, se dirigeant vers la fenêtre. Il poussa légèrement les jambes de Liv pour chercher le cendrier caché derrière le volet.

À ce geste, il sentit ses lèvres se plisser, conscient qu'elle n'aimait pas vraiment ce réflexe qu'il avait depuis des années, mais qu'elle acceptait, ses yeux perçants le fixant sans jugement. Alors qu'il allumait une cigarette en silence, il s'efforça de veiller à ce que le nuage de tabac ne vienne pas vers elle. Keir s'était levé du lit pour les rejoindre, le regard rivé sur l'écran de son téléphone qu'il tapotait frénétiquement, avec une aisance habituelle.

— «Tu as pensé à fouiller les réseaux sociaux?»

Seth laissa échapper la fumée par son nez, exprimant sa frustration dans un grognement sourd. Il n'avait jamais été un grand fan de cette technologie, contrairement à ses amis, en grande partie à cause de l'expérience désagréable qu'il avait vécue avec les *empreintes numériques de Cupidon*, un flot incessant de messages clamant ses initiales. Malgré leur proximité, c'était un sujet tabou entre eux, et il ignorait même s'ils se réveillaient, eux aussi, comme lui, hantés par des pensées inachevées.

Keir avait compris depuis un moment les raisons de son agitation. Ce n'étaient pas tant les examens manqués qui le préoccupaient, d'autant qu'il avait pu en repousser la date à la fin de l'été pour les rattraper. C'était bien cette image d'Elle qui, sans effort, avait balayé toute autre inquiétude pour s'imposer dans son esprit.

— «De quoi il parle?» demanda Liv, tournant son regard curieux vers Seth, attendant une réponse de sa part, plutôt que celle de Keir.
— «De la fille avec qui il a eu l'accident», lança son meilleur ami, sans même lever les yeux de son écran.
— «Oh… je vois», murmura la jeune femme, l'observant attentivement, un léger sourire sur ses lèvres roses, consciente de l'impact de cette révélation sur lui.

Après avoir soulevé une tempête chez sa mère, qui, en plus d'un possible trouble cardiaque, avait retenu que Seth avait dû faire des analyses de sang afin de vérifier qu'il n'était pas sous l'emprise de substances au moment de l'incident. Il n'avait toutefois subi aucune poursuite judiciaire. Bien qu'il fût fautif à 100 %, il n'y avait eu aucune plainte contre lui et il avait appris que la jeune femme avait disparu peu après avoir été amenée à l'hôpital avec lui.

Sa mère, pleine d'inquiétude, avait immédiatement annulé tous ses rendez-vous pour venir le houspiller sur le fait de ne jamais retirer son casque après un accident de moto. Elle lui avait ensuite interdit de conduire son 'engin de malheur', avant de finalement avouer que le garagiste effectuait les réparations.

Pourtant, rien de la bécane, ni même de ses propres blessures n'avait autant retenu son attention que le regard atypique de la jeune femme dont il ne connaissait à peine pas le nom. L'hôpital n'avait fourni aucun renseignement, et les avocats de sa mère avaient de surcroît été clairs : c'était une chance qu'elle soit partie sans un mot, laissant ainsi cet incident sombrer dans l'oubli.

— «Tu ne voudrais pas que je fasse jouer mes contacts dans le service, histoire de voir si quelqu'un peut nous aider à la retrouver ? J'en ai forcément un qui me doit une faveur», suggéra sa meilleure amie, sans la moindre hésitation.

— «Non», fit-il en secouant la tête.

Pourtant, malgré cette réponse immédiate, ses lèvres brûlaient d'articuler un oui. Il ne pouvait l'empêcher de proposer son soutien, mais il tenait à ce que Liv ne perde pas son poste de résidente par excès de zèle, pas à cause de lui.

— «J'attends de voir ce qu'en dit le luthier», soupira Seth, comme une finalité.
— «À part t'annoncer qu'il est irrécupérable ?»

Seth poussa un sifflement à l'adresse de Keir, qui le perturbait par son absence de délicatesse. Mais son ami avait raison, après tout ; il ne pouvait se bercer d'illusions alors qu'une des roues de sa moto s'était encastrée dans le précieux violoncelle, les débris de bois ne se rassemblaient pas si facilement.

Un silence pesant s'installa soudain dans son esprit, troublé par des questions s'accumulant sans réponse. Pourquoi ne lui avait-elle pas prononcé un mot? Pourquoi s'était-elle évaporée sans un regard en arrière? Il se serait précipité pour régler la facture de ses soins, s'il avait imaginé que c'était cette crainte qui l'avait fait fuir, se considérant comme entièrement responsable. Mais on lui avait dit qu'elle avait quitté les urgences sans un bruit, avant même de pouvoir être examinée. Il aurait été prêt à lui offrir un autre violoncelle, mais elle était partie, laissant derrière elle un vide lourd de secrets. Où était-elle?

Il tira une nouvelle bouffée de sa cigarette, ses pensées interrompues par les murmures de ses amis, occupés à échafauder un plan pour percer le mystère de son identité. Liv s'était penchée sur l'écran du téléphone de Keir, observant le fil d'informations qui défilait, un soupir de frustration échappant de ses lèvres.

— «Bon, je ne vais rien obtenir d'intéressant en me basant uniquement sur 'rouquine' et 'violoncelle' dans les recherches», fit Keir, légèrement dépité.

Seth aurait facilement pu exprimer son agacement par un grognement, mais il se retint de partager encore son humeur maussade. Il réalisait qu'il était difficile de savoir qui était cette jeune femme qu'il n'avait vue qu'une seule fois. Ses amis, présents à ses côtés comme un rempart contre son scepticisme, lui offraient un soutien inestimable. Il souffla, se demandant quelles étaient les possibilités de recroiser cette silhouette dans les rues d'une ville aussi vaste.

— «Et un détective?» tentait Liv dans un dernier essai, doutant elle-même de cette éventualité.
— «Je ne peux pas, les avocats me l'ont interdit. L'incident est clos, et il ne doit pas dépasser la sphère privée. Pas de fuite dans les médias. Je devrais me considérer chanceux que ma mère n'ait pas été épinglée à cause de moi.»

Liv laissa échapper un soupir, consciente que les possibilités s'amenuisaient alors que le désir de retrouver la jeune femme lui tenait particulièrement à cœur pour des raisons déontologiques. Future médecin, elle ne pouvait rester indifférente à l'état de l'inconnue, probablement livrée à elle-même. L'inquiétude se lisait sur son visage, accompagnée d'un pressentiment qu'elle se trouvait forcément quelque part, privée des soins nécessaires. Quant à Keir, Seth savait que son frère de cœur le suivrait sans se poser de questions.

Alors que le silence de la réflexion s'installait de nouveau dans la chambre, le téléphone de Seth vibra dans sa poche. Il répondit à l'appel, gardant ses amis à l'œil en actionnant le haut-parleur :

— « Bonjour, monsieur Guerrero, je suis l'artisan à qui vous avez confié le violoncelle. Malheureusement… »

Seth expira de dépit, à peine attentif à la suite du message, et raccrocha après les politesses habituelles, sans enthousiasme. En plus de ne pouvoir le réparer à l'identique, il n'y avait aucun numéro de série pour retracer son origine. À cet instant, il aurait donné n'importe quoi pour qu'un nom ou même des initiales soient gravés dans le bois. Réalisant qu'il avait jeté des cendres sur le rebord de la fenêtre, il souffla dessus, distrait, prêt à passer à un autre sujet pour ne pas en parler davantage.

— « Tiens, il y a un conservatoire à côté du parc de l'université en fait », indiqua finalement Keir, plongé dans ses recherches et qui ne manqua pas de lui montrer l'écran de son téléphone.

Et il se surprit à se concentrer sur ce qu'il lui présentait. Il n'avait jamais pensé à cette possibilité : elle possédait un violoncelle, ce qui laissait supposer qu'elle était peut-être membre d'un groupe musical. Il n'était pas rare de croiser des instrumentistes près du jardin public, cherchant à faire connaître leur talent et à capter l'intérêt des passants, mais cela ne paraissait pas correspondre au ressenti qu'il avait eu d'elle. Elle lui avait donné l'impression d'être presque terrorisée de se retrouver au centre de l'attention après l'accident, tremblant dès qu'on s'approchait d'elle. L'idée d'un conservatoire, avec son ambiance intimiste, lui semblait maintenant plus séduisante.

— «Trouve les horaires pour voir…» Liv s'était penchée à son tour et faisait défiler la page, tombant alors sur le planning des cours détaillés. «Regarde, l'orchestre propose un atelier communautaire aujourd'hui à l'Auditorium. À la rigueur, on peut se renseigner, puis, tant qu'à faire, on y jette juste un coup d'œil.»

À quinze minutes de la villa Guerrero, ils pourraient y arriver avant la fin et avec un peu de chance, elle y serait. En voyant le visage de Seth s'éclairer, Keir échangea un sourire complice avec Liv, qui hocha la tête, renforçant leur motivation commune. Ils étaient tous deux prêts à consacrer leur temps à retrouver cette fille et à découvrir son identité.

— «Tu conduis, je suis épuisée!» La jeune femme avait presque hurlé en les dépassant.
— «Vous savez que je peux y aller seul, hein?» commença Seth, conscient que sa remarque était superflue.
— «Et qui paiera notre tournée après, alors?» répliqua son meilleur ami, ne perdant jamais le nord.

Un sourire narquois se dessina sur les lèvres de Seth tandis qu'il jetait un coup d'œil rapide au miroir de son dressing pour évaluer son apparence. Il prit le strict minimum avec lui, avertissant simplement le gardien de leur départ alors que le portail s'ouvrait. En l'espace de vingt minutes, sous les râles de Liv qui prétendait être incapable de fermer les yeux afin de se reposer pendant que Keir conduisait, Seth se retrouva devant le bâtiment, scrutant la façade et ses détails architecturaux pendant de longues minutes. Avec son allure passe-partout, il aurait facilement pu le confondre avec une résidence ordinaire.

— «Ramène-toi, tu feras ton intello plus tard.»

Poussé par leur enthousiasme débordant, Seth les suivit. Leur énergie semblait brûler en eux, une vitalité qu'il peinait à partager. Chaque pas était alourdi par le poids d'une tension qui pesait sur ses épaules. Espérait-il réellement croiser la jeune femme dans un endroit si proche de chez lui, à peine quelques kilomètres ? Alors qu'il regagnait l'ombre du conservatoire après avoir gravi les premières marches, il ouvrit la porte pour ses amis, ses yeux se posant sur les affiches colorées annonçant des stages d'été. Il se dirigea rapidement vers l'accueil, s'enquérant sur les cours de violoncelle, veillant à ne pas paraître comme un harceleur en quête de renseignements. Et après avoir aisément eu les informations sur la salle où l'atelier de l'orchestre s'exerçait, ils s'y rendirent silencieusement.

L'immeuble semblait avoir échappé à toute rénovation depuis des lustres. Les planchers de bois grincèrent sous leurs pas, tandis que, de manière sourde et étouffée, la mélodie s'élevait du fond du Conservatoire. Seth ne pouvait que reconnaître le charme désuet de l'établissement, niché parmi d'autres bâtisses urbaines. De l'extérieur, il paraissait presque quelconque, mais à l'intérieur, une résonance douce et chaleureuse donnait l'impression que l'air flottait dans l'atmosphère.

Bien qu'il appréciât la musique dans toutes ses formes, il lui était difficile de distinguer le son d'un violon de celui d'un violoncelle. Ce fut Liv qui agrippa subitement alors son bras, l'obligeant à se retourner, incapable de dissocier les divers bruits d'instruments qui se mêlaient autour d'eux. Elle lui montra la pancarte de l'Auditorium, à moitié décrochée, qui lui indiqua qu'ils étaient arrivés.

Pourtant, aucun d'eux ne fit le moindre mouvement, comme si l'importance de leur présence ici les paralysait. Pourquoi était-il là ? Fronçant légèrement les sourcils, il garda sa main sur la poignée, hésitant à ouvrir la porte. Liv secoua la tête, agacée, et actionna l'anse à sa place, révélant ce qui ressemblait à un amphithéâtre. Il se retint de jurer contre sa meilleure amie, réalisant à quel point il était dans un état nébuleux depuis plusieurs jours, les médicaments probablement, vaguement conscient d'avoir quitté son lit pour se retrouver dans cette salle.

Pendant un instant, il resta immobile en face de la scène illuminée, où la mélodie se réverbérait en une harmonie symphonique. De lourds rideaux couvraient les murs qui s'élevaient jusqu'à un plafond de type cathédrale, dévoilant ainsi le volume et le potentiel d'un auditoire de spectacle. Les musiciens semblaient en pleine répétition, et leur entrée ne fut à peine remarquée. Seth se laissa mener vers les derniers sièges et s'y installa comme un automate, incapable de détourner le regard de celle qui jouait plusieurs mètres devant lui, dissimulée derrière une vingtaine de personnes. Il ne saisissait que ses cheveux roux flamboyer sous les lumières vacillantes, ce qui lui permettait de la reconnaître instantanément. Un sourire s'esquissa sur ses lèvres, et il se calait plus confortablement, sans même remarquer que Liv et Keir prenaient place à ses côtés.

— «C'est laquelle?»

Il sentit Liv ajuster ses lunettes, peinant à discerner qui se passait au loin, tandis que Keir lui souffla une localisation approximative, visiblement fier de son meilleur angle, mais n'arrivant pourtant pas à trouver précisément l'inconnue qu'il cherchait. Seth, pour sa part, laissait ses pensées vagabonder au rythme de la musique, se reposant enfin après des jours d'inquiétude et d'incertitude. Il ne songea même pas à se rapprocher pour apercevoir les traits de son visage, absorbé par sa présence élégante et discrète sur scène.

— «Celle qui a des bandages aux poignets.»

Il ne sut quel timbre de voix il employa, mais il ressentit un pincement au ventre en chuchotant la réponse à ses amis, qui se crispèrent un peu à leur tour. Il ne leur avait jamais vraiment décrit l'état de ses blessures ; l'accrochage entre un piéton et une moto en ville laissait deviner des éraflures possibles, mais la découvrir jouer à nouveau, sans savoir si elle avait reçu des soins appropriés, lui replaçait chaque détail survenu après l'accident.

— «Tu vas la voir après», avait susurré Liv en se tournant légèrement vers lui.
— «Je ne pense pas.»
— «Comment ça 'tu ne penses pas'? Ce n'était pas une question.»

Elle s'était indignée dans un murmure, sans comprendre son refus, maintenant qu'ils avaient enfin pu retrouver la trace de son inconnue. Face à son silence, Keir lui donna un coup de genou, comme pour lui rappeler la demande à laquelle Seth avait visiblement omis de répondre.

— «Pas tout de suite.»

Sa voix était ferme, bien qu'un léger tremblement trahisse son assurance vacillante, ses yeux rivés sur la jeune femme. Il savait qu'il ne pourrait sans doute pas revenir les jours suivants sans attirer l'attention sur sa présence ici. Soudain, la musique s'arrêta brusquement sur l'ordre d'un homme qui se tenait dos à eux, probablement le chef d'orchestre, et Seth s'enfonça dans son siège. Les lumières se ravivèrent sur scène, et il tira ses amis par le bras, les incitant à faire de même.

— «Tu te fiches de moi? Va la voir après», murmura Liv, son ton féroce trahissant son impatience. «Tu lui demandes si elle va bien, son prénom et si elle a envie boire un verre.»

Il détourna son attention de la jeune femme et, bien que ses yeux cherchaient à être tranchants, une lueur d'intensité brillait dans son regard, impossible à dissimuler. Il ignorait ce qui le retenait de l'approcher maintenant qu'il était si près et, pourtant, l'encouragement de Liv suffit à le pousser à se lever de son siège. Chaque pas qu'il fit pour descendre les rangées résonnait en lui comme un compte à rebours. Déterminé, il avançait sans se soucier aux autres, jetant un coup d'œil vers la jeune femme qui se relevait lentement de sa chaise, masquant sans doute ses éraflures en tirant sur ses manches longues.

Au moment où qu'il posait un pied sur l'escalier pour la rejoindre sur l'estrade, il rencontra son regard à quelques mètres. Elle parut d'abord surprise de le voir, le reconnaissant alors clairement. À cet instant, le cœur de Seth se mit à battre la chamade, une mélodie sourde et insistante résonnant dans sa poitrine. C'était comme si le monde autour de lui s'était de nouveau figé, suspendu dans le souvenir du moment où leurs yeux s'étaient croisés deux semaines plus tôt. L'espoir s'insinua en lui, l'encourageant à faire un pas de plus, à briser la barrière invisible qui les séparait.

Mais la jeune femme recula, puis fit un autre mouvement, ce qui le fit s'arrêter brusquement. Le sourire qu'il avait tenté de dessiner s'effaça, remplacé par une incompréhension qui s'immisçait dans son esprit. Pourquoi s'éloignait-elle ? Sa détermination se mua en désarroi, et avant qu'il ne puisse réaliser que le temps s'était stoppé, elle s'éclipsa derrière les rideaux, sans lui laisser l'occasion de l'approcher.
Ce mouvement le frappa comme un coup de poing. Pourquoi était-elle si effrayée par sa présence ? Le creux qui s'installa dans son ventre était glaçant. Il resta immobile, déconcerté, sans savoir quoi faire, ses pensées tourbillonnant autour de cette impression fugace qu'il avait ressentie.

Le chemin du retour se déroula sous le regard vigilant de Keir qui s'accrochait au tableau de bord, assis à côté de Liv qui conduisait. Silencieux à l'arrière, Seth sentait leurs œillades se poser sur lui à travers leur rétroviseur, comme si chacun d'eux percevait l'agitation qui le rongeait. Il ne savait comment expliquer pourquoi elle s'était éloignée, laissant cette crainte transparaître dans ses iris bleus. L'image de sa silhouette s'éteignant derrière les rideaux revenait en boucle, et une frustration amère le remplissait. Liv esquissa une légère moue désolée, consciente qu'il n'avait pas eu le moment qu'il espérait.

Le temps sembla filer alors qu'il était perdu dans ses pensées, et, bientôt, ils arrivèrent aux abords de sa maison.

— « Pizza ? » proposa Keir, comme s'il était chez lui, ce qui, quelque part, était vrai, puisqu'il connaissait les lieux aussi bien que Seth.

Le biper de Liv sonna à ce moment-là, la contraignant à répondre à un appel de l'hôpital qui réclamait sa présence aux urgences. Elle soupira sans un mot, la fatigue et une pointe de déception se lisant sur son visage. Il plissa les lèvres, comprenant sa situation.

— « On te gardera la meilleure part », dit-il naturellement en la prenant dans ses bras, lui transmettant un peu de ses forces pour affronter encore quelques heures de garde.
— « J'espère au moins revenir avant la troisième période. »

Elle leur fit un signe de la main avant de partir, tandis que Keir entrait déjà chez lui, allumant la télévision, les yeux rivés sur le début du match de basket-ball diffusé depuis l'autre côté du pays. C'était un rendez-vous qu'ils ne manquaient rarement. De son côté, Seth se dirigea vers le foyer de la cuisine, l'activant avec une habitude bien ancrée. C'est à ce moment-là qu'il aperçut un mot de sa mère posé sur le courrier, lui rappelant qu'il était grand temps de faire des courses plus adaptées à son âge. Même lorsqu'ils l'utilisaient moins dans son ensemble, le four et le micro-ondes fonctionnaient toujours à plein régime pour réchauffer des plats. Pourtant, son chat, perché sur son arbre, semblait aussi le juger, balançant la queue d'un air nonchalant avant de s'étirer avec mépris.

Dans un geste plus brusque qu'il ne l'aurait voulu, alors qu'il s'affairait du mieux qu'il pouvait en cuisine, Seth fit tomber la pile de courriers. Cela n'eut pour effet que de l'irriter, surtout après avoir réussi à se calmer. Maugréant contre lui-même, il ramassa les lettres et en repéra une qui dépassait du tas, se distinguant par son logo familier. Il se rendit compte qu'il n'aurait jamais remarqué ce détail s'ils n'étaient pas sortis aujourd'hui.

— « Ça ne vient pas du conservatoire ? » demanda Keir, qui l'avait rejoint, intrigué par le silence soudain de Seth.
— « Si, je crois bien… »

Ses gestes ralentirent alors qu'il retournait la feuille cartonnée, lisant l'invitation avec soin. La famille Guerrero était conviée à un gala de charité organisé par l'orchestre de State College, mené des plus jeunes talents de la région, sur l'un des plus grands toits de la capitale du Commonwealth de Pennsylvanie. Il haussait les sourcils, saisi par la chance qui se présentait à lui. Il pouvait sentir chaque battement de son cœur résonner jusqu'au bout de ses doigts. Souvent sollicitée à ce genre d'événement, sa mère était l'image même du consul vénézuélien dans le pays, et Seth avait l'habitude de l'accompagner.

Keir se rapprocha finalement, jetant un coup d'œil furtif à l'invitation avant de croiser le regard de Seth. Un échange silencieux passa entre eux, et il s'assit lentement à côté de lui, se frottant les mains, manifestement décidé à ne pas changer de sujet.

— « Alors, cette fille, tu comptes en parler un jour ? » lança-t-il, les yeux pétillants de curiosité.

Seth tourna la tête, une pointe de gêne frappant son visage en demi-teinte. S'il n'avait rien dit sur le chemin du retour, il savait que Keir profiterait de l'absence de Liv pour lui tirer les vers du nez. Mais cette jeune femme, dont il ignorait encore tout à part son talent au conservatoire, demeurait dans son esprit, quoi qu'il fasse. Elle n'était qu'une image fugace depuis l'accident, mais la couleur de ses iris, ses gestes, tout en elle l'avait captivé sans avoir eu le temps de l'analyser. Keir attendait, appuyé contre le comptoir, un sourire moqueur flottant sur ses lèvres.

— « Elle t'a laissé une sacrée impression, on dirait. »

Il haussa les épaules, évitant le regard de son ami. Il n'avait jamais été à l'aise avec ce sujet pour s'y aventurer. Ce n'était pas le genre de conversation qu'il avait l'habitude d'avoir et il sentait que ses réflexions lui échappaient.

— « C'est juste une musicienne, Keir. On est allés là-bas pour voir si elle allait bien. C'est tout. »

Keir le fixa un moment, avant de soupirer, un sourire toujours amusé sur les lèvres.

— « Mais oui, bien sûr. »

Un temps mort s'installa entre eux. Puis, comme pour couper court à la discussion, le tumulte de l'écran dans le salon attira leur attention. Keir leva les bras en l'air avec exaspération, oubliant la suite de la conversation. Et pendant un instant, Seth se sentit soulagé. Il aurait bien aimé lui en parler, mais pas maintenant. Il n'avait pas encore les mots pour ça.

Et s'il la croisait de nouveau ?

CHAPITRE

3

Lucky

« J'aurais aimé comprendre pourquoi elle est partie, percer le mystère de sa fuite. Mais cette question reste sans réponse, et tant que je n'ai pas de nouvelles, je me sens bloqué, incapable d'avancer comme je le voudrais. »

- Seth

26 Juillet

Il lui était difficile de détacher son regard de cette invitation, épinglée sur le réfrigérateur par sa mère pour ne pas oublier la date. Chaque fois qu'il descendait de sa chambre, la feuille colorée se dressait au milieu d'un enchevêtrement de photos et de cartes, comme un rappel constant de ce qu'il espérait. S'il y avait bien une habitude qu'ils avaient conservée, c'était celle des portraits de famille et des amis proches qu'ils gardaient en souvenir et n'attirant que leur sourire. Une semaine s'était écoulée dans un calme précaire, marquée par le feu vert des médecins autorisant Seth à reprendre toutes ses activités normales, au même titre que ses trajets en voiture, les exercices et les sessions de basket relancées avec Keir dans sa cour.

Pourtant, ni le début des séances de sport, ni les heures passées à peaufiner son dossier de rattrapage pour l'examen de génie civil, ni même les cigarettes qu'ils enchaînaient ne parvenaient à chasser l'incident avec la jeune femme de son esprit. Il évitait aussi, par principe, de rouler devant le conservatoire, s'interdisant de se l'évoquer mentalement. Cette discipline qu'il s'imposait éveillait en lui un feu encore discret, une agitation dans son ventre comme un écho qu'il avait choisi de réprimer.

Ce soir-là, bien que l'heure fût tardive, il ressentit l'urgence de se changer les idées. Boire ne faisait pas réellement partie de ses habitudes, mais, cette fois-ci, l'envie de revoir ses amis dans un autre contexte, là où l'été reprenait le cours de son histoire, lui semblait être parfaite. En sortant sa voiture de l'allée de la villa et klaxonnant pour écarter son chat du chemin, il sentit une fois de plus cette sensation d'indépendance effleurer ses doigts. Chaque mouvement l'éloignait un peu plus de la pression qu'il s'imposait lui-même.

Il finit par atterrir au bar *À l'improviste*, un lieu qui portait bien son nom. Ses meilleurs amis avaient tous deux réussi à dégager une soirée de libre après une semaine difficile, et ils étaient accompagnés de quelques joueurs de l'équipe de basket qu'il connaissait depuis son adolescence. Ce bar à tapas, l'un des rares endroits de la ville à ne pas être bondé le soir, offrait une atmosphère plus décontractée, propice à la convivialité. Keir avait réservé une partie de la terrasse, prévoyant qu'ils seraient plus d'une dizaine au rendez-vous. Le bonheur de Seth était presque palpable ; il savourait le spectacle du ciel au-dessus de lui, une toile étoilée scintillante qui promettait une nuit mémorable.

— « Je paie ma tournée ! » s'était-il exclamé, en passant son bras sur les épaules de ses deux meilleurs amis, sa joie illuminant son visage.

À côté de lui, Liv leva les mains en signe de victoire, ravie de le trouver si jovial. Elle déposa un baiser sonore sur sa joue, un geste plein d'entrain qui le fit sourire. Ses coéquipiers, plus réservés, le reçurent avec des accolades chaleureuses et, très vite, les conversations s'animèrent, ponctuées de rires célébrant leurs retrouvailles.

Solenn, à la fois serveuse et propriétaire des lieux, sortit du bar pour les accueillir, son regard s'illuminant aussitôt à la vue de ces visages familiers. Après avoir pris la commande, elle s'attarda quelques instants à la discussion passionnée de la terrasse, puis alla servir les clients. Seth fut alors happé par Keir, qui, d'un geste affectueux, lui tapota l'épaule, dévoilant un sourire qui trahissait sa joie de le retrouver. Seth fut surpris de percevoir une odeur d'alcool dans le souffle jovial de son ami. Intrigué, il jeta un œil vers les autres joueurs, cherchant à comprendre pourquoi Keir, pourtant si rigoureux en tant que sportif, avait bu avant même de venir.

Cependant, avant qu'il ne puisse aborder le sujet avec lui, l'arrivée d'un collègue de Liv changea subtilement l'atmosphère. Keir serra froidement la main de cet ami, un interne dont Seth n'avait jamais retenu le nom, qui se cala près de Liv. Le regard du basketteur en disait long sur la tension qui s'installait chez lui, annonçant un présage pour le reste de la soirée.

Les discussions variées parvinrent à adoucir l'ambiance, et la brise fraîche de l'été apporta à Seth une certaine légèreté, lui permettant de s'éloigner de ses propres pensées. S'occupant les mains en grignotant quelques nouveaux apéritifs faits maison, il écoutait le groupe, riant aux éclats après quelques minutes. Durant un instant, il fut délesté de ce poids qui l'avait accablé ces derniers jours. Cette sensation d'apaisement l'enchantait, le rendant bien plus jovial qu'il ne l'avait été, comme s'il se retrouvait enfin.

Seth enchaîna quelques verres de soda, tout en gardant un œil sur Keir, qui, au contraire, ne se privait pas d'alcool et devenait de plus en plus silencieux. Bien qu'il sache que le basketteur avait tendance à pianoter rapidement sur son téléphone lorsqu'il s'ennuyait, ce calme soudain n'avait rien de normal. Il ne fut pas le seul à constater son état second, au vu des regards que leur meilleure amie lui lançait discrètement par-dessus ses lunettes.

Lorsque les ultimes clients quittaient le bar, marquant la fin de la soirée, Liv proposa à Keir de le reconduire chez lui. Elle abandonna l'interne, visiblement déçu de rentrer de son côté, pour le plus grand plaisir de son meilleur ami qui lui claqua l'épaule.

Après avoir réglé la note en lâchant un pourboire considérable, Seth observa les lumières intérieures s'éteindre simultanément, projetant une dernière lueur ambrée avant de plonger le bar dans l'ombre d'une soirée qui se finissait. Il accompagna ses amis jusqu'à la voiture de Liv, chacun portant Keir par un bras qui s'était laissé entraîner, non sans les faire rire de quelques blagues sur la route. Si Seth ressentait les non-dits de Keir comme des évidences, Liv semblait les ignorer, peut-être même délibérément. Un jour, se dit-il, le métis saisirait le bon moment pour lui en parler de lui-même.

— « Je peux rentrer à pied, hein », râla leur meilleur ami, feignant l'indépendance.
— « Pour t'endormir sur un banc en chemin ? Non merci. Je te dépose, mais tu n'as pas intérêt à vomir dans ma voiture. »

Liv claqua la porte après l'avoir installée du côté passager, un sourire qui peinait à masquer une pointe d'inquiétude. Ses yeux se fixèrent brièvement plus loin, comme si ce geste lui permettait d'éviter une conversation plus profonde. Elle avait probablement aussi relevé le changement chez Keir ces derniers temps, mais elle n'avait pas trouvé le courage d'en parler, préférant détourner le regard. Elle adressa un signe à Seth, le remerciant pour les verres, avant de démarrer avec fracas sous les remarques du basketteur ivre.

Il attendit patiemment qu'elle quitte sa place de stationnement, lui rappelant de le prévenir une fois rentrée. Puis, il sortit ses clés, prêt à faire de même. Mais alors qu'il ouvrait la porte de sa voiture, il s'arrêta net, interpellé par des éclats de voix de l'autre côté de l'avenue.

Nul besoin de plisser les yeux pour constater une agitation à petite distance du parc du conservatoire, à une centaine de mètres de lui : quelqu'un était noir sur blanc en train d'agresser une jeune femme. Sans hésiter, il referma la portière et s'élança vers la source du conflit, traversant en dehors des clous sans rencontrer le moindre véhicule.

La ville était presque fantomatique à cette heure-ci, baignée par les lumières des feux clignotants. Il s'en approcha, attiré par une voix féminine tonnant près d'un arbre. Un *non* s'éleva distinctement dans un souffle, tandis qu'un homme tentait visiblement de la convaincre de changer d'avis.

— « Allez, viens avec moi, je te montrerais. »
— « Sans façon », répondit-elle avec une nonchalance qui trahissait son mépris pour l'invitation.

Les médias s'accaparaient volontiers des belles histoires issues du phénomène des empreintes de Cupidon, mais ces récits cachaient à quel point l'amour pouvait rendre fous les esprits les plus insensés. Seth n'était donc pas surpris qu'un dégénéré s'acharne à convaincre sa prétendue âme sœur de le suivre.

À la lueur tamisée du parc, Seth distingua trois silhouettes. Deux d'entre elles s'approchaient d'une figure plus fine, qui recula de quelques pas avant de se heurter à un tronc massif. Il ne put que déglutir, persuadé de la reconnaître. Et dès qu'il aperçut l'auburn flamboyant de ses cheveux, une colère brûlante monta en lui en voyant l'un des hommes lui saisir le bras de force.

Il se précipita aussitôt vers elle, prêt à l'écarter du danger. Mais avant même qu'il n'atteigne la scène, il se figea. D'un geste net et précis, la jeune femme venait de frapper son agresseur à la jugulaire, sans la moindre hésitation. Son cœur s'emballa. Il n'eut pas le temps de réagir qu'elle s'élançait déjà sur le second individu, le projetant au sol avec une maîtrise déconcertante.

L'agitation du premier homme alerta Seth au moment où il aperçut l'éclat d'une lame entre ses mains. Sans réfléchir, il se précipita sur lui, ignorant le danger, et le plaqua de tout son poids. La chute fut brutale. L'individu riposta aussitôt, le frappant au visage et aux côtes avec rage, tandis que le couteau glissait plus loin sur l'herbe. Levant les bras pour se protéger, il tenta d'esquiver les coups de poing, mais un cri étouffé à sa droite lui fit tourner la tête.

Avec horreur, il vit la jeune femme lutter contre le second agresseur, qui venait d'attraper sa chevelure. Lorsqu'elle gémit de douleur en trébuchant, un second élan s'empara de lui.

Profitant de l'effet de surprise, il repoussa son adversaire d'un puissant coup de jambes. À bout de souffle, il remercia mentalement le basket-ball pour sa maîtrise, tandis que l'homme allait violemment heurter le tronc d'un arbre. Puis, comprenant certainement que la situation commençait à tourner en leur défaveur, le blessé finit par crier sur son acolyte en l'attrapant par le col avant de battre en retraite.

En une fraction de seconde, alors que tout s'était déroulé à une vitesse fulgurante, Seth et la jeune femme se retrouvèrent seuls, haletants.

— «Est-ce que tu vas bien?» demanda-t-il, se touchant les côtes comme pour vérifier qu'il n'avait rien de cassé. Il n'avait pas envie que sa mère décide de lui fournir une protection rapprochée.

Son regard se fixa sur la jeune femme qui tenait son bras, ses iris bleus se dirigeant vers lui alors qu'elle s'avançait. Contrastant avec sa fuite quelques jours plus tôt, elle n'avait aucune hésitation, levant en douceur la main vers sa joue. Seth serra les dents par instinct, sentant un tiraillement poindre au creux de son nez, mais il perçut plus nettement les commissures de ses lèvres le piquer au moment où elle l'effleura. Sa vision était encore trouble, chaque palpitation parcourant son corps de la tête aux pieds, mais elle, il la voyait très clairement devant lui.

— «C'est plutôt à moi de te poser la question, tu as encaissé plus que moi.» Son ton, dans toute sa sincérité, révélait une inquiétude sous-jacente. Il ne s'était pas attendu à un timbre si doux.
— «Je ne te parlais pas de ce soir.»
— «Je sais», soupira-t-elle, en se réduisant dans un murmure.

Elle lui avait rétorqué du tac au tac, cessant son inspection de son visage pour plonger son regard dans le sien alors qu'il retenait son souffle. Elle lui répondait, elle était près de lui, elle cherchait à savoir comment il allait. C'était largement suffisant pour apaiser toutes les petites écorchures qu'elle avait lâchées en partant.

Seth glissa sa main le long de son bras, découvrant des marques rouges sur sa peau. C'était un acte qu'il ne pouvait laisser impuni. Elle n'était certainement pas la première et probablement pas la dernière à subir ce genre de violence. Bien qu'elle se soit défendue, il restait étonné de son calme apparent face à un comportement dangereux qui en aurait mis plus d'un en état de choc.

— « Tu veux que je t'accompagne pour porter plainte ? »

Elle lui fit un signe négatif de la tête comme simple réponse immédiate. La jeune femme plissa les lèvres un instant, et son regard ambré fut irrésistiblement attiré par un grain de beauté au-dessus de la courbe de sa bouche. Ce détail, d'une intimité surprenante, le poussa à poser un pas en arrière, passant sa main dans ses cheveux en bataille pour chasser le grondement étrange qui montait dans son ventre. Aussi près d'elle, Seth pouvait de nouveau sentir le parfum du printemps, la lumière des réverbères éclairant sa peau de porcelaine. Sa respiration quelque peu saccadée lui faisait perdre le fil de ses pensées, tandis que le monde alentour avoir l'air de se figer, laissant place à une tension délicate entre eux.

— « Tu es sûre ? » Il insistait légèrement, bien qu'il devinât aisément les raisons de sa réticence.
— « Je ne veux pas prolonger ma nuit au poste de police. »

Elle semblait résolument peu motivée à l'idée de dénoncer cet acte malveillant, préférant continuer son chemin sans alerter les autorités. Seth percevait déjà que cette affaire risquait d'être classée, car ce genre d'agression, sans témoins à part lui et sans caméra dans ce lieu, ne mènerait qu'à un fait divers anodin dans les journaux.

— « Je comprends. Tu m'en voudras si je fais un signalement de mon côté ? »

Elle parut surprise par son désir de veiller à ce que justice soit faite, acquiesçant simplement de la tête alors qu'une voiture passait dans la grande rue, klaxonnant avec entrain. À cet instant, elle fouilla dans son sac à main, tandis que Seth détournait le regard, surveillant l'horizon pour s'assurer que les deux hommes ne reviennent pas. Discrètement, il l'observa du coin de l'œil, un léger frisson de nervosité l'envahissant. Aussitôt, elle lui tendit un mouchoir, redressant les yeux vers lui, silencieux, mais expressif. Le temps sembla se suspendre alors que le vent se levait, faisant danser ses cheveux et un pan de son gilet.

— « Merci de t'être interposé », dit-elle finalement, sa voix chargée de gratitude, le regard brillant.
— « Tu n'as pas à me remercier, je l'aurais fait pour n'importe qui. »

Il prit le mouchoir entre ses doigts, veillant à ne pas la frôler, redoutant de réveiller des souvenirs qu'il préférait voir encore enfouis. Malgré son intervention, il avait bien remarqué qu'elle s'était très bien défendue. Il resta ainsi debout face à elle, une multitude de questions sans réponse tourbillonnant dans son esprit, tandis qu'elle ne paraissait pas disposée à en aborder une seule.

— « Je suis désolé pour ton violoncelle », amorça-t-il dans un murmure, son ton empreint de sincérité.

Elle sursauta, déconcertée par le sujet de la discussion, semblant retenir son souffle. Ce geste anodin révéla ses clavicules saillantes, et il se demanda alors si elle avait perdu du poids depuis leur dernière rencontre. L'ample sweat-shirt qu'elle portait quelques semaines auparavant n'avait en rien dissimulé la silhouette frêle qu'il avait tenue dans ses bras.

Un éclat brilla dans son regard azuré, éclairé par la faible lumière, avant d'être rapidement remplacé par une distance qu'elle tentait de rendre légère.

— «Ce n'est pas grave, ce n'est qu'un violoncelle. J'espère que ta moto a eu plus de chance.»
— «Ce n'est qu'une moto. C'est ton état qui m'importait.»

Seth aperçut alors les écorchures sur ses poignets, vestiges de leur chute survenue quelques semaines plus tôt, accentuées par la marque violente affligée par l'autre homme. Il était stupéfait qu'elle ne se plaigne pas outre mesure de ses blessures à cet instant.

— «Ils ont du désinfectant au bar où je travaille. Laisse-moi te soigner. Ça serait la moindre des choses», ajouta-t-elle avant même qu'il ne puisse lui rétorquer un refus. «C'est juste dans la rue parallèle.»
— «Tu veux dire, *À l'improviste*?» demanda-t-il, largement surpris par la coïncidence.

Elle hocha simplement de la tête, ses lèvres s'étirant timidement.

— «Attends, je viens de là-bas, je ne t'ai pas vu», dit-il, fronçant légèrement les sourcils.

Un doute s'insinuait en lui, soulignant une évidence qu'il ne pouvait ignorer. Il aurait dû la remarquer. Il en était certain : il ne l'aurait manquée pour rien au monde. Ils avaient passé plusieurs heures sur une terrasse presque déserte, mais il se souvenait d'un éclat particulier dans la salle lorsque l'heure de la fermeture avait sonné.

— «Je commence au poste arrière, en cuisine. C'est ma patronne qui vous a servi à l'extérieur», répondit-elle, avec un sourire esquissé, comme pour balayer l'incident et le ramener à un moment plus doux.

Ce sourire fut le premier à le laisser sans voix. Elle tourna légèrement sur ses talons, hésitante, tout en lui indiquant la direction pour quitter l'entrée du parc. Seth hocha la tête et fit demi-tour, sentant son cœur battre la chamade dans ses oreilles, probablement en raison du coup qu'il avait reçu plus tôt.

— «Tu es nouvelle alors, c'est ça?» lança-t-il spontanément, cherchant à prolonger la discussion.

Il connaissait relativement bien *l'Improviste* pour comprendre pourquoi les novices n'étaient pas immédiatement préposés en terrasse durant l'été.

— «Oui, j'y suis depuis deux semaines», répondit-elle simplement, une pointe de fierté dans la voix.

Il sentait qu'elle tenait à ce travail, et, voyant son aisance, il laissa naturellement la conversation s'orienter vers ce sujet. Il ne réalisait même pas à quel point il appréciait le subtil accent de son intonation, fouillant sa mémoire pour deviner d'où il pouvait venir.

— «Et ça se passe bien?»
— «La patronne est chouette, directive, mais ça va avec la rigueur du métier, je suppose.» Son ton était détaché, mais révélait une évidente confiance.
— «Tu t'en sors bien. Solenn en a viré certains dès les premiers jours, ça veut dire que tout va bien», chercha-t-il en tentant de la rassurer et à dissiper toute incertitude dans une plaisanterie.
— «Je l'espère, ça serait dommage de perdre son premier travail alors que je viens à peine arrivée ici», lâcha-t-elle avec une légère nervosité qu'il ne releva pas immédiatement.
— «Oh, tu étais où avant?»

La conversation, jusqu'alors fluide, s'interrompit à sa question, et il remarqua qu'elle devenait silencieuse. Elle lui fit signe de patienter sur le trottoir, où il se posa à même le sol, un frisson courant sur ses jambes lorsqu'elle entra dans le bar pendant quelques minutes.

Qu'est-ce qui lui arrivait pour qu'il se sente aussi nerveux à l'idée qu'elle n'envisage pas lui parler de l'incident ni du fait qu'elle l'avait évité avant ce soir ? Qu'est-ce qui l'effrayait autant ? Le grincement de la porte annonça son retour à l'extérieur, et elle s'installa à ses côtés, frôlant légèrement ses genoux tout en lui montrant son attirail de soins.

— « Ça va piquer », dit-elle avec un demi-sourire. Son ton se voulait subtil, presque taquin.
— « Je n'ai pas trois ans, tu sais », répliqua-t-il avec assurance.

Elle eut un sourire encore plus large, tournant par la suite son attention vers sa lèvre fendue, et Seth craignit qu'elle puisse sentir l'accélération soudaine de son cœur. Il ne put que retenir son souffle sans même s'en apercevoir. Elle effectuait des gestes précis pour le soigner, comme si elle avait fait cela des milliers de fois, et il se surprit à longer, du regard, la ligne de sa mâchoire avant de croiser une lueur enjouée dans ses iris.

— « Qu'est-ce qu'il y a ? » demanda-t-il, légèrement décontenancé.
— « Rien », répondit-elle en agitant un peu la tête, se mordant les lèvres pour dissimuler un sourire. Le mensonge était évident, presque attendrissant.
— « Tu ne mens pas très bien. »

Il commençait à apprécier la taquiner, remarquant aussi cet un éclat d'amusement dans ses yeux. Elle secoua plus vivement le visage avant de saisir sa main, effleurant les lignes de ses tatouages comme elle l'avait fait lors de leur première rencontre. Ce geste, anodin à l'époque et empreint de la lumière du jour, lui paraissait désormais chargé d'une intimité inattendue après leur accident.

— « Et du coup… tu fais souvent ça ? »
— « Soigner quelqu'un sur le trottoir ? » répondit-elle, un brin moqueuse.
— « Non, te battre. »

Si elle semblait avoir dévié de sa première question, Seth avait adopté la tangente malgré lui, et elle croisa son regard un instant avant d'éloigner le coton sale pour en prendre un autre. Il avait eu le temps d'apercevoir de nombreuses cicatrices sur sa main, tout ancienne, preuve qu'elle avait traversé des vies dont il ignorait tout.

— « Bien sûr. Tu vois bien, j'ai un don pour ça », dit-elle avec un éclat de fierté.

L'étincelle dans ses yeux illuminait son visage, dégageant une assurance sans faille. Pourtant, il décela le tremblement de ses mains. Seth ne put s'empêcher de s'interroger sur le chemin qui l'avait menée jusqu'à State College, entre un bar et le conservatoire. Il percevait toute sa délicatesse dans la précision et le soin méticuleux avec lesquels elle s'occupait de ses blessures. Chaque geste, bien que répétitif, semblait chargé d'une intention cachée, chaque mouvement racontant une histoire qu'elle n'était néanmoins pas prête à partager. Elle était là, face à lui, mais il avait le pressentiment qu'un océan de secrets se dissimulait derrière son sourire et ses manières sûres. Et dans ce silence palpable, il se surprit à désirer percevoir la cadence de son cœur, tout comme si s'ils pouvaient résonner en écho avec les siens, une pensée presque absurde pour lui.

— « Seth… »

Son nom sur ses lèvres provoqua un battement manqué dans sa poitrine. Ses yeux s'écarquillèrent légèrement, tendus par la proximité de leur intimité dans cet instant fragile. Elle scrutait ses jointures, le regard concentré sur les éraflures, sans réaliser l'effet que cela avait sur lui, une chaleur familière qui s'insinuait dans sa peau. À ce moment, il se remémora le jour où, dans l'ambulance, il avait été incapable de retenir son prénom, malgré ses efforts.

— « Je suis désolée d'être partie si rapidement. »

Ses mots résonnèrent dans l'air, empreints d'une sincérité désarmante. Il secoua la tête, ne souhaitant pas qu'elle se justifie pour une situation qui, à ses yeux, n'avait besoin d'aucune excuse. Peut-être parlait-elle de l'accident, ou de l'autre fois, lorsqu'il était venu la chercher au conservatoire, mais cela n'avait pas d'importance. Elle avait ses raisons, et il savait que chacun portait ses propres secrets, des cicatrices invisibles.

— « Ne te sens pas obligée de me dire pourquoi. Je voulais juste te revoir. Enfin, m'assurer que ça allait », avoua-t-il aussi simplement que possible.

Alors qu'elle rangeait la boîte de premiers secours, il crut percevoir un soulagement dans son regard, comme si elle s'était attendue à devoir fournir plus d'explications. Une brise légère caressa son visage, provoquant un frisson délicat qui déstabilisa sa carapace, laissant émerger un sentiment confus qu'il peinait à définir.

— « Tu reviens demain ? » demanda-t-elle, innocemment.

À cette question, il sentit une chaleur l'envahir de nouveau, comme s'il commençait à tomber malade. Seth se pinça les lèvres pour réprimer un sourire, tandis qu'il fouillait dans une de ses poches à la recherche de son étui de tabac, comme pour masquer son trouble.

— « Ça va dépendre de l'état d'un de mes amis, il était déjà bien fait quand il est rentré. »

Elle sembla réfléchir, son regard se perdant un instant sur les pavés de la ruelle, puis elle lui posa la question juste au moment où il allumait sa cigarette.

— « Il ne va pas bien ? » demanda-t-elle, une note d'inquiétude adoucissant de nouveau sa voix.
— « Je t'avoue que… Je ne sais pas. »
Il avait répondu honnêtement, l'incertitude pesant lourdement dans ses pensées. Il n'avait aucune idée de l'état d'esprit dans lequel il allait retrouver Keir à son réveil, mais il savait qu'il serait sans conteste avec lui lorsqu'il prendrait à cent pour cent conscience de ses sentiments pour Liv.

— « Je peux lui offrir des verres d'eau quand il viendra », proposa-t-elle, les lèvres étirées dans l'espièglerie.
— « Il risque de tousser fort et de t'en vouloir. »
— « Il paraît qu'une tape dans le dos aide à passer la pilule. Ça, par contre, je te laisserai faire », déclara-t-elle, comme si elle se débarrassait aisément d'un problème. Sa voix était légère, presque complice.

La fumée s'échappa du nez de Seth et il rit en voyant la prévenance qu'elle montrait envers Keir, une tendresse qui le touchait de manière inattendue. Il l'observa en coin, l'ombre d'un sourire naissant sur son visage. Assis là, sur le trottoir, comme si le monde autour d'eux avait cessé d'exister, il avait l'impression de renouer avec une partie de lui-même qu'il avait longtemps négligée. Un sentiment d'authenticité s'imposait lentement, enveloppant le moment d'une chaleur paisible.

Elle le regarda un instant, son expression oscillant entre une curiosité retenue et une hésitation à formuler une pensée plus profonde. Puis, d'une voix plus douce, presque prudente, elle lui reposa la question :
— « Et toi, ça va ? »

Seth haussa légèrement les épaules, tirant une dernière bouffée avant d'écraser sa cigarette contre le trottoir. La sollicitude qu'elle témoignait le touchait bien plus qu'il ne pouvait l'admettre, alors il préféra se concentrer sur les aspects de sa vie qu'il contrôlait le mieux. Ses études se profilaient toujours bien malgré l'accrochage qui avait repoussé ses examens, et il savait qu'il devrait probablement prendre un peu plus soin de Keir. C'était suffisant pour se sentir bien, même si ce nœud dans le ventre, qui se formait chaque fois qu'il levait les yeux vers elle, insufflait une chaleur différente dans ses veines.

— « Ça va. »

Elle fit une moue, pas totalement persuadée.

— « Mmh. Mensonge convaincant, mais pas tout à fait parfait. »

Il eut un petit rire, avant de secouer le visage, touchant instinctivement ses lèvres fendues. L'accident lui avait provoqué bien plus de frayeur par rapport à aujourd'hui, la vision de la jeune femme étendue au sol était bien plus difficile à encaisser qu'un coup.

— « Disons que j'ai vu pire. »

Elle hocha la tête, comme si elle entendait qu'il n'ait pas envie d'extérioriser plus. Il l'observa une nouvelle fois à la dérobée avant de lâcher un léger sourire en coin quand elle reporta, à son tour, son attention sur lui. Puis, après un silence, il l'écouta dans un souffle :
— « Alors, à demain ? Je suis de service à midi. »

Dans cet instant suspendu, il comprit qu'un fil subtil venait de se nouer en lui, mais solide et il sentait qu'il était désormais impossible de faire marche arrière.

Et si c'était ça, sa source d'apaisement ?

CHAPITRE

4

I wanna hold your hand

« Il y avait, dans son regard, une lumière que même les étoiles pouvaient jalouser. Un éclat insaisissable, où se mêlaient des nuances d'azur et d'infini. Ce bleu... bon sang, mais qu'est-ce qui m'arrive ? »

- Seth

27 Juillet

La voiture s'était arrêtée en douceur sur le dépose-minute du gymnase de la ville et Seth décrocha son regard de son téléphone après avoir prévenu Keir de son arrivée imminente. Il remercia le chauffeur attitré de l'Ambassade, lui demandant de rester disponible pour sa mère au besoin, puis descendit du véhicule, observant en silence ce dernier s'éloigner. Bien qu'il empruntât rarement ce genre de service, il avait eu envie de se dégourdir les pieds sur le chemin du retour, avant de reprendre ses révisions. D'un léger hochement de tête, il se dirigea vers l'entrée, la chaleur du soleil de l'après-midi tranchant avec l'ombre accueillante du gymnase. Il retira rapidement ses lunettes, mais traversa les couloirs à une allure plus lente, laissant l'odeur familière des vestiaires raviver en lui des réminiscences d'une époque presque plus insouciante.

Un éclat furtif effleura ses lèvres tandis qu'il atteignit le terrain principal. Le crissement régulier des chaussures sur le sol rythmait le bruit des efforts alors que le ballon circulait avec fluidité d'un joueur à l'autre. Un sifflement distinct, signé Keir, attira son attention, et il leva les yeux vers les gradins.

— «Tiens Guerrero, ramène-lui ça au passage.»

Le coach, sans crier gare, lui lança une bouteille d'eau. Seth l'attrapa avec agilité, un sourire franc illuminant son visage, mais il se crispa inopinément en ressentant une douleur aiguë à la lèvre, souvenir de l'affrontement de la veille. L'ancien professeur de sport, qui l'avait entraîné avec Liv durant leur scolarité au lycée avant qu'ils n'aient des chemins séparés, s'approcha de lui, ses traits marqués par un scepticisme palpable.

— «Ça va mieux, petit?» demanda-t-il brusquement, dissimulant son inquiétude sous son ton habituel.

Seth, surpris par la soudaine attention que lui portait l'homme, lança un regard furtif vers Keir, qui avait sûrement informé le coach de son accident de moto. La ville n'était pas immense, mais le club formait une grande famille, unie dans les bons et les mauvais moments, prenant soin les uns des autres, même après que certains talents prenaient leur envol.

— «Oui, coach! Rien qui ne pourra me garder à terre.»
— «Ouais, c'est ça, hors de ma vue», répondit-il avec un ton un brin moqueur.

Le coach maugréa, un sourire fugace aux lèvres, avant de se tourner vers les basketteurs de l'équipe. Ses instructions, mêlant critiques et encouragements sur le même ton, résonnaient dans la salle. Profitant de l'instant, Seth gravit les marches jusqu'à Keir, assis en tenue d'entraînement, visiblement mis à l'écart. Il lui lança la bouteille d'eau, que son ami attrapa de justesse.

— «J'ai pas fini celle-là!» fit son meilleur ami, avec une grande réticence.

À ses pieds, deux autres gourdes s'alignaient, témoins silencieux de sa punition. Après leur habituelle série de poignées de main, Seth donna une légère tape sur l'épaule de Keir, insistant pour qu'il boive. Le coach avait toujours eu une manière bien à lui de montrer son affection, même après avoir réprimandé le basketteur pour être revenu dans un état lamentable, encore éméché de la veille.

S'installant à ses côtés, il observa un instant le terrain sous un nouvel angle. Il laissa filer un soupir, un murmure de fatigue s'échappant de ses lèvres meurtries - un détail que Keir ne manqua pas de remarquer.

— « C'est quoi ça, tu es de nouveau tombé ? »
— « Non, enfin oui. Mais ça n'aurait pas pu arriver si vous n'étiez pas rentrés avec Liv », avoua-t-il, l'ironie brillant dans ses yeux, dissimulant à peine un éclat de fierté.

Keir se tourna vers lui, et, presque instinctivement, Seth lui résuma la veille en quelques phrases, omettant volontairement certains aspects de sa soirée qu'il préférait garder pour lui. Comme ces yeux d'un bleu captivant, ces cheveux cuivrés qui captaient la lumière des réverbères, ou encore ce parfum de cerise, léger et enivrant, qui s'était imprimé dans sa mémoire. Aucun de ces détails ne lui avait échappé. Et maintenant qu'il les effleurait en pensée, il éprouvait une étrange envie de se les réserver pour lui, à la même manière d'un secret trop précieux pour être partagé.

Après s'être assurée que ses écorchures ne saignaient plus, la jeune femme s'était éclipsée, sans lui laisser la moindre chance de répliquer, le forçant à simplement la regarder s'éloigner. Sa dernière question, glissée comme une légère proposition, tournait en boucle dans son esprit, ne lui arrachant qu'un sourire alors qu'il entrouvrait les lèvres à plusieurs reprises, sans jamais trouver quoi dire. Il aurait pu la revoir dès l'après-midi sur un coup de tête, mais au lieu de ça, il avait choisi de venir ici, répondant à l'appel silencieux de son meilleur ami.

Seth reporta son attention sur le coach, qui aboyait ses instructions aux joueurs, dissimulant ainsi l'éclat troublant de ses réflexions désormais fixés sur l'inconnue. Une pichenette de Keir le ramena brusquement à la réalité, lui arrachant une exclamation muette.

— «Et dans tout ça, tu n'as pas pensé à lui demander son prénom?»

Keir esquissa un sourire moqueur en le voyant tortiller ses doigts.

— «Je n'ai pas eu le temps, elle est tellement vite partie que…» tenta-t-il de se justifier, malgré l'évidence.
— «Ouais, tu t'es surtout figé quand tu l'as regardé d'aussi près.»
— «Je ne vois pas du tout ce que tu veux dire», murmura Seth, dans un déni à peine crédible.
— «Ouais, c'est ça. Bon, au moins, tu sais où elle bosse maintenant, alors espérons que tu te bouges un peu.»

Seth se retourna vers Keir, qui lui adressait un clin d'œil, réalisant qu'il avait été pris sur le fait. Bien qu'il ait toujours été à l'aise en société, il y avait des moments où la timidité s'immisçait en lui. La veille, face à la jeune femme qui s'était approchée pour le soigner, une partie de ses pensées était devenue inexplicablement silencieuse, envahie par une vague d'émotions confuses. Il soupira, passant sa main dans sa barbe naissante, comme pour retrouver son calme. Après tout, c'était pour lui qu'il avait mis de côté tous ses projets de la journée en le rejoignant ici, après un simple texto l'informant qu'il était hors jeu.

— «Et toi?» demanda-t-il en cherchant clairement à changer de sujet.

Keir n'était pas du genre à boire excessivement; c'était plutôt Liv qui méritait ce titre. Conscient des effets de l'alcool dans le milieu sportif, il avait toujours pris soin d'éviter ce genre de travers, jouant souvent le rôle de Sam lors de leurs sorties. Mais, pour la première fois depuis des années, Seth l'avait vu se mettre dans un état pitoyable en seulement quelques heures sur cette terrasse, amplifiant l'inquiétude qui le gagnait progressivement.

— «Tu sais pourquoi.»

Sa voix, devenue plus rauque, trahissait la tension palpable de son meilleur ami. Par cette simple affirmation, il comprit qu'il admettait enfin, en quelques mots, qu'il n'avait jamais réussi à se détacher de Liv, malgré tout ce qu'il en avait dit ces dernières années.

— «Tu as envie de faire quoi?»
— «Franchement? J'aimerais juste oublier, au moins, le temps de jouer.» La colère vibrait dans chacun de ses gestes, tandis qu'il désignait le terrain d'un mouvement de la main. Une frustration palpable l'envahissait, le rongeant de l'intérieur pour avoir laissé ses émotions l'éloigner de ce qu'il animait par-dessus tout. «Je voudrais avancer, passer à autre chose.»

Seth se redressa légèrement, conscient de la position inconfortable de son ami. En voyant le trouble évident de Keir, qui peinait à se contenir en public, il chercha à le distraire, n'ayant d'autre moyen, à cet instant, que de lui apporter son soutien. Il entreprit dès lors le sujet des tactiques sur lesquelles ils travaillaient pour le prochain match.

Presque immédiatement, Keir se lança dans une discussion animée, vidant plusieurs bouteilles d'eau au passage, ses gestes devenant plus assurés. Des éclats de rire, spontanés et bienvenus, résonnaient autour d'eux, attirant malgré lui le regard foudroyant du coach durant les entraînements. Lorsque la fin de la séance approcha, il congédia le reste de l'équipe et demanda à Keir de le rejoindre. Ce dernier se leva aussitôt, recevant une tape derrière la tête en guise de récompense, ce qui le fit sourire en dépit de la tension de la situation.

Seth ne put s'empêcher de cacher son rire en voyant cette scène plus que familière. Il observa ensuite son ami réaliser quelques tours de terrain sous les cris de son instructeur, qui évoquait la combustion de l'alcool dans le sang, transformant ses paroles en un véritable cours de science. Ce rappel de conduite résonnait dans l'air, créant un contraste saisissant avec l'énergie de la soirée précédente.

En levant les yeux vers l'horloge, Seth prit conscience que l'après-midi touchait à sa fin. Bien qu'il se soit laissé emporter par sa journée, une part de lui avait toujours voulu rentrer plus tôt pour réviser. Pourtant, un rappel silencieux, presque instinctif, lui remémora celle qui lui avait demandé s'il passerait aujourd'hui. Il s'était contenté de répondre qu'il regarderait selon son emploi du temps, mais l'idée de la voir maintenant lui semblait plus irrésistible que jamais. Il n'avait pas remarqué que les heures avaient filé, mais au fond de lui, il savait qu'il aurait cédé plus tôt si cette pensée ne l'avait pas accompagné depuis la veille.

Il quitta les gradins en se faufilant vers la porte de sortie menant à l'extérieur, prévenant Keir de son départ et saluant son entraîneur d'un signe de la main. L'odeur de la pluie imminente flottait dans l'air.
Hâtant le pas, il traversa plusieurs rues, le ciel menaçant pesant sur lui comme une promesse de tempête, remettant en question les vêtements d'été qu'il avait choisis. Lorsqu'il entendit les premières gouttelettes retomber autour de lui, il se mit à courir à travers le parc, le soleil se cachant rapidement derrière des nuages épais annonçant une soirée bruineuse.
Il arriva de l'autre côté de *l'Improviste* juste au moment où l'inconnue sortait, sur le point d'ouvrir son parapluie.

Instinctivement, il ralentit alors que la pluie commençait à s'abattre avec force, quelques filets d'eau perlant de ses cheveux avant de se fondre dans son t-shirt, le collant moite à sa peau sans qu'il ne s'en plaigne. La vision de la jeune femme effaçait tous les inconvénients du temps. Il la vit scruter la rue, balayant ses yeux de droite à gauche, dans l'attente de quelqu'un. L'idée qu'elle puisse l'attendre lui parcourut l'esprit, et il aurait voulu y croire, ne serait-ce qu'un instant. Il l'observa glisser une mèche de cheveux derrière son oreille et faire quelques foulées sur le trottoir, prête à quitter le bar.

Puis, leurs regards se croisèrent à quelques mètres à peine. Malgré les teintes ternes des nuages qui se mêlaient à l'obscurité croissante, un sourire éclaira son visage ainsi que la rue qu'elle traversait pour le rejoindre. Chaque pas semblait battre au rythme de son cœur, et Seth déglutit un instant avant de s'assurer, d'un discret coup d'œil, qu'aucun danger ne se profilait sur son chemin.

— «Viens donc en dessous, tu es trempé!» dit-elle, ce même éclat chaleureux sur les lèvres.

Elle ouvrit le parapluie au-dessus de lui, prenant soin de relever le bras pour éviter de le cogner. Cette douce gestuelle traduisait cependant toute la prévenance qu'elle lui témoignait. Profitant de l'occasion, Seth lui prit l'objet des mains, le maintenant à la bonne hauteur sans la frôler, une conduite simple qu'il entretenait déjà avec galanterie depuis son plus jeune âge. Pourtant, semblant surprise par cette initiative, elle plongea à nouveau son regard dans le sien, figeant soudainement le temps autour d'eux et laissant à Seth la sensation d'un frisson électrique parcourir son corps sous le déluge battant.

— «Ça va? Tu ne veux pas rentrer te réchauffer un peu?» demanda-t-elle, observant ses épaules trempées. Sa voix s'éleva légèrement pour percer le bruit de la pluie qui martelait le sol.
— «Non, ne t'inquiète pas. Ça va durer un moment, et je ne peux pas me permettre de rester toute la nuit au bar cette fois.»

Malgré lui, l'ombre de ses révisions pesait au-dessus de sa tête, lui soufflant ses obligations pour le reste de la soirée. Dissimulant une fatigue qu'il ne voulait pas laisser paraître, il continua d'une intonation vaguement plus basse :
— «Tu as fini?»
— «Oui», répondit-elle, marquant une pause, un léger flottement dans l'air. «Je pensais que tu viendrais un peu plus tôt.»

Il se força à ne pas se figer, bien que sa main se crispa faiblement sur le parapluie. Elle ne savait pas exactement à quelle heure il arriverait ou même s'il passerait, et pourtant, c'était bien lui qu'elle l'avait espéré. Ce détail le troubla, et une étrange vague l'envahissant. Il ne voulait pas qu'elle puisse penser qu'il l'avait fait attendre en connaissance de cause ou qu'il ne souhaitait pas la revoir. Bien au contraire.

— «J'ai eu un petit imprévu dans l'après-midi, je suis allé voir Keir», expliqua-t-il, cherchant à justifier son retard tout en évitant de trahir son embarras. Il se mit à jouer avec le bord de son accessoire, s'efforçant d'occuper ses doigts qui le démangeaient.

Seth commença à avancer, optant de prendre le même chemin qu'elle avait emprunté la veille pour rentrer chez elle, afin de ne pas s'attarder sous la pluie. Avec son parapluie en main, il lui laissait peu de choix, mais elle ne sembla pas s'en formaliser davantage. Serrant les pans de son gilet d'été qu'elle portait déjà la nuit dernière, elle le suivit, tentant de se réchauffer tandis que le vent frais s'engouffrait sous la toile tendue au-dessus d'eux.

— «C'est ton ami d'hier soir, c'est ça ? Il va mieux ?»
— «Gueule de bois, il fallait s'y attendre», répondit-il, amusé, une lueur de complicité dans le regard. Il se sentit rassuré de voir qu'elle ne le prenait pas mal, apaisant ainsi sa nervosité.

Elle esquissa un sourire, un éclat de bonne humeur qu'il surprit du coin de l'œil sans oser l'observer directement. Des flaques s'étiraient sur le trottoir, et il remarqua que les chaussures en toile qu'elle portait commençaient à se gorger d'eau.

— «Tu prends un bus d'habitude ou est-ce que tu préfères que j'appelle un taxi pour que tu puisses être plus vite au sec ?»
— «Oh non, ça va. J'ai toujours aimé ce genre de pluie, tant qu'il n'y a pas d'orage», répondit-elle, le regard se perdant un instant dans

la rue devant eux, une légère hésitation dans ses mots. « Mais toi, ne t'inquiète pas pour moi, si tu veux rentrer, je comprendrais. »

Seth secoua la tête, amusé. Il appréciait également que ce type de temps en plein été, revitalisant et très courant en Pennsylvanie. Elle suggérait qu'il rebrousse chemin alors qu'ils venaient à peine de se croiser ? Non, c'était là une occasion en or de la taquiner.

— « Pas de souci, je vais juste d'attraper un bon rhume en te raccompagnant. Mais si jamais je tombe malade, je connais une personne qui saura me soigner sur le trottoir… enfin, j'espère », plaisanta-t-il en détournant des yeux.
— « Tu es sûr qu'elle ne risquera pas de te pousser sous le premier bus qui passe ? » dit-elle, un éclat de malice dans ses prunelles.
— « Hmm… Je pense que non, mais je vais éviter de lui donner des idées », répondit-il, cette même étincelle se mêlant à la sienne.
— « Eh bien, si cette fille te brutalise, je promets de te sauver juste à temps », ajouta-t-elle en riant. « Mais je ne peux pas garantir que je te porterai jusqu'au bar. »

À cet instant, Seth sentit ses doigts se réchauffer rien qu'à la voir se prêter au jeu. Ils coupèrent la route par le passage piéton à l'angle du parc où il l'avait aperçue la veille. Un silence léger s'installa, et elle se rapprocha, presque imperceptiblement, cherchant juste à rester à l'abri. Son regard se posa alors sur ses poignets, dissimulés par ses manches, et une question le traversa : comment s'était déroulée sa journée après la nuit précédente ?

— « Ça allait aujourd'hui ? » demanda-t-il, adoptant un ton qui tentait de rester évasif.
— « Oui, Solenn m'a délesté un peu vu qu'il n'y avait pas beaucoup de monde. Je t'avoue que ça ne m'a pas dérangé de ne pas trop en faire… »

À ces mots, il se tendit légèrement. La pensée des marques, souvenirs de blessures, lui laissa un goût amer en bouche. Il revit l'accident où elle s'était enfuie sans chercher de soins et se remémora les deux hommes de la veille qu'il avait signalés ce matin. L'espérance d'un appel si des nouvelles se présentaient ne le réconfortait guère. Dans un recoin de son esprit, il aurait voulu la protéger de tout ce qu'elle venait de traverser en si peu de temps.

Ils passèrent devant un panneau publicitaire animé, vantant les mérites d'une application dont Keir lui avait une fois parlé, promettant d'aider chacun à découvrir les initiales de ses rêves. Un sentiment de fatalité l'envahit, une lassitude face à l'idée que tant de personnes cherchaient des réponses dans des illusions. Il se détourna rapidement, glissant le parapluie au-dessus d'eux, sentant la pluie tambouriner en écho à ses pensées.

— « Elle n'a pas dû manquer de vouloir te mettre en arrêt. »
— « Non, effectivement… Mais je ne peux pas m'immobiliser comme ça. Ça reste une période d'essai », dit-elle en secouant doucement la tête, détachant son regard de ses mains avant de changer de sujet avec une fluidité. « Et toi, tu travailles dans quoi ? »
— « Je suis étudiant en architecture, je reprends une alternance dans un cabinet à la fin de l'été », répondit-il rapidement, ne souhaitant pas non plus réellement s'attarder sur lui.

Une légère tension l'accompagnait en pensant aux derniers examens qu'il devait rattraper, mais il décida de ne pas en parler. Le visage de la jeune femme s'illumina alors d'une vive curiosité, ses yeux bleus pétillant d'intérêt.

— « Oh, c'est impressionnant ! Tu es en quelle année ? » demanda-t-elle, se penchant un peu vers lui, captivée.
— « Il me reste encore trois ans pour me perfectionner », avoua-t-il, essayant de cacher son appréhension. « Et toi, ça fait longtemps que tu maîtrises le violoncelle ? »

Elle esquissa un léger sourire en coin, le compliment n'était nullement passé inaperçu.

— « 'Maîtriser', tu abuses. Hmm… depuis toute petite. En fait, j'ai appris à jouer avant même de savoir écrire. Mais personne ne me croit quand je dis qu'il existe des versions en modèle réduit de violoncelle », répondit-elle avec une lueur d'espièglerie, laissant transparaître un éclat d'enfance dans sa voix.
— « Mais non », souffla-t-il, un sourire en coin trahissant la malice de son ton, ses yeux pétillants d'amusement. La curiosité l'emportait néanmoins.
— « Mais si, attends. »

Sortant son téléphone de sa poche, elle s'approcha de Seth, qui s'était retenu de la frôler davantage. Si la pluie avait un parfum particulier, leur proximité l'emplissait à nouveau de cette délicate odeur de cerise. Il baissa légèrement le menton alors qu'elle lui montrait des tailles de violoncelle spécialement conçues pour les enfants de trois ans.

— « Le mien était bleu-pastel. »
— « Mais c'est… » commença-t-il, sincèrement surpris.

Le mot « mignon » naquit sur ses lèvres, mais il fut aussitôt réprimé lorsque ses yeux aussi bleus qu'un ciel d'été se levèrent vers lui. Il dut puiser dans une force surhumaine pour ne pas se perdre dans ses prunelles, sentant une goutte d'eau nourrir un océan de bien-être. Leurs épaules se frôlèrent inévitablement, et par respect, il s'éloigna légèrement, luttant contre l'envie de détourner le regard à chaque vague de frisson qui parcourait son bras.

— « Il faut avouer que c'est atypique. En tout cas, du peu que j'ai entendu, tu es talentueuse. »
— « Merci Seth… ça me touche beaucoup. »

Il fut pourtant abasourdi par le simple fait qu'elle prononçait son prénom. Ses oreilles bourdonnaient sans raison, tandis qu'il passa sa main dans ses cheveux mouillés, secouant la tête d'un air désinvolte, comme pour lui faire comprendre qu'elle n'avait pas à le remercier pour si peu. Il préféra alors fixer l'horizon, ses yeux d'ambre se posant sur le ciel qui leur offrait un bref répit, une pause dans le déluge.

Reprenant le cours de leur chemin, il la suivit sans vraiment savoir où elle le guidait. De nombreux piétons quittaient à leur tour leurs abris sous les bâtiments, levant le nez en l'air, attendant de voir quand la pluie allait à nouveau tomber. Instinctivement, Seth se rapprocha d'elle, désireux de la protéger des bousculades inévitables. Sa main effleura la sienne, l'électrisant un instant alors qu'il redécouvrait la douceur de sa peau, une chaleur presque familière.

— «Et si tu pouvais, tu en ferais une carrière?» demanda-t-il, sa voix légèrement hésitante.

Elle ne sembla pas perturbée par leur proximité, concentrée sur le chemin à suivre, tandis que Seth laissait tourner ses bagues autour de ses doigts, révélant ainsi un de ses tics nerveux.

— «Ce serait sympa, mais pour ça, il faudrait pouvoir accéder à un niveau supérieur et ça nécessite de grosses ressources que je n'ai pas actuellement», expliqua-t-elle, une pointe de réalisme assumée.

— «Je comprends, c'est pour ça que tu travailles au bar.»

Elle hocha simplement la tête, un léger sourire aux lèvres. Seth savait pertinemment que la possibilité d'intégrer une grande école n'était pas juste une question de talent, mais aussi de moyens financiers que lui-même n'aurait jamais pu se procurer si sa mère n'avait pas gravi les échelons. La jeune femme semblait vouloir provoquer cette opportunité par son travail acharné, et il ne pouvait qu'admirer sa détermination. Il comprenait ainsi sa présence aux cours du soir au Conservatoire musical de la ville, une façon pour elle de poursuivre ses rêves malgré les obstacles. Dans un coin de son esprit, il se nota d'en parler avec sa mère avant le Gala des associations.

— «Et toi, tu t'es toujours destiné à devenir architecte?» demanda-t-elle à son tour, sa voix douce, mais pleine d'intérêt.

En temps normal, le mot *destiné* ne faisait resurgir que des souvenirs liés aux initiales, une vague familière lui serrant le cœur et le poussant à fuir ce genre de discussion, même lorsqu'elles s'en éloignaient totalement. Mais cette fois, il perçut la simplicité et la candeur de sa question, ce qui lui arracha un léger sourire en coin. Bavarder de sa passion pour les lignes, les perspectives, la juxtaposition des matières, la délicatesse de la nature et la compétence de la géométrie était rare. Le simple fait qu'il soit avec elle conférait une autre dimension.

— «Depuis tout petit aussi, en fait… On dira que je maîtrisais le dessin avant même de savoir parler», répliqua Seth en tournant légèrement le parapluie vers la route alors qu'une voiture passait à proximité. «Mais bon, ce n'est pas une compétition.»
— «Heureusement que tu me préviens, j'étais prête à t'annoncer que je conduisais déjà le bus de l'école en maternelle.»

Elle retint un rire à sa propre répartie, et Seth ne put s'empêcher de lui asséner un regard faussement ennuyé, appréciant son sens de l'humour. Il se sentait pourtant vivifié en découvrant le caractère bien affirmé de la jeune femme derrière son calme apparent. Cette impression fit naître un sourire communicatif, puisqu'elle le lui rendit rapidement. Son esprit se remit alors à vagabonder, rappelant sa récente conversation avec Keir et l'idée subtile de connaître son prénom sans avoir à interroger Solenn le lendemain.

— «Et du coup, tu as signé sous quel nom dans le Guinness des records?» lança-t-il, feignant l'innocence sous une désinvolture qui cachait mal son intérêt.

À cet instant, il nota un léger changement. Elle eut un mouvement nerveux, croisant des bras après avoir ajusté son gilet, trahissant son hésitation. Seth sentit qu'il avait touché à une part fragile d'elle, un domaine sensible qu'il n'avait pas perçu jusqu'alors. Pourquoi une simple question éveillait-elle une telle crainte chez elle ? Juste avant qu'il ne songe à retirer sa curiosité, elle chuchota, d'une voix à peine audible.

— « *La meilleure des violoncellistes.* Voilà comment je signerais. »

Elle ralentit, son regard se posant sur l'immeuble devant lequel ils venaient de s'arrêter, alors que la pluie faiblissait enfin. Seth plissa les yeux, intrigué par le flou de cette réponse.

— « Rien que ça, hein ? » murmura-t-il, plus pour lui-même que pour elle.

Elle esquissa un sourire fuyant, mais ne répliqua pas. Un détail dans sa posture lui indiqua qu'elle ne disait rien à la légère. Il sentit qu'elle pouvait lui ouvrir une porte, mais qu'elle était aussi capable de la verrouiller à tout instant.
Seth lui tendit son parapluie en profitant de l'éclaircie qui filtrait entre les nuages et comprit qu'ils étaient arrivés au pied de son appartement. Mais une lueur d'amertume le traversa : elle ne lui avait pas donné son prénom. Il se surprit à ressentir une légère frustration, comme si cette absence de partage creusait un fossé entre eux.

— « Merci pour la balade », dit-elle, son regard le sondant timidement, presque un peu pudique.

Bien qu'il fût trempé, il avait du mal à exprimer combien il avait apprécié de l'emmener jusque chez elle cette fois. Il recula de quelques pas, rompant la proximité tout en lui adressant un sourire. Malgré son envie de poser des questions plus sérieuses, il n'avait pas l'intention de baisser les bras.

— «Ne t'habitue pas à ce que je te raccompagne tous les soirs», lança-t-il dans un ton léger, presque complice, un éclat de défi dans les yeux.
— «Je n'ai pas prévu de second parapluie de toute façon», répliqua-t-elle, toujours joueuse.
— «Je m'en souviendrais pour la prochaine fois.»
— «Parce qu'il y aura une prochaine fois ?» fit-elle, faussement outrée.
— «Peut-être sans la pluie, qui sait.»

Mais, il n'avait jamais autant eu envie de s'abriter avec elle. Il n'avait qu'à voir ses iris scintiller pour être troublé. Et alors qu'il se retournait pour partir, elle eut un murmure, à peine perceptible sous la pluie qui mourait sur le bitume, et pourtant il l'entendit distinctement :
— « Seth. »

Un frisson parcourut son échine et il s'immobilisa, surpris par l'intensité soudaine dans sa voix. Lorsqu'il tourna la tête vers elle, il vit qu'elle le fixait avec une sincérité déconcertante. Il sentait ce subtil tiraillement entre la distance qu'elle maintenait et l'impression qu'elle voulait lui partager une confidence.

— «Qu'est-ce qu'il y a ?» souffla-t-il, intrigué.
— «Rien, désolée. Bonne soirée», finit-elle par dire en secouant le visage après quelques secondes d'hésitation.

Il mit une demi-seconde à réagir, ne cherchant pas à insister. Alors qu'il s'éloignait, son parfum de cerise flottait encore dans l'air, comme une douce empreinte laissée derrière elle. En tournant au coin de la rue, il jeta un dernier regard par-dessus son épaule. Elle était toujours là.
C'était peut-être peu, mais pour lui, c'était déjà tout.

Et si la pluie devenait son temps préféré ?

CHAPITRE

5

Secrets

« Pendant des heures, je me suis demandé si j'aurais dû insister. Faire surgir ces mots suspendus à ses lèvres, deviner tout ce que son regard tentait de chuchoter alors que je m'éloignais. »

- Seth

31 Juillet

Seth inspira profondément tandis que les portes de l'ascenseur s'ouvraient lentement, dévoilant l'éclat scintillant du gala. D'un dernier coup d'œil, il scruta son reflet dans le métal poli, trouvant du réconfort dans la présence de Liv, dont la main était fermement accrochée à son bras. Il se félicita d'avoir choisi ce costume bleu roi dans lequel il était parfaitement à l'aise. Un sourire étira ses lèvres en posant son attention sur sa meilleure amie, joyeuse et pleine de légèreté, qui l'accompagnait pour cette soirée. Sa mère lui avait conseillé d'avoir une partenaire pour faciliter les conversations, elle-même étant accaparée par son rôle d'ambassadrice tout au long des festivités.

— «On te dévore déjà des yeux», murmura-t-il à son oreille, tandis que les regards se tournaient vers eux, captivés par la robe bordeaux de Liv, dont le tissu fluide caressait le sol avec élégance.

Ensemble, ils avancèrent vers les rambardes, prêts à contempler la vue qui s'étendait devant eux. Perché sur le toit luxueux de la capitale de Pennsylvanie, le panorama du célèbre Capitole de Harrisburg brillait sous les couleurs chatoyantes de ce soir d'été. Chaque nuance soulignait la somptueuse décoration mise en place pour l'événement.

Les tissus crème et satins s'élevaient de temps à autre sous l'effet d'une légère brise, dans un ballet élégant parmi les convives, tous habillés avec soin. Les tables rondes, disposées avec parcimonie, conviaient les invités à échanger des regards familiers avant de se diriger vers le grand buffet ou le bar.

Les rires et les murmures flottaient dans l'air, se mêlant harmonieusement à une mélodie classique diffusée en fond. L'estrade des musiciens, encore vide, laissait deviner une performance unique pour l'ouverture du Gala.

— « C'est plutôt toi, avec ce beau costume, monsieur Guerrero », répondit Liv, un sourire chaleureux aux lèvres. « Merci de m'avoir invitée. Ça fait du bien de troquer la blouse blanche pour une robe, ne serait-ce que pour une soirée. »

Il ne put qu'acquiescer en serrant son bras sous le sien avant de la voir s'éloigner vers le buffet avec une aisance naturelle, prête à savourer les festivités. Il la suivit du regard, reconnaissant pour sa présence familière, qui lui offrait bien plus qu'un simple réconfort, même s'il se sentait déjà à l'aise dans des événements aussi guindés que celui-ci.

Seth balaya la salle, cherchant sa mère dans la foule, profitant du passage d'un serveur pour attraper deux coupes de champagne. Puis, enfin, il l'aperçut. Elle discutait avec le Sénateur Pratt de l'état de Pennsylvanie, dont il savait qu'elle briguait le prochain mandat, sous l'œil vigilant de son chef de sécurité, toujours en retrait, mais attentif. Confiant, il s'avança vers elle et, dès qu'elle le remarqua, elle l'enveloppa précieusement dans ses bras. Ses yeux mordorés brillaient d'une chaleur maternelle, et Seth ressentit un frisson de satisfaction en la voyant ainsi, radieuse, à merveille dans son élément.

— « Bonsoir, *mi corazón*. Je suis heureuse que tu sois là. Dis donc, tu es particulièrement élégant ce soir », dit-elle en posant une main affectueuse dans son dos.

Ses mots, simples, mais sincères, étaient illuminés par une lueur de fierté qui traversa son regard avant qu'elle ne se tourne vers les invités, reprenant son rôle avec aisance.

— « Telle mère, tel fils », répondit-il d'un sourire complice.

D'un coup d'œil discret par-dessus son épaule, il aperçut Liv au bar, accoudée et plongée dans une conversation animée avec le serveur. Une pointe de regret l'effleura en pensant à Keir, retenu par un entraînement intensif pour un match local. Son coach avait insisté sur l'importance de préserver sa forme pour la compétition du lendemain, l'empêchant d'être présent ce soir. Lorsque la jeune femme avait accepté avec enthousiasme, échangeant même son planning avec un collègue pour être disponible, Seth s'était fait la promesse de veiller sur elle. Chassant cette pensée, il ramena son attention sur sa mère, dont la voix portait au-dessus des discussions des convives, ses gestes et son sourire incarnant toute l'aisance d'une ambassadrice aguerrie dans ce monde feutré.

Pendant de longues minutes, il resta à ses côtés, partageant des conversations de politesse et des salutations avec les personnalités venues encourager la mission du gala de charité. Cet événement, soigneusement orchestré, visait à recueillir des promesses de dons pour des organisations locales. Les invités de marque permettaient une médiatisation mesurée, mais l'objectif demeurait clair : promouvoir des initiatives essentielles pour la société. Qu'il s'agisse de soutenir un foyer pour femmes, un groupement œuvrant pour le bien-être animal ou des programmes éducatifs pour les jeunes issus de milieux modestes, chaque cause était mise en lumière.

Seth écoutait chaque intervenant exposer, en petit comité, la mission de leur association, son regard glissant d'un visage à l'autre. Bien qu'il s'y intéressât sincèrement, comme pour tous les engagements menés par sa mère, ce soir-là, il peinait à résister à l'envie de jeter un coup d'œil furtif à sa montre. Une légère impatience animait son cœur à l'idée que l'orchestre ne tarderait plus à prendre place sur scène. Dans un coin de son esprit, une pensée persistait : celle de la voir jouer du violoncelle, juste devant lui.

Quatre jours interminables s'étaient écoulés depuis qu'il l'avait raccompagnée jusqu'à son immeuble. Il lui avait fait comprendre, d'une manière ou d'une autre, qu'elle ne devait pas s'habituer à sa présence fréquente, mais il n'avait pas anticipé à quel point ses responsabilités scolaires allaient l'accaparer. Ses examens et ses dossiers préliminaires pour son job d'été lui prenaient un temps fou, tant il peinait à rester concentré. À de nombreuses occasions, il avait été tenté de s'accorder une pause, rien que pour un café, d'autant plus que *l'Improviste* n'était qu'à vingt minutes. Keir lui avait d'ailleurs proposé de le rejoindre la veille pour une soirée, mais Seth avait décliné. Il s'était retenu, malgré son envie de poser ses notes et d'échapper à la monotonie de ses révisions. Il savait très bien que la simple pensée de son sourire suffisait à lui faire perdre de précieuses minutes ; la voir en personne risquerait de réduire sa détermination à néant.

Il ignorait si elle serait parmi les musiciens ce soir-là, le laissant dans une attente fébrile où il se mit à jouer avec ses bagues. Prétextant finalement un besoin d'air, il s'excusa auprès de sa mère et rejoignit Liv, toujours installée au bar, feuilletant distraitement des tracts des nombreuses associations représentées. Seth porta sa coupe de champagne à ses lèvres juste au moment où la chanson s'interrompit. Un silence s'abattit sur la salle, tous les regards convergeant vers l'estrade où le Sénateur Pratt entamait son discours. Très vite, le calme laissa place à un tonnerre d'applaudissements, saluant l'enthousiasme des invités pour cet événement.

— «Bonsoir à tous, c'est un honneur de vous retrouver pour cette troisième édition du Gala des associations de Pennsylvanie. Cette année, nous avons le privilège…"

Et alors, il la vit.

Elle se distinguait à ses yeux, parmi les musiciens montant sur scène, tous vêtus de noir pour mieux se fondre dans l'atmosphère élégante, empreinte d'une grâce captivante. Sous la lumière tamisée, son teint d'ivoire semblait luire d'un éclat irréel ; ses cheveux, relâchés en de légères boucles, retombaient en douceur sur ses épaules, se fondant avec un charme hypnotisant.

Seth déglutit alors qu'une vague de chaleur le traversait, sans même prendre conscience de l'attrait qu'elle exerçait sur lui. Elle avançait vers son emplacement, où l'attendait son violoncelle, chaque mouvement empreint de précision et de grâce. À cet instant, le bruit ambiant s'effaça pour lui, comme si le monde s'était tu.

À côté de lui, Liv lui murmurait quelques paroles à l'oreille, mais ses mots se noyaient dans le vacarme des applaudissements qui résonnaient tout autour. Pourtant, rien de tout cela n'atténuait l'emprise que la jeune femme avait sur lui, sans même croiser son regard.

La musicienne semblait totalement absorbée par le moment, ses prunelles effleurant brièvement les premiers rangs avant qu'elle ne cale son violoncelle entre ses genoux avec une précision méticuleuse. Seth sentit aussitôt ses paumes s'humidifier, ses pensées dérivant vers une cigarette, un verre, n'importe quoi pour apaiser cette tension soudaine.

Comme si elle avait perçu son trouble, Liv inclina discrètement la bouteille et remplit sa coupe. Puis, les premières notes s'élevèrent, riches et envoûtantes, glissant sous sa peau comme une caresse électrique, éveillant en lui un frisson incontrôlable. Il ne pouvait détourner les yeux : elle était là, si proche, emportée par son art.

Pire encore, à cette distance, il distinguait son sourire épanoui, une lueur de fierté illuminant son visage. Il s'efforça d'ignorer le grain de beauté sur ses lèvres, ce détail qui menaçait de l'engloutir tout entier. Une vague d'émotions le submergeait, le clouant sur place, prit au piège de la perfection pure de cet instant.

— « Respire. »

— « Ouais », murmura-t-il, feignant un détachement qu'il était bien loin de ressentir.

Il détourna brièvement les yeux pour embrasser l'ensemble de l'orchestre, dont la musique offrait au gala une entrée en matière à la fois envoûtante et harmonieuse. Un sourire en coin se dessina sur ses lèvres tandis qu'il savourait son champagne, le pétillement du breuvage accentuant la chaleur diffuse qui montait à ses joues.

— « C'est à cause des bulles », murmura-t-il finalement à Liv, comme pour justifier cet éclat furtif qui le trahissait malgré lui.

Il tenta de se recentrer, conscient que l'événement méritait toute son attention, tout comme les invités dispersés sur le toit illuminé. Certains visages lui étaient inconnus, signe que de nouvelles associations avaient rejoint l'édition de cette année. Toutefois, un détail accapara lentement son regard. Même les médias, d'ordinaire prompts à immortaliser chaque instant, se faisaient contre toute attente discrets, leurs caméras baissées ou soigneusement orientées ailleurs.

Ses pensées furent balayées par une vague d'applaudissements qui éclata dans l'assemblée, amplifiée par l'enthousiasme de Liv. Sur scène, tous les musiciens, guidés par leur chef d'orchestre, saluèrent le public avec une ferveur et une humilité sincères. Ce moment était le fruit des dons récoltés tout au long de l'année, offrant à de jeunes talents l'occasion de se produire dans des conditions exceptionnelles. Pourtant, une pointe de frustration lui serra le ventre en songeant à ceux, comme ce danseur aperçu dans le parc du conservatoire, qui manquaient des moyens nécessaires pour vivre pleinement leur rêve.

Puis, son attention, comme attirée par une force invisible, retrouva la musicienne. Elle souriait timidement au public, et lorsqu'elle releva la tête, leurs regards se croisèrent. Ses yeux bleus capturèrent les siens dans un instant suspendus, et Seth se sentit happé, submergé comme par une vague infinie. Autour d'eux, tout sembla s'effacer, les bruits devenant lointains, les mouvements estompés, comme si rien d'autre n'existait que cette étincelle entre eux.

Une chaleur diffuse glissa jusqu'au bout de ses doigts à l'idée de s'approcher, de briser cette distance fragile. Mais déjà, l'auditoire s'animait, plus dense et vivante. Une nouvelle mélodie s'éleva, entraînant les invités sur la piste. En un battement de cils, elle disparut, sa chevelure flamboyante noyée par le flot des silhouettes mouvantes. Ne subsistait alors qu'un trouble persistant, un écho évanoui dans la nuit.

— « Je n'arriverais pas à danser avec ses chaussures », murmura Liv, se crispant légèrement à ses côtés et l'obligeant à détourner les yeux de la foule à la recherche de l'inconnue.
— « Je sais. Mais je ne vais pas te laisser avec n'importe qui. »

Son bras se resserra instinctivement autour d'elle, scellant ainsi la promesse silencieuse faite à Keir. La musique changea de rythme, enveloppant l'espace d'un tempo plus lent, mais Seth restait distrait, scrutant entre les silhouettes à la recherche de celle qu'il avait perdue de vue. Où était-elle allée ?

— « Non, tu vas l'inviter et c'est un ordre. »

Seth fronça les sourcils, son regard se recentrant sur Liv, se maudissant d'être si transparent. S'il était venu avec l'idée de trouver la jeune femme, il n'allait clairement pas laisser sa meilleure amie seule, veillant à ce qu'elle passe une bonne soirée.
— « Il faudrait déjà que je la retrouve, je ne la vois plus. »
— « Quoi ? Mais non, attends… » s'exclama-t-elle à voix basse.

Liv se retourna brusquement, certaine d'avoir aussi aperçu la musicienne quitter la scène pour se mêler aux convives. Autour d'eux, le buffet et le bar se remplissaient d'hôtes rieurs, tandis que d'autres s'installaient aux tables, leurs voix créant une ambiance animée. Il croisa la silhouette de sa mère, main dans la sienne, avec le Sénateur Pratt qui l'invitait à danser. Il s'y attarda un instant avant de détourner le regard. Mais, dans cette effervescence, la chevelure de l'inconnue avait bel et bien disparu.

— «Tu sais quoi, je vais demander son nom à l'Orchestre, on va au moins…» tenta-t-elle, cherchant à nouveau à trouver une solution.

Le ton résolu de Liv se perdit, et Seth sentit un poids lourd se poser sur sa poitrine. La suivre, l'interroger ? Il se figea, réalisant qu'il ne pouvait franchir cette limite. Cette musicienne, avec ses regards furtifs et ses sourires à peine esquissés, n'avait offert qu'un aperçu de ce qu'il avait manqué durant quatre maudits jours, mais il devinait une distance qu'elle semblait vouloir préserver, sans souhaiter se rapprocher davantage de lui. Baissant les épaules, il se résigna face à ce revers de situation. Malgré tout, l'effervescence qui les entourait ne cessait de vibrer dans l'air, les conversations animées lui rappelant que la soirée continuait, indifférente à ses préoccupations. Il prit une profonde inspiration, tentant de chasser son trouble.

— «Non… ce n'est pas grave, viens. Je vais t'apprendre à danser sans me marcher sur les pieds.»

Ils passèrent finalement une nuit agréable, Liv arrivant à le faire éclater de rire par tous ses mouvements maladroits sur la piste, la musique enveloppant leurs esprits d'une douce chaleur. L'enthousiasme des invités et l'énergie ambiante parvinrent à dissiper un peu sa déception, et Seth s'impliqua pleinement dans le moment présent.

Après avoir déposé Liv devant chez elle, le chauffeur redémarra la voiture. Profitant du silence de la nuit, il s'appuya contre la carrosserie, cigarette entre les doigts, ses pensées encore accrochées aux événements de la soirée. Dans la quiétude de la rue, il attendit que les lumières de l'appartement de sa meilleure amie s'allument, s'assurant qu'elle était bien rentrée. Lorsqu'il la vit lui faire signe de la main par la fenêtre de sa chambre, un sourire se dessina sur ses lèvres. Il éteignit son filtre et monta dans la voiture, reprenant le cours de ses réflexions.

Elle était partie, sans un mot, sans même un geste qui aurait pu lui suggérer la possibilité d'une *prochaine fois* évoquée précédemment. Cette absence traçait une marque qu'il n'arrivait pas à effacer.

À quoi s'était-il attendu ? Lui qui avait longtemps évité de céder à ce genre de désirs et il réalisait à présent qu'il s'était piégé, sans même s'en rendre compte, se laissant porter par la conviction qu'il pourrait lui reparler après des jours d'éloignement. Se plongeant dans ses examens avec l'idée qu'il rattraperait le reste plus tard, il se maudissait de ne pas avoir été plus clair avec elle, de ne pas lui avoir expliqué les raisons de son indisponibilité. Mais mettre des mots sur ce qui le poussait à s'accrocher à ses repères lui avait toujours semblé inutile, voire impossible. Ses amis, le basket-ball, l'architecture, sa mère… tout cela formait un équilibre qu'il entretenait avec soin, comme eux veillaient sur lui en comblant, dans une quiétude rassurante, les silences laissés par son enfance.

Trop vite de retour à la villa Guerrero, Seth dénoua distraitement sa cravate et sortit son téléphone pour prévenir sa mère de son arrivée. Dans l'air frais du soir, un étrange mélange de nostalgie et d'inachevé le traversait, comme si cette soirée refermait doucement une porte sur une étape de sa vie. Ce n'est qu'à cet instant qu'il remarqua plusieurs messages, reçus quelques heures plus tôt, qu'il n'avait pas pu consulter au milieu du gala. Il ouvrit le premier, sans grande conviction.

Keir : Tu me remercieras plus tard.

Intrigué, Seth fronça les sourcils à sa lecture. Puis, il aperçut un texto d'un contact anonyme, et à peine avait-il parcouru les premiers mots qu'il sut immédiatement que c'était elle. Non seulement à cause de sa manière unique de s'exprimer, mais aussi, et surtout, parce qu'il sentait, avec une étrange certitude, que c'était bien elle. Comme si, en quelques jours, elle s'était installée dans un recoin familier de son esprit, comme une personne qu'il avait toujours connue.

Elle : Désolée d'être partie si vite. J'aurais aimé pouvoir te rejoindre ce soir.

Il se jeta sur le canapé du salon, un mélange de surprise et de fébrilité le traversant, attirant l'attention de son chat qui vint se lover sur ses jambes, réclamant des caresses. Seth serrait son téléphone entre ses doigts, absorbé par le message qu'il relisait inlassablement, comme s'il espérait que les mots se réécrivent sous ses yeux, qu'il ne rêvait pas. Il laissa s'écouler quelques minutes, perdu dans ses pensées, puis finit par réagir, cherchant néanmoins à comprendre comment Keir avait pu lui transmettre son numéro.

Seth : Il n'est jamais trop tard.

Un sourire attendri se dessina sur ses lèvres, tout en caressant distraitement la petite boule de poils qui ronronnait de satisfaction. Il se sentait étrangement léger, à deux doigts de soupirer de contentement, lorsque sa réponse lui parvint presque aussitôt.

Elle : Et te faire manquer les autres examens que tu dois passer ? Non.
Seth : Keir, ce vendu.
Elle : Ne t'en fais pas, il a été bien récompensé avec d'immenses verres d'eau.
Seth : C'est gentil de t'en être souciée, mais son coach lui doit une belle chandelle. Il finira par lui dire de revenir au bar pour une tournée.
Elle : Je me note les réservations.

À travers cet échange, une étrange chaleur le parcourait, comme si elle était là, assise à ses côtés. Il hésita, ne sachant pas s'il pouvait aborder à nouveau cette question, qu'il lui avait déjà posée, dans d'autres circonstances. Une intuition le poussait à le lui demander, bien qu'il se doutât qu'elle pourrait choisir de rester évasive.

Seth : Est-ce que ça va ?

Ses doigts s'étaient crispés sur les touches sans qu'il en ait conscience, et la réplique tarda à arriver. Pour ne pas laisser ses pensées s'étendre, il profita de ce moment de pause pour se servir un verre d'eau qu'il avala d'une traite, toussotant. Il observait le téléphone du coin de l'œil, malgré lui, sans se rendre compte de la nervosité que lui causait cette attente, sans pouvoir s'empêcher de claquer la langue, agacé par sa propre réaction. Une fois sous les draps, après avoir quitté son costume, un signal lumineux attira enfin son attention : elle avait répondu.

Elle : Je vais bien, ne t'en fais pas.

Bien qu'elle semblât tenir à préserver son jardin secret, elle paraissait vouloir le rassurer sans révéler les raisons de son départ précipité. Seth le comprit et veilla à ne pas franchir les limites en lui en demandant davantage. Il choisit plutôt de se lancer dans une conversation naturelle, s'efforçant d'être sincère tout en écrivant ce qu'il aurait aimé lui dire un peu plus tôt dans la soirée.

Seth : D'accord. Mais puisque nous y sommes, je veux te dire que tu as été vraiment brillante ce soir. J'ai adoré te voir jouer, et beaucoup d'autres aussi, d'ailleurs.
Elle : Merci, c'est gentil... Je pense que c'était ma première scène avec autant de public.
Seth : Sur le toit de l'immeuble le plus huppé de Pennsylvanie, c'est une belle façon d'entrer dans le livre des records. L'ensemble de l'orchestre méritait ces applaudissements.
Elle : Merci beaucoup ! D'ailleurs, je crois que ton invitée a été celle qui nous a le plus acclamés. Tu la remercieras de ma part. Je dois faire une liste de tout ce que je dois inscrire dans le Guinness.
Seth : Qui sait, tu pourrais même avoir une collection rien qu'à toi.

Se rendant compte qu'il avait écrit trop vite, il fronça les sourcils en se demandant de qui elle faisait référence juste avant.

Seth : Tu parles de qui ?

Elle : Mon livre sera plus épais que le tien ? Celle avec qui tu as dansé par la suite.

Il se figea, surpris de réaliser qu'elle l'avait vu avec Liv. Il avait tant essayé de la chercher, et pourtant, il n'avait pas remarqué sa présence, observant de loin. Combien de temps était-elle restée au Gala ? Pourquoi n'était-elle pas venue le rejoindre ? Un soupir s'échappa de ses lèvres, mais il savait qu'il ne pouvait pas forcer des réponses là où elles n'étaient pas encore prêtes à se dévoiler.

Seth : Oui, effectivement, elle a apprécié la soirée. Puis, avec moi comme cavalier, elle n'aurait pas pu rêver mieux. Est-ce qu'on va réellement se demander qui a le plus gros livre entre nous ?
Elle : Non, je vais me passer de ce débat. Mais il faudra élever tes chevilles pour qu'elles dégonflent, je n'ai pas de pommade pour ça.

Il étouffa un rire avant de reprendre la conversation comme s'ils étaient encore assis sur le trottoir. L'envie de l'appeler, d'entendre sa voix à nouveau, lui effleura l'esprit, mais il se ravisa. À trois heures du matin, ce n'était clairement pas la meilleure des idées.

Seth : Dommage, ça aurait été une bonne raison pour se revoir.

Pour la première fois, il ne remarqua pas les petites bulles indiquant qu'elle était en train d'écrire. Hésitait-elle, ou était-elle simplement occupée ailleurs ? Il attendit, le cœur battant plus fort, incertain de l'impact de ses propres mots. Il s'était surpris à avouer, à sa façon, qu'il avait envie de la retrouver, mordillant nerveusement le bout de ses doigts.

Elle : Tu disais qu'il n'était jamais trop tard.

Ses yeux s'écarquillèrent en lisant sa réponse, ses pensées se bousculant. Elle n'avait pas été claire, mais cette ambiguïté, à la fois franche et subtile, le toucha en plein cœur. Il se redressa instinctivement sur son lit, un frisson parcourant son dos nu à l'idée que, peut-être, la nuit n'était pas encore terminée.

Seth : On se rejoint sur quel trottoir ?

Malgré l'agitation qui contractait ses lèvres, un sourire fugace radoucit sa mâchoire tendue. L'attente de la revoir s'insinuait en lui, son ventre en feu. Une fébrilité soudaine l'envahit, ses talons frappant alors le tapis de sa chambre dans un rythme presque imperceptible, chaque seconde s'étirant comme une éternité.

Elle : Devant celui du cinéma ? C'est à mi-chemin.
Seth : J'y suis dans 15 min.

Il aurait pu se perdre dans une multitude de questions. Comment savait-elle où il habitait ? Keir lui avait donné son numéro, mais il aurait gardé précieusement les informations le concernant. Elle devait s'être souvenue de son nom de famille et avoir mené quelques recherches pour comprendre qu'il résidait dans l'extension d'une ambassade. Connaissait-elle d'autres aspects de sa vie ?

Son esprit se brouillait, emporté par l'idée de la retrouver. Il se leva d'un coup, son corps réagissant plus vite que ses pensées, fouillant pour des vêtements confortables à enfiler. Un t-shirt sous un sweat-shirt suffira, se dit-il en se couvrant contre la fraîcheur de la nuit. Il traversa la maison à toute vitesse, les clés de sa voiture dans sa poche, envoyant un message à son meilleur ami pour lui dire qu'il méritait bien une pizza. Même deux. En un clin d'œil, il quittait la villa.

D'ordinaire conscient de sa sécurité en moto, Seth se sentait cependant plus imprudent ce soir, l'accélérateur légèrement enfoncé, se laissant porter par l'adrénaline. Les lampadaires éclairaient faiblement son chemin à travers les quartiers huppés. Dans son rétroviseur intérieur, il vérifiait qu'il était seul sur la route, sa main resserrée autour du volant, le cœur battant plus fort à chaque mètre qui le rapprochait d'elle.

Lorsqu'il se gara dans la zone de dépose-minute, l'heure tardive imposait le calme. Les lumières des feux clignotants témoignaient du silence profond de la nuit, au cœur de la ville endormie. Se souciant peu des règles, il laissa le moteur tourné dans la volonté d'offrir un peu de chauffage au moment où elle le rejoindrait. Pensant, des deux, être le premier arrivé, il baissa les yeux pour vérifier son téléphone quand une silhouette féminine apparut, longeant un petit chemin, courant vers lui.

Il perdit son sourire d'un coup, frappé par les gestes saccadés de la jeune femme se ruant vers lui, le reconnaissait probablement dans sa voiture en accélérant sa course. Ses pieds nus tapaient sur les pavés, brisant le silence de la place déserte. Un frisson glacé parcourut son dos. D'un mouvement brusque, il ouvrit la portière, heurtant le trottoir, puis se précipita vers elle sans hésiter. Son cœur s'emballa en croisant son regard tendu, mais elle hâta ses pas, sa panique évidente. Dans un élan désespéré, elle se jeta contre lui, s'agrippant à son bras comme si sa vie en dépendait. Ses yeux, dilatés, scrutaient l'horizon, fuyant un danger invisible, l'entraînant rapidement vers la voiture.

— «Faut qu'on parte, on m'a suivi!»

Seth n'eut pas le temps de poser des questions. L'angoisse dans son souffle court et les tremblements de son corps trahissaient sa détresse. Qui? Pourquoi? Il aurait l'occasion d'avoir des réponses plus tard. Il saisit fermement sa main, la tirant vers le côté passager, l'aidant à s'y installer avant de faire de même.

— «Éteins les lumières!»
— «Quoi?» fit-il par-dessus le moteur rugissant.
— «Éteins tes phares. Il ne faut pas qu'ils nous suivent!»

Il désactiva tous les éclairages sous l'urgence de son ton et laissa la voiture partir en trombe malgré lui, les pneus crissant sur l'asphalte. Un instant, son regard se posa dans le rétroviseur. Dans la pénombre, des silhouettes immobiles se dessinaient sur le trottoir, avant qu'ils ne les perdent de vue au premier virage. La faible lumière ne révélait que peu de détails, mais Seth avait deviné avec horreur leurs armes tendues vers eux, des gestes furtifs trahissant une menace latente.

La jeune femme se retourna une dernière fois vers la lunette arrière avant de se concentrer sur la route, serrant son téléphone entre ses doigts éraflés. Un pressentiment pesant lui murmurait que ce n'était que le début. Ce qu'il venait de voir le hantait, un frisson d'inquiétude lui parcourant l'échine.

Ils seraient toujours là, à leurs trousses, comme des ombres insidieuses prêtes à surgir à tout moment.

*Et s'il n'était pas arrivé à temps,
est-ce que tout un monde se serait effondré ?*

CHAPITRE

6

Mirrors

« J'ai senti chaque battement de mon cœur, comme si c'était ma première respiration, une nouvelle vie qui émergeait de ses propres échos. Mais tout a basculé quand je l'ai vue courir, complètement paniquée. C'était un monde entier et insoupçonné qui tremblait sous son sillage. »

- Seth

1 Août

Le regard rivé sur la route, Seth écoutait la respiration saccadée de la jeune femme à ses côtés. Il roulait sans hésitation vers chez lui, même si une intuition lui conseillait de prendre des détours, persuadé que la maison de sa mère était l'endroit le plus sûr à proximité, rivalisant avec le consulat tout aussi bien protégé. D'un coup d'œil furtif, il tendit la main pour saisir la sienne, son étreinte instinctive.

Elle frissonna, laissant un silence de cathédrale s'installer dans l'habitacle durant de longues minutes. Seth prit alors conscience que ce simple contact ne suffirait pas à apaiser le tourment qui la troublait.

— «On va chez moi, on avisera ensuite, d'accord?» murmura-t-il, la voix douce mais ferme.

Elle acquiesça presque imperceptiblement, ses tremblements se mêlant à la chaleur du siège chauffant. Les rares éraflures visibles sur ses jambes étaient la seule preuve de ce qu'elle avait enduré, mais Seth ressentait le poids énorme de son fardeau. Il détourna son attention, se concentrant sur la route. La panique pouvait attendre. Le plus important maintenant était de la rassurer.

La villa apparut très vite devant eux, les grilles s'ouvrant en silence à leur approche. Il sentit la jeune femme se pencher un peu, ses yeux attirés par l'élégance chaleureuse de la demeure.

— «C'est une maison d'hôte des années cinquante, modernisée dans les années 2000. Tu comprendras mieux quand tu verras l'intérieur.»

Sa voix était douce, mais ses mots, prononcés pour capter son attention, étaient teintés d'une intention discrète : détourner son esprit de l'ombre de l'agression qu'elle venait de vivre. Seth gara la voiture, ses mains, habituellement fermes et assurées, tremblant légèrement alors qu'il ajustait sa position. Il détestait cette sensation de faiblesse, mais il n'arrivait pas à s'en défaire. Il se hâta néanmoins de contourner le véhicule pour lui ouvrir la portière, mais elle avait pris de l'avance, un pied appuyé sur les dalles lisses.

Elle s'immobilisa, inspirant profondément l'air paisible des quartiers résidentiels, mais rien dans sa posture ne dénotait un apaisement, bien au contraire. Ses épaules étaient tendues, et ses yeux, terriblement brillants, trahissaient l'angoisse qui l'habitait. Seth s'accroupit devant elle, cherchant à établir un contact visuel. Une larme solitaire roula le long de sa joue, et cette image le bouleversa, le frappant comme un coup de poing. Il eut l'impression de se briser à l'intérieur, d'éprouver une douleur se répandre dans sa poitrine. Sans réfléchir, il lui saisit de nouveau la main, sa prise légère, mais remplie d'émotion suffisante pour raviver le souvenir d'un autre moment partagé, plus calme.

Doucement, il sentit alors les doigts de la jeune femme effleurer les lignes tatouées sur sa peau, comme elle l'avait fait à leur première rencontre. Ce simple geste, chargé de tendresse, sembla apaiser sa respiration, qui retrouva peu à peu un rythme plus serein, comme si chaque caresse pouvait éloigner les ténèbres dont elle revenait.

— «Je vais demander à ma meilleure amie de venir te soigner, ça te va ? Tu l'as déjà vu, c'est celle du Gala. Elle ne posera pas de questions », murmura-t-il, dans un souffle bienveillant.

— « Non, je m'en occupe. Tu fais beaucoup pour moi », répondit-elle, sa voix tremblante d'un soupir retenu. Ce sanglot étouffé relâcha enfin la tension dans ses épaules.

Il ne pouvait qu'imaginer ce qu'elle avait traversé en l'espace de ces quelques minutes, et, mentalement, il se félicita d'avoir roulé si vite pour la retrouver. Sans lâcher sa main, il plongea son regard dans le sien un instant de plus, avant de se redresser pour la guider à l'intérieur, les lumières du rez-de-chaussée s'allumant à leur passage.

D'un geste rapide, Seth accrocha ses clés à l'entrée et se dirigea vers l'alarme, l'éteignant pour ne pas attirer la vigilance de la sécurité du consulat qui attendait le retour de l'Ambassadrice dans la nuit. Son attention, pourtant, s'était posée sur la jeune femme, qui s'était arrêtée au centre de la pièce, ses yeux parcourant chaque détail avec une curiosité silencieuse.

Sous la lumière tamisée, il l'observa découvrir les murs beiges ornés de tapisseries aux teintes chaleureuses évoquant des paysages espagnols. Le vaste salon, ouvert sur la cuisine traditionnelle dominée par un large îlot servant de table pour les petits déjeuners, s'étendait jusqu'à la salle à manger, créant un espace harmonieux empreint de sérénité. Dans un recoin du rez-de-chaussée, une bibliothèque bien garnie révélait subtilement une chaise longue, dissimulée derrière un paravent, ajoutant une touche cosy au décor. Il avait beau vivre dans cette maison depuis plus de quinze ans, la voir explorer chaque détail lui offrait une perspective nouvelle sur ce qui faisait partie de son quotidien.

Seth ne put s'empêcher d'esquisser un sourire discret au moment où elle se pencha vers le chat qui venait de la rejoindre, reniflant ses vêtements avant de réclamer des caresses. L'envie de lui poser certaines questions le brûlait, mais il ravala ses mots alors qu'il s'avançait vers elle.

— «Il y a une trousse de secours à l'étage dans la salle de bain, je peux te préparer ce qu'il faut pour que tu sois un peu plus à l'aise.»

La jeune femme, brièvement captivée par la bibliothèque, releva les yeux à son approche. Elle hocha la tête avant de le suivre dans les escaliers, en silence. Les murs, éclairés en douceur, étaient remplis des portraits de la famille Guerrero, ainsi que de moments marquants auxquels sa mère avait participé durant sa carrière. Elle s'y attarda quelques secondes, son regard glissant posément sur les différents cadres, puis continua à avancer. En haut, un vestibule s'étendait, ouvrant sur les nombreuses pièces de l'étage, préservant intact l'esprit d'une maison d'hôtes.

Il la conduisit d'un geste vers sa chambre, désireux de lui offrir un peu plus d'intimité. Inévitablement, il la guidait dans un lieu qu'il n'avait jamais envisagé de partager avec elle, et encore moins dans de telles circonstances. S'il y avait un endroit où il espérait sincèrement que sa mère n'apparaisse pas d'un moment à l'autre, c'était bien ici, en cet instant précis.

Elle s'était arrêtée à son seuil, ses prunelles tournées vers le plafond peint. Elle avança de quelques pas, scrutant chaque coup de pinceau qui ornait les murs, ses yeux s'attardant sur les détails que Seth avait patiemment dessinés des années plus tôt. Voir son regard admiratif posé sur ces lignes éveillait en lui un sentiment inattendu, presque fragile. Seth se figea, une nervosité le prit à la gorge. Il l'avait invitée dans son espace intime, sans en avoir pleinement conscience, et à cet instant, il en mesurait toute la portée.

— «C'est toi qui a fait ça?»

Seth sentit la pression qui habitait ses muscles se relâcher, tout en étant traversé d'une sensation étrange et douce. Il hocha la tête en réponse, une chaleur l'envahissant lorsqu'elle lui offrit un sourire. C'était un de ces sourires qui éclairait la pièce d'une lumière nouvelle.

Son cœur battait si fort qu'il en entendait presque l'écho, chaque pulsation résonnant jusque dans ses oreilles. Le silence entre eux se tendait, alors que la jeune femme se dirigeait vers la salle de bain. Seth, encore un peu immobilisé malgré lui, l'observa prendre ses distances.
Lorsqu'elle s'arrêta devant le miroir, ses yeux se braquèrent sur son reflet. Les éclats de la réalité se figeaient un instant dans ses traits. Il déglutit, ressentant un véritable pincement de l'autre côté de la glace. Elle se tourna légèrement, comme pour s'étudier, les égratignures visibles, mais lointaines sur sa peau, témoins d'une chute, mais au fond de ses iris, c'était tout un passé brisé qu'il percevait. Seth sentit un poids dans son ventre et une envie de l'apaiser, mais incertain de comment s'y prendre.

Quand ses yeux croisèrent les siens, un frisson le traversa, aussi rapide qu'une décharge. Il détourna le regard, ne voulant pas lui faire croire qu'il était en train de l'épier, une attitude qui allait à l'encontre de ses principes. Il se précipita pour ranger la chambre, ses gestes brusques et maladroits trahissant son empressement. Il était parti dans une hâte inexplicable, une demi-heure plus tôt, mais maintenant, il s'efforçait de rendre l'espace plus accueillant pour elle. D'ordinaire, bien ordonné, il tentait de masquer son agitation tandis qu'elle balayait la pièce d'un coup d'œil.

— «Je n'en aurais pas pour longtemps», prévient-elle en s'adossant légèrement sur le lavabo.
— «Prends ton temps, je ne vais pas loin.»

Elle lui offrit un sourire, presque timide, avant de refermer doucement la porte derrière elle, laissant un mince filet de lumière s'infiltrer dans la chambre. Seth s'éloigna aussitôt, évitant de rester immobile devant la salle d'eau, se débarrassa de son sweat-shirt avant de sortir dans le couloir dès lors qu'il entendit les robinets s'ouvrir. La savoir enfin en sécurité chez lui apaisa la tension accumulée, mais un goût amer lui monta aux lèvres. En réalisant à quel point elle avait frôlé le danger, il s'appuya un instant contre le mur, cherchant à reprendre son souffle, sentant chaque battement de son cœur. Le calme qu'il avait su maintenir en sa présence s'évapora dès qu'elle ne fut plus là pour l'observer. Rapidement, cependant, ce furent les explications qu'il devrait à sa mère qui envahirent son esprit, et il espérait qu'elle lui accorderait sa pleine confiance malgré la complexité de la situation.

Il inspira profondément pour se ressaisir avant de vérifier l'heure. Une tisane ferait probablement du bien à la jeune femme, tant pour se détendre que pour se réchauffer. En dévalant les escaliers, il se retrouva dans la cuisine et se força à se concentrer sur des gestes familiers : préparer de l'eau, ajuster le sachet, tout en essayant d'éviter de penser à son regard. Ces rituels, ces gestes automatiques, lui permettaient de garder le contrôle. Pourtant, chaque bruit de la vaisselle, chaque mouvement, semblait résonner plus fort qu'il ne l'aurait voulu, comme si la tension qui remontait en lui amplifiait le moindre détail. Elle était là, près de lui, et il devait lutter pour ne pas laisser son esprit s'égarer. Dix minutes plus tard, il la rejoignit tranquillement avec la tasse fumante, prenant soin de ne pas se brûler.

Mais, en entrant dans sa chambre, Seth s'immobilisa. Son regard tomba d'abord sur ses pieds nus, puis se releva lentement jusqu'à elle. Elle était arrêtée près de son bureau, enroulée dans le sweat-shirt qu'il portait juste avant et qu'elle avait remonté au niveau des coudes. Elle scrutait attentivement les feuilles et clichés accrochés au mur, les jambes croisées. Il se maudit de ne pas lui avoir trouvé un vêtement plus approprié, mais il réalisa avec un soupir de regret qu'il ne lui avait rien proposé du tout.

Posant la tasse sur la table de chevet, il déclara :

— « Désolé, je vais te chercher un jogging. »

Elle sursauta, surprise en train d'observer son environnement, entre les croquis dispersés et quelques photos. Elle recula légèrement, les joues soudain rosies et Seth eut toutes les peines du monde à détacher son regard de ses mèches humides retombant sur le col du sweat. Il remarqua qu'elle n'avait jamais porté de maquillage depuis qu'il la connaissait, et il réalisait à quel point elle était, tout simplement, d'une beauté saisissante.

— « Non, ça ira, il va… Enfin, je me sentirais mieux sans. »

Elle tourna un peu sa jambe, dévoilant des rougeurs sur sa peau, probablement des contusions. Instinctivement, il s'approcha d'elle, son regard se relevant pour parcourir le tracé de l'égratignure sur sa joue jusqu'à la base de son cou, devinant une autre blessure qu'elle avait subie lors de sa chute. Il tentait de comprendre ce qui l'avait amenée à être suivie, tout en cherchant comment lui offrir le répit dont elle avait besoin.

— « Je dois avoir des crèmes dans l'armoire à pharmacie. »

Elle eut un petit rire, murmurant avec un sourire qui allégea instantanément l'atmosphère.

— « En fait, quand tu disais avoir de quoi me mettre à l'aise, c'était du bluff ? Parce que j'ai pas signé pour ça. »

Sa plaisanterie fit battre son cœur d'un rythme irrégulier. Il sentait le poids de l'appréhension se dissiper quelque peu sous ses prunelles azurées.

— « Oui, et j'attends mon café, d'ailleurs. La machine est en bas », lança-t-il avec un sourire en coin.

Elle laissa échapper un doux rire, ses doigts effleurant quelques croquis éparpillés sur le bureau. Il se surprit à manquer un battement en entendant le son de sa voix, ses yeux suivant les mouvements de ses mains avant qu'elle ne se tourne vers la tasse qu'il avait préparée.

— «Qu'est-ce que tu as envie de faire?» demanda-t-il en un souffle.

Accrochant de nouveau son regard au sien, elle marqua une brève pause, hésitante durant quelques secondes avant de prendre la parole.

— «Parle-moi d'eux», proposa-t-elle doucement, presque à voix basse.

Elle avait levé la main vers les dizaines de photos de ses amis qui couvraient le mur. Seth apparaissait sur certains clichés, ses tatouages devenant de plus en plus nombreux au fil des années. Un sourire naquit sur ses lèvres en reconnaissant celles où Liv, Keir et lui étaient sur une plage, leurs visages baignés de soleil et de jeunesse. Il comprit alors qu'elle cherchait peut-être à retarder le moment où elle se livrerait à lui.

Désireux de lui changer les idées, surtout à cet instant, il décrocha quelques photos et les lui tendit. Elle les prit avec douceur, une expression empreinte de tendresse illuminant ses traits, tout comme les personnes sur les clichés.

— «On se connaît depuis l'adolescence, depuis que j'ai emménagé ici. On a été dans la même classe pendant une grande partie du lycée, et on s'est rapprochés en jouant au basket. Maintenant, Liv est presque médecin, et Keir est à présent dans l'équipe d'État», expliqua-t-il, une note de fierté dans sa voix.

— «Ils ont vraiment l'air adorables… Ah, celui-là, je le reconnais, tiens.»

Elle pointa une photo où il avait le sweat-shirt qu'elle portait. Elle esquissa un sourire complice, poursuivant immédiatement, réalisant probablement que tous les clichés accrochés au mur dataient de ses dix ans et au-delà.

— « Tu habitais où avant ? »

Seth l'observa tandis que ses doigts glissaient sur d'autres selfies, caressant les visages rieurs de son passé. Elle était si proche qu'il percevait chaque détail : le grain délicat de sa peau, l'éclat de ses yeux dans la lumière douce de la pièce. Un parfum subtil de cerise flottait entre eux, et il déglutit, brusquement conscient du peu de distance qui les séparait.

— « Brooklyn. »

Il détourna le regard, une étrange nostalgie mêlée à une amnésie volontaire le remplissant. Sa vie avant la nomination de sa mère à l'Ambassade lui semblait floue, presque effacée, comme s'il avait construit tous ses repères ici. Elle releva le menton à cette information, leurs épaules se frôlant dans un mouvement furtif et troublant. Seth sentit une chaleur l'envahir, ce contact créant une bulle d'intimité autour d'eux. La savoir là, dans sa chambre, le déstabilisait, et cette proximité éveillait en lui des sensations qu'il n'osait à peine reconnaître. Chaque fibre de son corps vibra, rendant chaque souffle lourd et brûlant.

Il se força à reprendre ses esprits, retira l'infusion de la tasse et la lui tendit. Dans les yeux de cette belle inconnue, une lueur inattendue brillait, un éclat pur et brut qui transperçait ses résistances. Derrière son sourire se dissimulait une douleur trop longtemps contenue, une souffrance qui effleurait chacun de ses gestes. Un frisson d'inquiétude parcourut les épaules de la jeune femme, comme si la retenue de ses émotions risquait de céder à tout moment.

— « Seth, je ne sais pas ce que j'aurais fait sans toi ce soir. »

Sa voix tremblait légèrement, et il s'efforça de ne pas interrompre sa prise de conscience, cachant le trouble croissant en lui alors qu'elle était rattrapée par la dure réalité de ce qu'elle venait de vivre. Une nouvelle larme solitaire glissa le long de sa joue, accentuant la pâleur de son visage. Sans réfléchir, il l'attira dans ses bras, l'enlaçant contre lui comme s'il pouvait la protéger de tout.

Ce contact le foudroya.

Une chaleur intense, comme un brasier longtemps éteint, s'éveilla en lui avec une violence inattendue. Il resserra son étreinte, ressentant chaque frisson qui la traversait, chaque tremblement de son corps contre le sien. Lorsqu'il sentit qu'elle s'abandonnait peu à peu à lui, il passa à l'instinct un bras sous ses jambes pour la soulever, la surprenant par ce geste et avec une douceur infinie, il l'installa sur son lit. Aussitôt, elle tenta de se dissimuler sous les draps, cachant le moindre bout de peau éraflé, ses yeux rougis et humides, des larmes silencieuses continuant de couler.

Il s'agenouilla à ses côtés, sans savoir quoi lui dire et l'aida à se couvrir. Désarmé par sa vulnérabilité, ses doigts se posèrent instinctivement sur les siens. D'un geste lent, il caressa sa main de son pouce, espérant que ce simple contact suffirait à apaiser, même brièvement, la détresse qu'elle portait.

Il resta là, en silence, son souffle s'accordant au sien.

— « J'ai vraiment couru aussi vite que je pouvais. Mais j'ai trébuché sur la route en les voyant se rapprocher... »

Sa voix tremblait, à peine un chuchotement, la peur nouant sa gorge alors qu'elle se remémorait des instants douloureux. Seth s'installa à même le sol pour se mettre à sa hauteur. Dans ses yeux, il percevait une panique brute, presque déstabilisante, bien loin de la combativité qu'elle avait déjà montrée.

Pourquoi tant d'individus l'avaient-ils poursuivie ? Était-ce les mêmes que la dernière fois ? Voulait-on la kidnapper, et si oui, dans quel but ? Le calme de la petite ville de State College n'était pas habituellement troublé par ce genre de violence, surtout comparée à d'autres grandes villes où de telles scènes étaient presque quotidiennes. Certains hommes, obsédés par leurs rêves et leurs initiales, se laissaient emporter par la folie.

Combien de fois les médias avaient-ils rapporté des enlèvements, régulièrement interprétés par certains comme liés à une manifestation de volonté divine ? Trop souvent. Il espérait encore qu'elle n'était qu'une victime de malchance, au mauvais endroit au mauvais moment, mais au fond de lui, il était convaincu que rien de tout cela n'était le fruit du hasard.

Lentement, il tendit un bras vers un paquet de mouchoirs et le lui remit, observant la manière presque hésitante avec laquelle elle finit par serrer sa main dans la sienne.

— « Tu es en sécurité maintenant. Ils ne viendront pas jusqu'ici. »

Pour préserver l'intimité de ses confidences, il murmura, son regard se perdant dans les traits délicats de son visage, malgré la nervosité palpable qui l'envahissait. Il devinait bien plus que des cicatrices anciennes, mêlées à des marques plus récentes, témoins d'épreuves du passé. Elle baissa les yeux vers sa main, fascinée par les tatouages qui ornaient sa peau, comme si chaque ligne offrait un instant de paix.

— « Je t'assure que je ne suis vraiment pas si maladroite, d'habitude. »

Cette tentative de légèreté fit naître un sourire chez Seth, et un écho de réconfort sembla traverser son regard. Il haussait les épaules, décrochant son attention de son visage pour s'adosser doucement contre la table de chevet. Il savait qu'elle possédait une force incroyable, capable de résister à bien plus que la plupart des gens. Mais alors, pourquoi en doutait-elle autant ?

— «La normalité est surfaite.»

— «C'est vrai… mais, je t'avoue que, parfois, j'en rêve un peu», murmura-t-elle, ses yeux se baissant.

Il tenta de déchiffrer l'énigme de ses mots. Quelle existence pouvait-elle mener au-delà de ses apparences de violoncelliste et serveuse à *l'Improviste*? Était-elle venue ici pour fuir quelqu'un? Il choisit une question qui pourrait, au moins, la ramener à des souvenirs plus apaisants. Il voulait lui offrir un instant de répit, conscient qu'elle en avait besoin.

— «Raconte-moi… raconte-moi à quoi ressemblerait une journée normale, pour toi.»

Ses longs doigts se détachèrent de sa main tatouée, glissant sur la peau mate de Seth jusqu'à son avant-bras avec une douceur qui lui arracha un frisson. Elle ne sembla pas le remarquer, continuant de l'effleurer en réfléchissant à sa réponse. Le cœur de Seth s'emballa sous la simplicité de ce contact, chaque caresse émanant une chaleur qui paraissait apaiser ses propres doutes.

— «Mmh… Prendre le temps de préparer un café au réveil et de le savourer avec des rayons de soleil qui traversent une fenêtre aux rideaux légers… Une mélodie qui flotte depuis une autre pièce, même si ce n'est pas chez moi.»

Elle se tourna vers lui en remontant les draps sur ses épaules, et l'intensité de son regard fit naître un frisson au creux de son être.

— «Des visages familiers…» rajouta-t-elle dans un simple souffle.

Il baissa les yeux, les fixant sur ses mains pour échapper à l'émotion brute qui se dégageait de ses paroles. Il voyait en elle ce besoin brûlant de spontanéité, un idéal qu'elle frôlait sans jamais oser y croire pleinement. Un sourire apparut au coin de ses lèvres tandis qu'il se surprenait à vouloir lui offrir cette vie douce et paisible dont elle avait envie. En silence, il se jura de tout faire pour qu'elle puisse enfin connaître une existence apaisée.

— « Et toi, ça serait quoi ta journée parfaite ? » demanda-t-elle, un éclat de curiosité brillant dans ses yeux.

Pour lui, la réponse était évidente, comme si ce moment présent contenait tout ce qu'il recherchait. Pourtant, il le nuança en se lançant par tout ce qu'il faisait au réveil.

— « Un café déjà prêt quand je me lève, le bruit de l'eau de la piscine extérieure qui se réchauffe, et ma mère baissant le volume de la musique après avoir enfin compris qu'elle pouvait contrôler le son via son téléphone. Les crayons que je dois tailler avant de commencer à dessiner... »

Il hésita, cherchant dans ses yeux bleus un signe d'intérêt, redoutant que sa routine lui semble trop banale. Mais le sourire qu'elle lui adressa le rassura, sans qu'il réalise qu'il lui offrait un aperçu de ses repères.

— « Je pense que je pourrais me contenter de ça, chaque matin. Si je n'avais rien d'autre à faire, je passerais des heures comme ça, avant de profiter de l'après-midi pour explorer de nouveaux endroits. »
— « Tu voyages beaucoup ? » demanda-t-elle, la curiosité piquée.
— « Avec ma mère surtout, dès que j'ai l'occasion de l'accompagner, je le fais. »

Du Venezuela à diverses contrées, Seth pouvait se targuer d'avoir visité de nombreux pays, porté par sa passion pour l'architecture et l'histoire de l'art. Il profitait de chaque instant libre pour les découvrir, tandis que sa mère était absorbée par ses fonctions d'Ambassadrice.
À cette évocation, il crut déceler une lueur étrange dans son regard, un mélange de nostalgie et de tristesse.

— « Vous êtes proches, c'est ça ? »

Elle n'eut qu'à observer les photos ornant les murs de sa chambre pour comprendre à quel point il tenait à celle qui faisait honneur à son nom de jeune fille. Il hocha la tête, puis s'appuya contre le tiroir de la table de chevet, laissant leurs doigts s'entrelacer doucement, comme une évidence. Cette caresse, empreinte de sensualité qu'elle amorça, créa une parenthèse hors du monde. Son propre souffle s'apaisa peu à peu, tandis que le cœur de Seth, lui, battait à contretemps. Elle n'était pas prête à parler de ses parents, ni même de ses amis, et il respecta son silence. Une conversation muette faite de regards échangés et de gestes furtifs s'installa et l inspira profondément, savourant cette douceur nouvelle.

— « Ça te ferait plaisir, hein ? » murmura-t-il après un moment, un léger sourire se profilant sur ses lèvres, à peine perceptible.

Il savait qu'elle ne le dirait pas, mais il avait besoin de l'entendre à voix haute, d'écouter l'écho de ses propres pensées. Elle tourna lentement la tête vers lui, ses yeux mi-clos, mais encore éveillés.

— « De quoi ? »
— « De voir ce que je dessine... »

Un souffle amusé lui échappa, un rire si discret qu'il en aurait presque douté. Ce n'était pas une moquerie franche, juste une étincelle d'espièglerie, comme si elle se jouait gentiment de lui. Il l'observa du coin de l'œil, cherchant à capter chaque nuance de son expression. Cette légèreté, infime, mais sincère, le troubla brièvement. Il aimait cette nuance dans sa voix, cette manière d'effleurer un moment d'insouciance alors qu'elle semblait porter tant de silences en elle.

— « Oui, sûrement », répondit-elle, ses paroles teintées d'une tendresse étrange.

Ils restèrent là, elle allongée dans le lit, lui assis par terre, bercé par le calme de l'instant, conforté par sa simple et seule présence. Peu à peu, il la vit céder à la fatigue, son souffle devenant lent et régulier, sa poitrine se soulevant dans un rythme apaisé. L'ombre de la nuit adoucissait les traits de son visage, les débarrassant des tensions qu'il devinait en elle lorsqu'elle était éveillée.

Seth se laissait gagner par une harmonie inédite. Sa main, toujours enlacée à la sienne, semblait être son seul ancrage dans l'instant. Il s'efforçait de rester maître de lui-même, comme il l'avait systématiquement fait, mais un trouble le déstabilisait. Ce n'était pas juste la fatigue qui l'assourdissait ; c'était cette fragilité qu'il voyait chez elle, mais aussi la sienne, qu'il n'avait pas anticipée. De toutes les épreuves qu'elle avait traversées pour tenter de vivre normalement, il percevait toute la force de la jeune femme et ne pouvait qu'en être admiratif.
Persuadé que l'épuisement était néanmoins celui qui lui jouait des tours, il ferma les yeux un instant, cherchant à se recentrer. Mais c'était trop tard. La douceur s'était déjà infiltrée en lui, s'insinuant dans chaque recoin de son être.

Puis, alors qu'il était sur le point de sombrer, il l'entendit soudainement murmurer, d'une voix à peine consciente, comme un rêve volé au sommeil. Ce simple son résonna en lui tel un écho, une caresse qui le tira de son apesanteur. Une vague d'émotion le submergea, le ramenant à la réalité. Il leva les yeux vers elle, apercevant le sourire fin de ses lèvres.

— « En fait Seth », commença-t-elle en tournant légèrement sa tête vers lui. « J'adorerais surtout te regarder dessiner. »

Une seule phrase et elle y apportait ses propres nuances.

*Et si c'était avec elle,
qu'il pouvait commencer chaque journée ?*

CHAPITRE

7

Chihiro

« Le dessin a toujours fait partie de moi, un exutoire silencieux. Pendant longtemps, je n'ai montré mes créations à personne, pas même à mes proches. Ce n'est qu'en arrivant à l'université que ça a changé. Alors, quand Elle a posé les yeux sur mes œuvres au plafond, un frisson m'a traversé, comme si, en les découvrant, elle dévoilait aussi une part de moi que j'avais encore gardée cachée. »

- Seth

1 Août

Pour la première fois depuis des années, Seth s'éveilla d'un sommeil profondément réparateur. Une légèreté inattendue l'envahit, dissipant toute trace d'agacement habituel, même sans la moindre odeur de café dans l'air. Un sourire naquit sur ses lèvres tandis qu'il s'étirait, mais un choc brusque contre sa tête le tira brutalement de sa torpeur. Il grogna, maudissant sa maladresse. Pourtant, une étrange intuition lui murmurait que cette matinée recelait une nouveauté. Un éclat de lumière attira son regard sur le lit, sans se souvenir d'y être monté la veille.

Il réalisa qu'il portait encore les mêmes vêtements, preuve qu'il s'était assoupi sans même s'en rendre compte. Ses yeux descendirent alors vers les draps froissés, où quelques mèches flamboyantes s'étaient glissées hors de la couette. L'idée qu'elle soit encore là, tout près de lui, ancrée dans cet espace devenu son refuge fit naître un sourire presque plus tendre sur son visage.

Le soleil, haut dans le ciel, baignait la chambre d'une lumière dorée. Ses rayons effleuraient les murs comme une caresse rassurante. L'atmosphère, douce et suspendue, offrait une trêve où Seth pouvait se perdre dans ses pensées, loin des tourments habituels. Il ne se souciait plus de ses examens ni de rien d'autre. Même le son d'un téléphone vibrant, quelque part dans la pièce, ne parvint pas à le tirer de ses draps. Il inspira profondément, laissant l'air frais effleurer sa peau. Un frisson imperceptible le traversa, comme si ce matin portait en lui l'écho d'un tournant encore inconnu.

Un murmure surgit alors, le ramenant brutalement à la réalité.

— « Qui est-ce ? »

Seth sursauta, quittant presque le lit sous l'effet de surprise. Il découvrit sa mère debout dans l'embrasure de la porte, les bras croisés, le regard pénétrant et les lèvres plissées. Depuis combien de temps était-elle là ? Il se redressa, marchant avec précaution sur le bout des pieds, lançant un coup d'œil à l'inconnue endormie dont la respiration paisible se mêlait à l'air tiède de la pièce.

— « Une amie », chuchota-t-il, soucieux de préserver son sommeil.

Sa voix à peine audible, il se hâta de la rejoindre. Savoir qu'elle observait la jeune femme blottie dans ses draps déclencha en lui une réaction étrange, comme si elle venait de saisir un aspect caché de sa vie. Après tout, il avait toujours veillé à ce qu'elle n'en rencontre jamais dans sa chambre. Manquant de se cogner le gros orteil à cette pensée, il maugréa silencieusement en tentant de faire reculer sa mère.

Elle était restée immobile, et un fin sourire se dessina sur ses lèvres, mêlant fierté et compréhension. Pourtant, sous cette bienveillance, Seth lut dans son regard une nuance d'inquiétude teintée de malice, comme si elle percevait tout ce qu'il éprouvait. Une légère tension monta en lui, renforçant l'intensité de l'instant et il réalisa qu'il n'avait pas du tout réfléchi à ce qu'il aurait pu lui dire. Il se serait senti bien plus honteux si elle reconnaissait la musicienne de l'orchestre de la veille.

— « Ce n'est pas ce que tu crois », répondit-il d'un ton nerveux,

presque par automatisme.
— «Je n'ai pas besoin de savoir, tant que tu prends tes précautions.»
— «*Mamá*, je suis encore tout habillé, tu vois bien», soupira-t-il, un brin exaspéré.

Il leva les yeux au ciel, mais elle, imperturbable, dirigea de nouveau son attention vers la jeune femme, une ombre de préoccupation voilant ses traits. Seth sentit une vague d'angoisse l'envahir, redoutant la perception maternelle aiguë. Elle scrutait ce visage doux et endormi, inconnu dans son univers routinier, et un doute s'insinua dans son esprit. Après tout, elle était toujours sa mère, vigilante sur chaque détail, et cette intrusion dans son espace habituellement solitaire réveillait un besoin d'intimité.

Et elle n'eut qu'à se pencher depuis le seuil de la porte pour constater les marques sur les joues de la jeune femme, cette dernière commençant à émerger lentement du sommeil, passant sa jambe blessée au-dessus de la couette. Sous le jour maintenant bien installé, les bleus et éraflures qui parsemaient son genou étaient bien plus visibles. Le silence pesait dans la pièce, chaque seconde amplifiant le malaise entre lui et sa mère. Les mots qu'il souhaitait prononcer semblaient coincés dans sa gorge, redoutant sa réaction face à la réalité de cette nuit chaotique. Bien que l'accident de moto fût désormais derrière eux, Seth savait qu'il devait encore respecter les règles de la maison. Elle restait constamment attentive à tout écart, surtout lorsqu'elle pensait qu'il se concentrerait uniquement sur ses examens de fin d'été. Ce matin, il était l'exemple parfait du contraire.

— «Est-ce que je dois appeler un médecin?» demanda-t-elle, soudain plus alerte.

Les bras décroisés, elle pesait la gravité de la situation : cette jeune femme dont elle n'avait jamais entendu parler, blessée et allongée dans le lit de son fils. Seth secoua la tête en silence, l'invitant doucement à quitter la pièce avant de refermer la porte derrière eux. Il était persuadé qu'à la moindre mention d'un hôpital, l'inconnue pourrait disparaître, comme elle l'avait fait quelques semaines plus tôt. Il ignorait encore la véritable origine de cette réticence, mais celle-ci semblait profondément enracinée, bien au-delà d'un simple refus d'aide.

— « Elle a juste besoin de temps », murmura-t-il.
— « Seth, je vais devoir signaler cette situation, tu le sais », répondit-elle, la voix basse, mais empreinte d'une autorité familière.
— « Laisse-moi gérer ça, s'il te plaît. Je t'assure qu'elle ne causera aucun problème. »

La rigueur imposée par le statut diplomate de sa mère signifiait que les complications étaient inacceptables ; la procédure devait être respectée, chaque demande traitée sans faille. Dans son regard, Seth percevait une dualité : l'inquiétude pour l'inconnue et le souci de préserver l'image irréprochable de l'ambassade. Cette rigueur n'était pas seulement une question de règle ; un faux pas pourrait compromettre sa mission politique et mettre en danger ceux qui cherchaient l'asile.

La pression de cette double responsabilité l'alourdissait, rendant chaque moment de la situation plus insupportable. Il ne voulait pas effrayer la jeune femme ni accentuer l'anxiété de sa mère. Semblant peser le pour et le contre de sa proposition, elle scruta attentivement le visage de son fils, balayant ses traits. Elle s'arrêta sur l'entaille fraîche au coin de sa lèvre, bien plus visible que les égratignures qu'il avait eues durant l'accident.

— « Et pour ça, qu'est-ce qui s'est passé ? » Sa question se fit plus tranchante malgré son murmure, et Seth redressa quelque peu le menton, piqué par le ton. Il n'avait pas réellement prévu de lui cacher autant de points.
— « C'est compliqué, mais je t'expliquerai. Pas maintenant... »

Un son étouffé le coupa dans son élan : un coussin glissant au sol, peut-être le sien, resté en équilibre au bord du lit. Un léger bruissement de draps indiqua que la jeune femme s'était réveillée. Sans plus attendre, il implora sa mère du regard, demandant silencieusement un peu de temps avant de revenir à la charge. Elle hésita un instant, mais finit par acquiescer en le laissant entrer dans la chambre tandis qu'elle regagnait le rez-de-chaussée.

Il ferma lentement la porte, chaque geste mesuré, comme s'il voulait préserver la quiétude de la nuit passée. Lorsqu'il se retourna, il s'arrêta net. Elle se tenait près du lit, absorbée par le moment partagé avec son chat, qui, ayant profité d'une ouverture pour se glisser à l'intérieur, s'était allongé sur le dos en quémandant des caresses. Un doux sourire, presque imperceptible, effleurait ses lèvres. Quand leurs regards se croisèrent, il crut lire dans ses prunelles azurées une lueur de soulagement à peine esquissé, mais suffisant pour illuminer la journée. Et durant ce bref instant, il n'y avait plus qu'eux deux, enveloppé dans un cocon intemporel.

Elle rompit cependant cette bulle en détournant les yeux pour scruter en douce la chambre, comme si elle recherchait un point d'accroche. Serrant le tissu de son sweat-shirt entre ses doigts fins, elle tira doucement dessus, trahissant un léger malaise qu'il souhaitait dissiper.

— «Je suis désolé, je ne pensais pas te réveiller», murmura-t-il comme s'il voulait encore prolonger leur courte nuit de sommeil.

Elle secoua négativement la tête, comme pour lui signifier qu'il n'y était pour rien, puis fit glisser sa main sur le pelage du chat tout en regardant sous l'oreiller.

— «Tout va bien?» questionna-t-elle, légèrement sur ses gardes, sans lever les yeux vers lui.
— «Oui», fit-il, plus distraitement que prévu. Il se demanda s'il devait l'aider, mais cette offre resta coincée dans sa gorge. «Le café est presque prêt.»

Elle retroussa innocemment le nez, humant l'air comme pour capter ce parfum familier d'un matin ordinaire. Pourtant, une lueur dans son regard trahissait qu'elle percevait le mensonge dissimulé dans son ton. Profitant de cet instant et cherchant à remettre de l'ordre dans sa chambre, Seth attrapa la tasse de thé froid sur la table de chevet et se dirigea vers la salle de bain. Le léger bruit de ses pas résonnait doucement sur le parquet, rompant le silence tendu de la pièce. Entre sa mère et elle, il se retrouvait à présent dans de beaux draps.

Alors qu'il vidait le contenu dans le lavabo, son regard fut attiré par des affaires soigneusement pliées, disposées avec une précision presque méticuleuse. Le téléphone, illuminé par la lueur intermittente d'appels manqués, trônait au-dessus d'elles. Une fébrilité traversa Seth, marquant son visage d'un léger froncement de sourcils. C'était probablement ce qu'elle cherchait juste avant. L'idée qu'elle puisse être attendue ailleurs, qu'elle doive bientôt repartir, creusait en lui une sensation qu'il ne savait expliquer.

Mais sans la moindre hésitation, il se saisit de l'appareil et retourna dans la chambre, lui tendant avec respect, restant silencieux malgré la curiosité qui semblait prête à s'échapper de ses lèvres. Elle leva les yeux vers lui, et un sourire discret, mais sincère, éclaira doucement son visage. Lorsqu'elle prit le téléphone, leurs doigts se frôlèrent, créant une brève étincelle qui troubla l'atmosphère feutrée. Les non-dits étaient nombreux.

Dans la volonté pour lui offrir un peu d'espace, il s'approcha de la fenêtre et l'entrebâilla, une bouffée d'air frais envahissant la pièce. La brise fit danser les rideaux, leur bruissement se mêlant au chant lointain des oiseaux. Pourtant, malgré cette parenthèse apaisante, la tension dans la chambre demeurait palpable, paraissant même s'intensifier davantage.

Sa porte s'ouvrit sous la force du courant, laissant résonner le grincement du combiné décroché depuis le rez-de-chaussée, où la voix familière de sa mère se faisait entendre. Ce son, anodin pour lui, sembla alerter la jeune femme, restée sur le qui-vive.

L'inconnue tourna la tête vers le couloir éclairé, glissant machinalement une mèche derrière ses oreilles. Son geste simple attira l'attention de Seth. Son regard s'attarda un instant sur les petites boucles qui ornaient son lobe, le fin tracé de son cou exposé sous ses cheveux ; il déglutit, détournant des yeux pour réprimer le trouble qui montait en lui. L'air s'était alourdi, chaque silence épaississant l'espace entre eux. Il ressentait le poids de ses émotions et cette lutte intérieure qui le paralysait. Comment avait-il pu en arriver là ? Pourquoi la simple vue de sa silhouette suffisait-elle à brouiller sa logique et à le rendre démuni ? Chaque seconde prolongeait cette tension, transformant un moment de transition en une confrontation interne difficile à ignorer.

— « C'est ta maman ? » murmura-t-elle, sa voix douce trahissant une certaine appréhension.
— « Oui. Ses journées commencent tôt et n'ont jamais vraiment de fin. » Il avait répondu un peu trop rapidement, tentant néanmoins de gagner du temps.

Le ton de sa mère semblait s'être raffermi de l'autre côté de la porte. Seth l'entendait parler dans leur langue maternelle, comme elle le faisait toujours lorsque les mots lui échappaient dans le feu d'une conversation animée avec la sécurité de l'ambassade. Il n'avait pas besoin d'être un expert pour deviner, même dans un langage différent, qu'elle s'efforçait de gérer une situation délicate.

— « Elle semble effectivement préoccupée. »

Il acquiesça d'un signe de tête avant de détourner les yeux, fixant l'extérieur comme pour y chercher un repère, son regard s'ancrant sur la cour. Pris entre deux feux, il savait qu'il devait appréhender au moins une partie des enjeux pour espérer aider la jeune femme, mais la nervosité le saisissait. L'ignorance de ce qu'elle traversait creusait en lui une faille, un sentiment de frustration grandissant. Pourtant, il ne souhaitait pas paraître insistant en lui demandant des explications.

— « Je ne voudrais pas vous causer des ennuis… » commença-t-elle dans un souffle.

— « Ce n'est pas le cas. »

Le ton de Seth se fit plus ferme, trahissant la tension qu'il avait tenté de retenir depuis le début. Elle éveillait une tempête d'émotions dont il peinait à se libérer, mais il ne pouvait lui permettre de penser qu'elle était un fardeau. Il était certain qu'elle comprendrait les raisons pour lesquelles sa présence pouvait susciter des interrogations dans la maison d'une ambassadrice. C'était lui qui l'avait ramenée ici, sans réellement lui laisser le choix, et il devait assumer cette responsabilité. Pourtant, au-delà des enjeux diplomatiques et des questions de sécurité, ce qui l'importait sans aucun doute, c'était de savoir comment elle allait ce matin.

En se tournant vers elle, il vit qu'elle consultait enfin son téléphone, ses yeux fixés dessus. L'air semblait brusquement plus lourd, et l'ombre d'une préoccupation invisible commença à se profiler. Il eut un frémissement, comme une alerte.

— « Est-ce qu'on peut en parler ? » se lança-t-il, soudainement conscient que les minutes étaient comptées.

— « Je ne vais pas vous déranger plus longtemps. »

Sa voix s'était tendue, répondant à demi-mot, son attention toujours rivée sur son écran. Un frisson d'inquiétude traversa Seth ; il se demandait ce qui la poussait à vouloir partir si rapidement. Tout ce qu'il percevait, c'était cette fuite incessante, ce vide qu'elle laissait derrière elle à chaque instant. Il secoua la tête, passant une main dans ses cheveux en bataille. Un instant, il avait cru entrevoir l'esquisse d'une matinée presque normale, presque parfaite. Mais la réalité le frappa soudain, brutale, comme un virage à pleine vitesse. Elle releva à peine le visage, faisant défiler l'écran d'un doigt tremblant.

Un coup léger contre la porte les interrompit. Sa mère entra promptement et ce simple mouvement, bien que mesuré, provoqua un sursaut chez elle, tirant nerveusement le bas de son sweat-shirt sur ses genoux, comme pour se protéger de la présence intimidante de l'ambassadrice.

— « Bonjour. Je suis désolée, je ne sais pas exactement ce qui se passe, mais je dois vous prévenir que les caméras vous ont enregistrés cette nuit à l'entrée. Le chef de la sécurité me demande de vérifier ton identité. »

À peine ces mots prononcés, Seth vit le visage de la jeune femme se décomposer. Elle blêmit, et ses prunelles affolées oscillaient entre lui et sa mère, trahissant une panique muette qui lui serrait douloureusement la poitrine. Il sentit son propre cœur s'emballer, une chaleur brutale l'envahissant, accompagné d'un sentiment d'insuffisance – il n'avait rien à offrir pour apaiser la tempête qui grondait en elle, rien d'autre que lui pour calmer son agitation. Un état qui lui rappelait la surtension qu'il avait ressentie en entrant dans le véhicule des secouristes, le battement rapide de son myocarde résonnant dans ses oreilles comme une alarme.

— « *Mamá…* S'il te plaît, laisse-moi gérer. »

L'atmosphère s'alourdit, chaque mot flottant entre eux telle une menace de briser le secret qui les unissait. Il percevait l'urgence de la situation et craignait que tout bascule en un instant. Sa mère soupira, secouant lentement la tête avec une résignation autoritaire, comme pour lui signifier qu'elle l'entendait, mais resterait vigilante. Elle posa un regard compatissant sur la jeune femme, comme si elle s'apprêtait à la rassurer d'une caresse, avant de croiser les yeux de son fils. Dans son expression, elle comprit qu'elle devait respecter cet espace fragile d'intimité et elle referma la porte derrière elle, les laissant seuls, mais clairement pas pour longtemps.

— « Je vais y aller. »

Son discours le tendait, et il se tourna brusquement vers elle, ressentant ses mots tranchants comme des lames. Son ton, froid et résolu, n'admettait aucun retour en arrière. Elle détourna les yeux, cherchant une échappatoire, mais la peur teintait ses traits, révélant l'agitation intérieure qui la rongeait. Ses gestes, jusque-là mesurés, passèrent à l'état de précipitation ; ses doigts tremblèrent faiblement alors qu'elle s'éloignait, regardant autour d'elle pour rassembler le peu de ses affaires.

L'abri fragile qui les avait protégés cette nuit s'était fissuré, exposant une distance imprévue. Le silence entre eux devint glacial, chargé d'une tension qui pulsait dans l'air, vive et douloureuse.

Et Seth ne put retenir ses mots.

— «Attends… Tu me disais que tu étais suivie. Qu'est-ce qui te fait croire qu'ils ne savent pas où tu habites ? Qu'est-ce qu'ils te réclament ? Pourquoi ne veux-tu pas porter plainte après tout ce qui s'est passé ?»

Elle recula à l'instinct, comme si ses questions urgentes l'assaillaient. Un éclair d'inquiétude, presque de vulnérabilité, traversa son regard avant d'être chassé par une détermination implacable. Seth se sentit déchiré entre son désir de comprendre et la peur de la blesser. Il aurait préféré lui poser toutes ces questions avec plus de tact. Mais la pression de sa mère, l'angoisse de voir ce moment leur échapper, le forçait à passer la troisième. Dans son esprit, un compte à rebours silencieux s'était enclenché, chaque seconde pesant lourdement, résonnant comme le fracas d'un gong.

La nervosité montait, et il craignait qu'elle ne s'éloigne davantage ou le repousse avant qu'il n'obtienne des réponses. Il déglutit, son regard ancré sur elle, cherchant désespérément un signe, un mot, qui lui permettrait de comprendre ce qu'elle gardait pour elle. Mais l'air entre eux s'était épaissi, saturé d'un malaise palpable, comme une corde tendue prête à rompre.

— « Seth, je… Je ne veux pas t'en dire plus, d'accord ? Il faut juste que je parte. »

Il sentit une vague vertigineuse le submerger, comme si le sol venait de se dérober sous ses pieds. Son ton à elle était hâtif, signalant son intention de s'échapper, emportant avec elle tout ce qu'elle était. Il la vit alors tirer les draps, tentant de remettre de l'ordre, se préparant à le quitter sans la moindre explication : elle ne disait pas qu'elle ne pouvait pas en dire plus, mais qu'elle choisissait de ne pas le faire. Ce choix résonna douloureusement en lui, évoquant des souvenirs similaires où elle avait esquivé son regard, que ce soit au conservatoire, à l'hôpital, ou encore sur le toit du Gala.

Elle se réfugia précipitamment dans la salle de bain, fermant la porte sans vraiment la claquer. Un instinct irrépressible le poussa à la suivre de quelques pas, mais il s'arrêta net, paralysé, ne sachant quoi dire ni quel geste poser. Lorsqu'elle ressortit enfin, elle était vêtue du t-shirt froissé de la veille et de son pantalon déchiré, tenant son téléphone à la main. La tension qui se lisait sur son visage paraissait être un dernier adieu, silencieux et lourd de sens.

— « S'il te plaît, laisse-moi passer », murmura-t-elle.

Seth resta immobile, pétrifié par la violence avec laquelle elle se refermait sur elle-même. Tout était en train de lui échapper. Il sentait qu'elle luttait contre des démons intérieurs qu'elle ne partageait pas, préférant affronter seule tous les enjeux inconnus. Son dos tourné, alors qu'elle ouvrait la porte, il ne sut plus quoi faire.

Et elle avait ralenti, semblant hésiter malgré elle. Instinctivement, il avança de quelques pas rapides pour la rejoindre, sa main cherchant à saisir la sienne, à la retenir. Ses doigts frôlèrent les siens, un contact léger qui le fit frémir, et elle, soudain, s'était arrêtée dans sa fuite.

Elle irradiait d'une chaleur douce et vacillante, une flamme frêle prête à s'éteindre d'un souffle. Il observait ses épaules se soulever et retomber, ses respirations profondes et lourdes, comme si le fardeau invisible qu'elle portait pesait bien plus que ce qu'elle voulait admettre. Ses cheveux glissaient en vagues soyeuses le long de son dos, révélé par ce t-shirt trop grand et déchiré qui lui donnait un air étrangement captivant.

Une tension monta en lui, l'envie presque irrésistible de la serrer doucement contre lui, de l'empêcher de partir. Peut-être qu'un simple contact suffirait à l'apaiser, à la convaincre de rester. Mais une peur l'entravait, lui murmurant qu'un geste de plus pourrait briser ce fragile équilibre entre eux, que ce qu'il lisait dans ses actes ressemblait déjà à un adieu.

Il la regardait, fasciné et quelque peu perdu, tentant en vain de comprendre pourquoi elle voulait s'effacer ainsi. Comment pouvait-elle chercher à disparaître sous ses yeux ? C'était comme assister à l'extinction d'une étoile sans raison apparente, un éclat s'éteignant dans l'obscurité, léguant derrière lui un vide difficile à combler. Cette constatation lui arracha un souffle, conscient de cet attachement hors norme.

Elle posa doucement son front contre le battant de la porte, et Seth, incapable de se retenir, enroula ses doigts autour des siens. Il détestait cette pulsion de l'empêchait de faire un pas en plus, mais l'idée de le regarder franchir le seuil de sa chambre lui était plus pénible qu'il ne voulait l'admettre.

— « Parle-moi, s'il te plaît. »

Elle inspira, gardant le menton baissé, avant de murmurer, presque sans voix :
— « Je te remercie pour tout ce que tu as fait. »

Ses mots, dénués d'expression, le frappèrent avec la violence d'un coup qu'il n'avait pas vu venir.

— « Alors, laisse-moi au moins te déposer », tenta-t-il en dernier recours.
— « Seth, arrête. C'est déjà assez difficile comme ça. »

Ses doigts s'étaient desserré des siens avec une force désespérée, comme si elle comprimait la cadence de son cœur dans ce geste, et il peina à saisir ce qu'elle lui avait soufflé. Elle ne lui accorda pas même un regard. Profitant de son mutisme, elle rouvrit le battant et s'échappa.

Il resta là, figé, tandis qu'au loin, ses pas nus résonnaient contre le sol dans une allure frémissante, chaque bruit vibrant en écho avec le martèlement de son myocarde. Puis, la porte d'entrée claqua violemment, emportée par un courant d'air, et le silence retomba comme un couperet, marquant la fin d'un seuil critique.

Et si c'était la dernière fois qu'il la frôlait ?

CHAPITRE

8

Isn't that enough ?

« Pour la première fois depuis des années, je me suis réveillée dans un calme apaisant. Les draps m'enveloppaient comme un cocon, un parfum cosy flottait dans l'air, et ma main effleurait encore la sienne. C'était parfait. Un silence suspendu, comme ce moment juste avant de faire glisser l'archet sur mon violoncelle. »

- Elle

1 Août

Elle courait, ses pieds nus frappant le sol froid du quartier résidentiel, tandis que son corps tout entier lui hurlait de s'arrêter, de se donner un répit. Mais elle ne fléchissait pas, convaincue que partir était sa seule option, l'unique compétence acquise depuis deux ans : fuir sans jamais un regard en arrière.

Son téléphone vibrait dans sa main moite, le faisant trembler. Elle faillit percuter un cycliste qui freina brusquement, lui jetant une œillade furieuse avant de reprendre sa route en maugréant contre cette égarée. Le vent balayait ses cheveux, quelques mèches collant à son front. Lorsqu'elle s'arrêta enfin, haletante, son souffle se heurtait aux murs de cette rue trop calme, comme un contraste violent avec l'urgence qui tambourinait dans sa poitrine.

Son cœur battait si fort qu'elle dut se plier en deux, les mains posées sur ses genoux tremblants pour retrouver un semblant d'équilibre. Le vertige la submergea, la ramenant brutalement à la réalité : elle était de nouveau une proie. Depuis sa fuite du domicile de Seth, elle n'avait cessé de courir, portée par ce message qu'elle avait cru ne jamais recevoir :

Appartement compromis. RDV dans dix minutes devant le parc, Solenn est prévenue.

Un crissement de pneus déchira le silence. Son cœur bondit dans sa poitrine. Instinctivement, elle recula, ses épaules heurtant un mur froid qu'elle n'avait même pas remarqué. Son souffle s'accéléra. Partir. Trouver une issue. Ses yeux balayèrent les alentours, mais ses jambes refusaient de bouger, comme clouées au sol par une peur sourde. Une portière claqua. Son ventre se contracta. L'adrénaline brouillait ses pensées, et l'espace d'une seconde, tout sembla basculer dans un chaos indistinct. Puis, une voix la héla. Douce, inquiète. Une silhouette familière.

Sarah sortit précipitamment de la voiture, ses cheveux blonds et bouclés à peine coiffés, et, avant qu'elle n'ait le temps de réagir, elle la prit dans ses bras. La chaleur de l'étreinte fissura la tension qui la paralysait. Elle se laissa faire, figée, comme si elle attendait depuis des heures ce geste sans jamais oser l'espérer. Le parfum familier de Sarah l'enveloppa, apaisant, ramenant l'air dans ses poumons. Elle ferma les yeux. Enfin, elle respirait. Son souffle se calma tandis que la main de Sarah glissait doucement dans ses cheveux emmêlés, une gestuelle empreint d'une tendresse maternelle qui la surprenait toujours.

— «Je suis désolée...» murmura-t-elle en se dégageant lentement, se confrontant aux prunelles vertes emplies d'inquiétude.
— «Ce n'est pas ta faute», répondit Sarah d'une voix basse, continuant de la soutenir.

La musicienne s'abandonna un instant, le menton posé sur l'épaule rassurante de Sarah. Son regard croisa celui du conducteur, un homme au visage fermé qui la scrutait dans le rétroviseur tout en surveillant méthodiquement la rue.

— «On y va», siffla-t-il, rompant ce moment fragile.

Sarah attrapa son bras avec fermeté et l'entraîna vers la voiture, jetant un dernier coup d'œil aux alentours. En quelques secondes, ils quittèrent le quartier, disparaissant dans les premiers bouchons de la ville.

Par la fenêtre teintée, elle observait les bâtiments défiler lentement. Chaque coin de rue semblait lui rappeler que cette ville, qu'elle commençait à apprivoiser, n'était qu'un épisode de plus dans sa cavale interminable. Elle savait ce que signifiait ce message : State College était compromis. Ils allaient devoir partir, encore une fois.

Gabriel, le Marshal au volant, lui lançait des regards noirs dans le rétroviseur. Sa présence imposante trahissait la fermeté qui faisait de lui le choix naturel pour superviser le Programme de protection des témoins auquel elle appartenait. Elle se tassa un peu dans son siège, s'attendant aux reproches imminents.

— « Où étais-tu, bon sang ? » tonna-t-il, sa voix résonnant dans l'habitacle, faisant sursauter les deux jeunes femmes. « On a été incapables de te localiser pendant des heures ! Je sais qu'on avait espacé les points de contrôle, mais tu te rends compte dans quelle me… »
— « Attention à tes mots », l'interrompit Sarah, d'un ton glacé.

Elle tenta de calmer l'ardeur de son collègue tout en tapotant sur son téléphone. Après avoir envoyé un message, elle rangea l'appareil et rabattit sa veste, dissimulant son insigne et son arme. Se retournant vers la passagère, elle adoucit son intonation.

— « Le plus important, c'est qu'on t'ait retrouvé. On a une nouvelle adresse pour les prochains jours. »

Gabriel serra la mâchoire, visiblement contrarié, mais se tut. Ses mains crispées sur le volant trahissaient la tension pesant dans l'air. Et elle profita de cet instant pour leur parler.

— « Comment ils ont compris où j'étais ? » murmura-t-elle, d'une voix d'un calme étrange dans ce silence.

Les deux Marshals échangèrent un regard bref, mais éloquent. Elle connaissait ce langage non verbal qui précédait les mauvaises nouvelles. Elle savait que l'adresse de son appartement avait été compromise, mais elle se sentait déjà privilégiée d'avoir échappé au pire.

— «Il y a vraisemblablement eu une fuite au Gala. Peut-être par les médias», expliqua sobrement Sarah. «Ça reste à prouver, mais on pense que c'est là qu'ils ont confirmé ta localisation.»

Sarah tendit un appareil de surveillance à Gabriel, qui hocha la tête. Leur échange muet renforça l'impression de la musicienne d'être un spectateur passif de sa propre vie.

— «Tu étais à l'abri, cette nuit?» demanda calmement Sarah, son regard cherchant le sien.
— «Oui, tout va bien. J'étais en sécurité», répondit-elle, d'une voix tendre, mais assurée.

Elle voulait adoucir Gabriel avec ces mots simples, bien que rien n'apaiserait son inquiétude. Depuis deux ans, elle résidait sous cette protection étroite, naviguant entre une semi-liberté et des protocoles stricts. Mais elle savait que ce Gala avait été un risque qui s'était finalement révélé être une erreur. C'était sa dernière tentative pour s'accrocher à une illusion de normalité.

À travers la fenêtre, le paysage urbain céda la place à des plaines infinies, bordées de forêts baignées de lumière, l'ombre du soleil jouant sur les arbres comme une caresse. Ces couleurs éclatantes et chaleureuses lui rappelèrent le ciel matinal qu'elle avait vu ce matin-là, celui où elle s'était réveillée dans les bras de Seth, ressentant une ardeur et une sécurité qu'elle n'arrivait pas à chasser. Un pincement douloureux s'insinua dans sa poitrine à l'idée de la distance qui les séparait déjà. Chaque souvenir devenait à présent une torture, serrant son ventre noué.

Mettant soudainement fin à cette sensation, elle sortit son téléphone, cherchant à comprendre pourquoi Gabriel n'avait pas réussi à la localiser via l'appareil lorsqu'elle était chez Seth. Fronçant un peu les sourcils, elle murmura ses interrogations à voix haute, attirant l'attention de Sarah qui se tourna vers elle, l'inquiétude se mêlant à la curiosité dans ses yeux.

— « Je n'ai pas entendu, tu disais quoi ? »
— « Est-ce que tu penses qu'une institution peut avoir un paramètre bloquant la géolocalisation… ? Je ne vois juste pas pourquoi… »

Elle secoua la tête comme pour se donner une réponse, mais la question restait suspendue. Elle se pencha légèrement sur l'écran de son téléphone, les doigts frappant nerveusement le plastique. L'habitacle était silencieux, presque comme si le monde extérieur n'avait plus de prise. Chaque possibilité s'éloignait à mesure qu'elle cherchait une explication plus logique, mais l'incertitude l'assaillait de plus en plus. Elle releva les yeux vers Gabriel, inquiète par son soudain mutisme.

— « Ça arrive oui. Mais où est-ce que tu étais cette nuit ? »

Il avait commencé à ralentir, ses pneus crissant sur le gravier, avant de bifurquer brusquement sur un sentier étroit réservé aux engins agricoles. La voiture tanguait, ses roues traversant des trous de terre boueuse, secouant l'habitacle avec une violence inattendue. La poussière s'élevait dans l'air comme un nuage d'oubli, envahissant leurs poumons à chaque respiration. Le vent frappait les vitres entrouvertes, mais tout ce qu'elle ressentait était l'enfermement. La route était interminable, chaque virage lui rappelant qu'elle était désormais loin de tout contrôle.

— « Chez Seth. »

Sarah fut la première à se tourner complètement vers elle, un regard surpris et interrogateur s'allumant dans ses yeux, comme si le nom réveillait une réaction qu'elle n'avait pas vue venir. Il fallait admettre qu'elle ne l'avait pas mentionné depuis l'accident de moto.

— « Seth Guerrero ? »

Elle aurait pu se recroqueviller sur son siège, anticipant les futures remontrances, mais elle ne chercha qu'à exprimer tout ce qu'elle pensait de lui.

— « Oui, mais je t'assure qu'il est loin d'être ce que tu imagines… »
— « On ne peut pas mêler les diplomates à cette affaire, surtout pas ceux du Venezuela. » Gabriel laissa les mots traîner dans l'air, l'intensité de son regard accrochant les siens. Il marqua une pause avant d'ajouter : « Tu n'es pas sans savoir ce que cela impliquerait. »

Sa voix n'avait pas changé, mais une menace invisible s'était insinuée dans l'air, comme une ombre qui glissait sournoisement sur le mur. Ses gestes restaient mesurés sur le volant, mais l'expression de son visage lui prouvait qu'il la scrutait sans relâche, cherchant à comprendre son comportement. Elle s'apercevait qu'elle avait brisé un protocole de sécurité important.

La jeune femme accusa le coup, une vague de culpabilité déferlant en elle. Elle se revoyait aux urgences, entourée des regards inquiets des médecins, les questions qu'elle n'avait pas pu répondre s'imposant à elle comme des souvenirs lancinants. Ce déjà-vu la glaçait, la même peur sourde.
Mais cette fois, elle ne souhaitait pas rester sans rien dire, elle ne voulait pas redevenir l'objet d'une quelconque critique. Une brûlure monta dans sa gorge, mais elle la refoula, déterminée. *Je ne suis pas une victime*, pensa-t-elle en se redressant dans son siège. Pourtant, l'insistance de Gabriel la mettait à l'épreuve, ses interrogations muettes

la chargeant avec pression. Elle serra les poings, sentant son cœur battre plus fort, résonnant dans le silence de l'habitacle comme un tambour de guerre.

— « Il est venu me chercher quand je suis tombée sur eux cette nuit… Il aurait pu me laisser, tu sais. Mais il est resté. »

Le bruit du moteur, profond et régulier, semblait amplifié, chaque vrombissement accentuant la tension entre eux. La route défilait à une vitesse effrénée, chaque virage lui rappelant à quel point elle était désormais loin de tout contrôle. Elle s'était penchée en avant, sa voix plus basse, presque un murmure. Ses yeux, fixés sur Gabriel, cherchaient un signe d'approbation, mais il n'y en avait pas. Elle continua, plus fermement cette fois :

— « Il n'est pas ce que tu crois. Je l'ai vu. »

Elle se sentait désemparée, mais c'était plus fort qu'elle. Elle devait faire entendre sa vérité, même si chaque mot semblait plus fragile que le précédent.

— « Et tu n'as pas pensé qu'ils cachaient juste leur jeu ? Que lui, il te mène en bateau pour te tendre un piège et t'empêcher d'assister au procès ? Certaines personnes sont prêtes à tout. Je te rappelle que ton père a payé de sa vie pour ça ! » cracha-t-il brutalement, sa voix s'élevant dans une colère fulgurante.
— « Gabriel, ça suffit maintenant ! » tonna Sarah, qui, jusque-là, avait laissé l'échange se dérouler calmement.

Sarah posa sa main sur le bras de Gabriel tandis que le Marshal s'arrêtait brusquement sur le bas-côté en les secouant nettement. Il coupa le moteur et sortit de la voiture en claquant la porte. La jeune femme à l'arrière se figea sous la violence de ses paroles, une pression douloureuse se formant dans sa gorge. Sarah décrocha sa ceinture et se dirigea vers Gabriel, s'éloignant du véhicule pour laisser l'émotion éclater au milieu des champs. Les voix étouffées qu'elle entendait à peine se mêlaient aux battements précipités de son cœur. Elle chercha son téléphone, comme pour se cramponner à un repère tangible. Les mots de Seth résonnaient dans sa tête, apaisant les tremblements causés par la colère de Gabriel.

Elle avait confiance en Seth. Il suffisait de voir la douceur dans son regard pour savoir qu'il n'avait aucun intérêt à lui faire du mal. Pourtant, sa condition précaire l'obligeait à rester distante, à se protéger, même si cela la privait d'un lien véritable. Dans ce monde, l'attachement ne pouvait être qu'un risque supplémentaire.

Elle leva les yeux vers le pare-brise et observa Sarah se saisir de la main de Gabriel, lui tournant le dos. L'impression d'avoir traversé un désert la secoua un instant tandis qu'ils étaient si près du but. Ils n'avaient qu'à attendre trois semaines avant d'être libérés du contrat qui la liait à eux, de retourner à leur vie, de poser enfin les congés dont ils rêvaient depuis deux ans. La jeune femme prit sur elle, réalisant à quel point Gabriel était rongé par le danger imminent auquel il exposait Sarah. Il n'y avait qu'à voir leurs doigts s'entrelacer pour comprendre qu'il avait aussi envie d'arrêter de courir.

Ouvrant doucement la portière, elle retint son souffle, consciente qu'elle n'avait jamais voulu provoquer ce ton élevé chez lui. Leur lien, après tous ces mois, n'avait jamais été conflictuel, mais la pression avait intensifié la situation ces derniers jours. À mesure qu'elle s'approchait d'eux, le Marshal releva le menton, tandis que Sarah gardait sa main dans la sienne.

— «Je suis désolée», fit-elle pour la seconde fois, bien qu'il lui semblait s'être excusée mentalement un millier d'autres dans la chambre de Seth.

Elle ne pouvait se permettre de laisser une tension ou une distance entre eux. Elle était prête à amorcer le premier pas pour se faire pardonner du quotidien qu'ils subissaient à cause d'elle. C'était avec qu'elle avait bataillé chaque jour pour obtenir un peu plus d'espace, plus de liberté, parce qu'elle avait besoin de respirer, de vivre, comme n'importe quelle jeune femme de son âge. Mais elle n'avait plus connu de moments simples depuis des années, délaissant chaque autre plaisir à l'orée de ses vingt-cinq ans.

— « C'est moi qui le suis. Pardon, c'est juste que… » Il s'arrêta, sa voix se noyant dans un souffle rauque.

Elle baissa le menton, évitant soigneusement son regard, et fixa ses pieds nus sur le sol parsemé de pierres, tentant de ne pas se laisser troubler par la voix de celui qui s'était juré de la protéger coûte que coûte. Gabriel avait connu son père il y a des années, collaborant avec lui sur une affaire au début de sa carrière prometteuse avant de devenir un allié et un ami de choix. C'était lui qui avait conseillé aux agents de l'ATF – la brigade de répression des trafics d'alcool, tabac et armes à feu – de l'exclure de son école sous l'accusation d'une contrebande. Une excuse toute trouvée qui l'avait précipité directement entre les griffes du Cartel sans le moindre soupçon. Elle comprenait qu'il portait en lui le poids de l'échec, celui de l'avoir envoyé dans la gueule du loup, sous couvert d'un démantèlement, ainsi que les conséquences désastreuses de leurs nombreuses fuites. Pourtant, cette ultime mission, il l'avait prise à cœur, conscient des sacrifices déjà consentis.

— « Je sais qu'il serait fier de toi », finit-il par lui murmurer.

Elle déglutit tant bien que mal, sentant sa gorge se serrer tandis que la main de Sarah enlaçait celle du Marshal dans un soutien silencieux. Le monde autour semblait ralentir, se figer dans une temporalité suspendue. Ces deux années passées sur la route, à traverser des États, des situations, des épreuves… tout avait renforcé leurs liens et leur compréhension mutuelle. Ce n'était pas qu'une mission, ni une paie, ni une obligation de leur part, mais une réalité partagée, un engagement bien plus personnel. Gabriel souffla profondément et se tourna vers elles, comme s'il souhaitait mettre fin à ce moment d'émotion. Elles devaient se recentrer. L'objectif de rester en vie jusqu'au procès était leur priorité, et la prochaine étape approchait rapidement. Soudain, le calme céda la place à une nécessité d'organisation plus pressante.

— « Si ces hommes ont eu accès à ta localisation cette nuit, il n'y a que deux explications possibles : soit on a une taupe parmi nous, soit quelqu'un de bien placé tire les ficelles dans l'ombre. »

La jeune femme hocha lentement la tête, consciente que la cavale et les changements de lieu faisaient partie de leur quotidien depuis le départ. Mais, maintenant qu'ils se rapprochaient de New York en vue du procès, tout s'accélérait. Les semaines précédentes avaient été relativement calmes, sans incident, mais les incendies qui s'étaient déclarés de l'État de Pennsylvanie au début de l'été n'avaient été que le premier signe d'une tension croissante. La pression montait à mesure qu'ils arrivaient au point culminant de leur mission.

— « L'ambassade ne peut pas être impliquée tant qu'on n'a pas plus de preuves. Tant qu'on n'a pas une meilleure visibilité, on avance à l'aveugle. Je veux que tu comprennes notre position aussi », continua Sarah, comme si elle tentait de lui faire entendre raison.

Elle fronça les sourcils. Loin d'être naïve, elle savait que des liens étroits et corrompus pouvaient exister entre la diplomatie et les cartels, mais l'idée que les Guerrero soient mêlés à de telles affaires lui semblait irréaliste. Les Marshals étaient au courant de la présence de l'ambassade durant le gala, rassurés par les dires respectables du sénateur Pratt à leur sujet. Cependant, la coïncidence avec la fuite de sa localisation en quelques heures n'était pas anodine. Elle prit un instant pour raisonner et exprimer, à son tour, ses inquiétudes.

— « Tu sais que je ne fais rien d'irréfléchi. J'ai toujours fait attention à tout, méthodiquement. La dernière fois, on a suivi le même processus : j'ai alterné chaque identité. À *L'Improviste*, pour les cours de violoncelle, la location… Tout était sous un faux nom. Mais il faut que tu me croies, Gabriel. Je suis persuadée qu'on peut leur faire confiance. Ils ne sont pas de mèche avec eux. »

Le Marshal sembla réfléchir un instant, son regard se perdant au loin. Il expira profondément, cherchant l'approbation de Sarah, qui, malgré son calme habituel, trahissait une tension sous-jacente. Bien qu'ils aient souvent laissé le débat ouvert sur l'organisation du programme de témoin protégé, la jeune femme savait qu'elle n'avait pas le dernier mot. Elle devait se conformer à leurs exigences, qui restaient primordiales.

— « On a encore vingt-deux jours à tenir. Pour l'instant, seuls quelques-uns de nos supérieurs connaissent la direction qu'on prend. Cela nous donnera une marge de manœuvre si l'on doit repartir. On sera probablement isolés, donc on aura le temps de comprendre qui aurait pu te repérer. Alors… »

Gabriel sortit à ce moment-là le pistolet de son étui de ceinture, la tendant à la jeune femme après avoir vérifié que le cran de sécurité était enclenché. Elle leva les yeux vers lui, hésitant un instant, son cœur battant un peu plus vite. En tournant son regard vers Sarah, elle remarqua une ombre d'inquiétude sur son visage, malgré son silence rassurant. Elle avait déjà porté une arme depuis son implication avec le Cartel, mais elle n'avait jamais eu besoin de s'en servir. Aujourd'hui, ce geste était chargé de significations bien plus lourdes.

— « Tu n'es pas rouillée, j'espère », dit Gabriel, un léger sourire en coin.
— « Tu verras bien au moment où je devrais te sauver la peau », répondit-elle, mais son ton trahissait un trouble sous-jacent face à la situation.

Prenant l'arme en main, elle sentit le métal froid contre sa paume, réalisant que chaque décision comptait, que toute distraction ou faiblesse pourrait les mettre en danger avant le procès. Avec un regard déterminé, elle hocha la tête, prête à obéir à chaque ordre, sans hésiter. Ce n'était pas seulement sa vie qui était en jeu, mais aussi celles de Sarah et Gabriel.

— «Inutile de te rappeler : aucun contact», mentionna fermement Sarah en scrutant l'écran du GPS. «On est encore à quarante minutes. C'est un vieux chalet près d'un lac. Le bâtiment est inoccupé depuis plusieurs mois. On vérifiera les balises de protection, au cas où quelqu'un pénétrerait dans le périmètre.»

En observant les environs, la jeune femme réalisa qu'ils étaient au milieu de nulle part, entourés par des arbres qui semblaient chuchoter leur propre secret. Mais c'était le prix à payer pour témoigner : toujours courir.

— «Vu comment ton appartement a été mis sens dessus dessous en aussi peu de temps, je doute qu'on y reste un moment. Si ça se complique, on réfléchira ensemble à une autre destination», ajouta Gabriel d'un ton qui n'était ni pessimiste ni rassurant, laissant la porte ouverte à une discussion.

Elle baissa les yeux, son esprit dérivant vers le petit studio délaissé. Elle s'était détachée des objets et des souvenirs matériels, comme lorsque le violoncelle d'emprunt s'était brisé dans l'accident de moto. Plutôt que de regretter, elle se contentait de rembourser les dégâts. Pourtant, un pincement lui serra la poitrine à l'idée qu'un simple détail puisse la relier à quelqu'un, ici. Elle avait tout effacé : aucune empreinte à *L'Improviste* ni au conservatoire, pas de tickets ni d'habitudes traçables. Elle s'était même assuré que Seth l'a dépose loin de son immeuble, par précaution. Les hommes du Cartel, en saccageant l'appartement, n'avaient sans doute rien trouvé. Et elle espérait qu'aucun d'eux n'avait remarqué le caractère diplomatique des plaques de Seth hier soir. Elle ignorait comment elle réagirait si elle les menait jusqu'à lui.

Perdue dans ses pensées, elle manqua une question de la Marshal. Cette dernière lui saisit doucement la main, la ramenant à la réalité. Gabriel leur lança un bref regard avant de se diriger vers la voiture, leur offrant un instant de répit, seules.

— «Tout va bien?» demanda Sarah, une inquiétude sincère, mais mesurée dans la voix. Elle marqua une pause, puis reprit, plus calme. «Pourquoi tu ne nous as pas prévenus quand tu as vu qu'ils te suivaient?»

Ces mots résonnèrent en elle. Elle savait qu'une témoin protégée devait pouvoir compter sur les Marshals, leur faire une confiance absolue. Pourtant, à cet instant, une clarté troublante avait envahi son esprit. En rejoignant Seth, elle avait trouvé ce qu'elle cherchait inconsciemment : un refuge stable, comme un cessez-le-feu, loin des menaces et de l'incertitude. C'était une pause dans sa longue course effrénée. Pour la première fois depuis des années, elle s'était endormie paisiblement, sans être perturbée par les ombres des initiales qui surplombaient tous ses rêves.

Une boule se forma dans sa gorge, mais elle rassembla ses forces pour murmurer, presque imperceptible :
— «Je suppose que... je voulais simplement avoir du temps avec Seth.»

Sarah hocha lentement la tête, les yeux perdus dans le vague, comme si elle pesait chaque mot qu'elle venait de prononcer. Ses pensées semblaient s'égarer, mais elle se reprit aussitôt, balayant les alentours d'un regard furtif, évitant de croiser celui de Gabriel un peu plus loin, désormais assis derrière le volant, l'air impassible. Puis, la jeune femme laissa échapper un soupir lourd, prête à remonter dans la voiture avant que Sarah ne l'arrête.

— «Qu'est-ce qu'il sait de toi, exactement?» demanda-t-elle

finalement, la voix calme, mais teintée de curiosité. Aucune accusation, juste une question franche.

— « Rien. Pas même mon prénom. » Elle marqua une pause, le regard fuyant un instant vers cette route qui l'éloignait de plus en plus de Seth avant de revenir à Sarah. « Je n'ai pas pu me résoudre à lui mentir, tu comprends. »

Elle baissa néanmoins les yeux, consciente qu'elle n'arrivait elle-même pas à rassembler les pièces d'un puzzle émotionnel complexe. Depuis leur venue à State College, elle se doutait que son comportement avait paru incohérent depuis sa rencontre avec Seth, puisqu'elle était allée jusqu'à enfreindre toutes les règles pour le retrouver la nuit dernière.

— « Tu l'aimes bien, hein ? » demanda soudainement Sarah d'une voix bien plus murmurée.

Elle releva la tête, ses prunelles bleues s'écarquillant tandis qu'elle sentait le rouge lui monter au visage. Elle couvrit ses oreilles de quelques mèches, devinant qu'elles devaient être chaudes, et ouvrit la bouche sans trop savoir quoi dire. Sarah se redressa en soupirant doucement, un sourire compatisant sur ses lèvres. Mais, lorsque son attention se fixa sur les vêtements déchirés et les blessures de la jeune femme, une ombre de tristesse traversa son regard. Elle la prit dans ses bras une nouvelle fois, déposant rapidement un baiser sur son front dans un geste tendre.

— « Je sais qu'on t'en demande beaucoup depuis le début, et tu tiens bon », souffla-t-elle
— « Vous deux aussi. Mais on arrive bientôt à la fin. »

La musicienne respira silencieusement par-dessus son épaule, tandis que Sarah caressait son dos, s'emmêlant maladroitement dans les nœuds de ses cheveux. Elle eut un léger sourire, une vague de froid l'atteignant à l'idée qu'à cette toute fin, elle ne les reverrait plus.

Puis, elle reprit d'un ton plus doux et chaleureux :
— « Tu avais le droit, toi aussi, de chercher un peu de répit chez lui. »

Ces mots, empreints de bienveillance, éveillèrent un trouble en elle. Sarah, avec ses quinze années de plus, incarnait une figure presque maternelle à ses yeux. Cette bienveillance indéfectible, malgré les tempêtes traversées ensemble, nourrissait en elle un besoin profond de réciprocité. Elle souhaitait offrir, à sa manière, un semblant de réconfort à celle qui veillait sur elle depuis des mois.

— « Promets-moi qu'on envisagera les Guerrero s'il n'y a plus aucune autre option », demanda-t-elle finalement, la voix teintée d'une urgence mesurée. « Même si ce n'est pas ce que je préfère. S'ils ont un brouilleur ou quoi que ce soit pour me rendre invisible ou intouchable, on ne peut pas négliger cette occasion. »

Elle chercha le regard de Sarah, espérant lui transmettre sa confiance en Seth. Sans réellement le comprendre, elle en avait fait un repère.

— « Ils peuvent nous protéger et ont les moyens de le faire. En les impliquant, on pourrait aussi démanteler un réseau qui gangrène leur pays. »

Sa voix, d'abord calme et mesurée, prenait peu à peu de la force, comme si chaque mot apportait davantage de certitude à son raisonnement. Elle marqua une pause, ses yeux fixant Sarah avec une intensité qui trahissait la gravité du moment.

— « Tu as fait des recherches sur l'Ambassadrice avant le gala. Tu sais qu'elle joue franc jeu et qu'elle n'a aucun lien avec le cartel. »

Elle laissa les derniers mots s'installer, soulignant que, dans ce jeu d'échecs, chaque mouvement était réfléchi, sans place pour l'hésitation. La décision, bien que difficile, paraissait déjà prise. Sarah demeura silencieuse un instant, songeuse. Puis, dans un geste empreint de sérénité, elle posa une main sur son bras et lui fit signe de retourner à la voiture.

— « D'accord, on garde cette option en réserve. Mais pour l'instant, on reste discrets. »

Un poids invisible sembla quitter son ventre. Elle inspira profondément tout en s'installant sur la banquette arrière. Gabriel, tapotant légèrement le volant, lui lança un regard à travers le rétroviseur, avant de croiser celui de Sarah dans un échange à peine perceptible. Un instant, elle fut frappée par une image insaisissable : cette même complicité, ces regards entretenus silencieusement. C'était ainsi qu'elle et Seth s'entendaient sans un mot, en quelques jours juste.

Elle baissa instinctivement les yeux vers ses mains, cherchant les tatouages de fleurs et de symboles qu'elle avait envie de comprendre. Une chaleur agréable envahit son esprit, accompagnée d'un pincement au cœur, comme si ce contact fugace avait laissé une empreinte bien plus profonde qu'elle ne voulait l'admettre. Elle aurait aimé lui poser davantage de questions, mais la culpabilité de ne pas pouvoir répondre aux siennes l'avait fait taire.

Le moteur ronronna doucement tandis que la voiture s'engageait sur la route déserte. Gabriel resta paisible un moment, concentré sur la conduite, avant de briser le silence d'un ton pragmatique :
— « Si tu comptes t'évader mentalement pendant les trois prochaines semaines, autant nous prévenir maintenant. On adaptera le plan en conséquence. »

Elle releva la tête, piquée par la remarque, avant d'esquisser un léger sourire en coin.

— « Si je dois ajuster quoi que ce soit, c'est plutôt à vous de me suivre. »

Gabriel souffla un rire bref, avant de répliquer :
— « C'est rassurant. »

Elle haussa une épaule, fixant l'obscurité à travers la vitre.

— « Je suis toujours là, ne t'inquiète pas. Juste… » Elle chercha ses mots, hésita un instant. « Je réfléchis. »

Gabriel ne répondit pas tout de suite. Il jeta un coup d'œil vers elle dans le rétroviseur, puis, d'un ton plus léger :

— « Alors, essaie de ne pas trop penser. Ça finit rarement bien. »

Elle ne put s'empêcher de sourire à cette remarque, mais son regard resta accroché au paysage qui défilait. Pour la première fois depuis longtemps, elle avait délaissé un morceau d'elle-même ailleurs.
Et cet homme lui manquait déjà, laissant derrière lui un ressenti aussi perturbant que magnifique.

Et si tout ça n'était qu'un autre maudit rêve ?

CHAPITRE

9

Complete mess

« Je n'ai jamais connu l'errance. Avec ma mère, on a toujours trouvé la force de rebondir, de ne jamais rester figées dans le temps. Je pensais pouvoir continuer, même après le départ de cette femme... Mais elle avait tout emporté avec elle. »

- Seth

3 Août

Seth ralentit, écrasa sa cigarette contre une poubelle avant de plisser les yeux en franchissant l'entrée de l'hôpital, le soleil frappant derrière lui. Il se replia légèrement sur le seuil. Depuis deux jours, le ciel semblait plus clément, offrant une chaleur calme, presque inquiétante - un présage d'orage.

À mesure qu'il s'imprégnait de l'odeur aseptisée des lieux, il laissa échapper un soupir, dissimulant une fugace grimace. Il n'avait jamais aimé cet endroit - qui le pouvait, à part ceux qui y travaillaient, armés d'une bienveillance presque surhumaine ?

Pourtant, Liv s'y était intégrée avec une facilité déconcertante depuis leur sortie du lycée et nourrissait fièrement l'ambition de monter en grade. Au début, il venait la chercher à la fin de ses cours sur le campus, mais il avait fini par prendre goût à ces visites improvisées à l'unité des soins intensifs, là où elle prenait son service. C'était sa façon de veiller sur elle, comme une petite sœur qu'il n'avait jamais eue.

Avisant les sanitaires, il se lava les mains pour effacer toute trace de tabac. À peine avait-il terminé qu'il s'appuya directement sur le comptoir de l'accueil, où il l'aperçut sortir de la chambre d'un patient, occupée à donner ses consignes pour la relève. La télévision diffusait à nouveau des consignes de sécurité en raison des pics de chaleur du mois dernier, incitant les plus jeunes et les plus âgés à boire abondamment. Il esquissa un sourire narquois en pensant à Keir, rapidement stoppé lorsqu'il sentit son attention se détourner vers l'inconnue sous la pluie diluvienne. À ce moment-là, il croisa l'air fatigué de Liv. Ses prunelles se cramponnèrent aux siennes comme des ancres, cherchant une bouée de secours dans son regard.

— « Dis-moi qu'on va aller prendre trois menus avec de grandes frites. »

Un rire sincère échappa à Seth. Il baissa brièvement les yeux vers son bras, que Liv serrait fermement, comme une imploration silencieuse pour qu'il l'arrache à la pression de son service. Elle s'agrippa davantage à lui, amplifiant ce geste dans un mouvement presque théâtral.

— « Quatre, si tu arrêtes de me le broyer. »
— « Tu sais comment me parler toi... »

Un sourire en coin, elle rangea son calepin dans la poche de sa blouse et attrapa son stéthoscope avec l'assurance d'une vraie urgentiste. Un coup d'œil rapide à sa montre, et son regard revint sur lui, teinté d'une légère surprise.

— « Carrément, trente minutes d'avance ? Ça ne te ressemble pas. Tout va bien ? » rajouta-t-elle, soucieuse.

Même sous le poids écrasant de sa charge mentale à l'hôpital, Liv savait décrypter Seth. Cette nervosité latente, cette agitation qu'il tentait de masquer, mais qui transparaissaient dans chacun de ses gestes depuis deux jours.

Il n'avait pas supporté de rester enfermé après son départ. Il avait erré dans le quartier, cherchant une trace d'elle, n'importe quoi. Mais il était revenu bredouille, pour finir face à sa mère dans une conversation longue et pesante. L'une de celles qu'il redoutait, où sûreté et responsabilités se mêlaient à une morale implacable. Et parce qu'il avait été incapable de lui dire son nom ou même savoir où elle habitait, elle avait été catégorique. *Les copains, je veux bien, mais les inconnus, c'est non négociable.* Derrière la fermeté, il y avait l'inquiétude. Malgré tout, elle avait promis de ne pas faire d'esclandre, de glisser un mot au chef de la sécurité. Elle avait compris, dans son silence, qu'il ne dirait rien de plus.

Ces dernières quarante-huit heures - cinquante-six, pour être exact, et chaque minute semblait rallonger le compte - Seth n'avait jamais autant fumé. L'agitation lui collait à la peau, impossible de tenir en place. Il griffonnait des croquis dans sa chambre, mais ses doigts lâchaient toujours avant la fin, incapables de capturer autre qu'une distraction fugace. Même le parfum sucré des cerises, imprégné dans ses draps et son sweat-shirt, ne calmait rien. Au contraire, il ne faisait qu'amplifier ce vide.
Alors, il était sorti. Peu importe où, avec qui. Liv, Keir, n'importe quel endroit où il pouvait occuper son temps sans réfléchir. Juste pour ne pas regarder l'horloge. Pour ne pas sentir l'absence s'étirer dans le silence.

Où est-elle ? Pourquoi ne lui avait-elle toujours pas écrit ?

Il n'avait jamais été aussi déstabilisé que par son départ. Le troisième depuis qu'elle était entrée dans sa vie, et, à bien des reprises, il s'était traité de débile, se demandant pourquoi elle persistait à habiter ses pensées. Ce même jour, après avoir passé la journée avec Keir au gymnase de la ville, il s'était finalement joint à l'équipe pour un match amical. Il avait d'ailleurs revêtu son ancien maillot, au plus grand bonheur du coach qui s'était amusé à lui hurler dessus comme s'il avait encore quinze ans. C'était soit se forcer physiquement à lui sortir la jeune femme de l'esprit, soit être dans un état d'humeur exécrable.

— « Allô, ici la terre… »

Liv agita sa main devant son visage, soudainement inquiète, alors qu'elle le scrutait, cherchant à percer ses pensées. Elle plissa les yeux, tentant de lui écarter les paupières pour observer ses pupilles, tandis que Seth tapotait affectueusement sa tête.

— « Tu as dormi combien de temps ? »
— « Clairement plus que toi », souffla-t-il, avec une certaine arrogance.
— « Je te crois. Voilà ce qu'on va faire, Seth », déclara-t-elle avec autorité. « Tu vas me payer ces frites avec supplément sauce pimentées, et ensuite, tu rentres te reposer. »

Maugréant entre ses dents, Seth céda assez vite, incapable de lui dire non. Il cherchait à se fatiguer physiquement, espérant que le sommeil finirait par le trouver, mais dès qu'il appuyait la tête sur l'oreiller, c'était le flot de doutes et de frustrations qui l'envahissait tandis que son parfum s'amenuisait. Liv, prête à débattre avec quiconque l'écouterait, fut interrompue par les portes battantes du couloir qui s'ouvrirent brusquement. L'une des cheffes infirmières, qu'il avait croisée aux urgences lorsqu'il avait été admis, frappa dans ses mains pour attirer l'attention des professionnels présents. Elle réquisitionna trois d'entre eux pour gérer d'urgence une des vagues de blessés suite à une fusillade à Howard, un peu plus au nord.

Liv fut la première à s'avancer, résolue, ignorant la fatigue qui devait la tirer vers le bas. Le service était saturé, mais elle savait que c'était une occasion qu'elle ne pouvait pas laisser passer. Choisie parmi les résidents, elle adressa à Seth un signe d'excuse, malgré la satisfaction de pouvoir aider. Il comprit instantanément que leur soirée serait remis à un autre jour.

— « Avoue que ce sont plus les frites que moi qui vont te manquer, hein », railla-t-il.

Liv se rapprocha de lui, lui déposa un baiser sonore sur la joue et l'enlaça brièvement. Il lui asséna un sourire complice, mais elle lui lança un regard qui en disait long : ne m'en parle pas, malgré le murmure qu'elle le rejoindrait une fois le rush passé.

Il la salua d'un simple revers de main alors qu'elle disparaissait dans les couloirs. Seth franchit la porte du service, où la chaîne de télévision commençait à relater les premiers éléments sur la fusillade survenue dans la ville voisine, connue pour son immense réservoir d'eau et son parc naturel. La journaliste, cependant, n'avait que peu d'informations à fournir, évoquant des échanges de coups de feu avant la venue de la police, avec des blessés probablement liés à un règlement de comptes. Inconsciemment, il effleura son cœur d'une main, comme s'il cherchait à l'apaiser.

Un soupir lui échappa alors qu'il traversait les urgences, l'atmosphère emplie de l'agitation qui précédait l'arrivée des brancards et des pompiers. Il longea le mur extérieur, une ambulance se garant à la hâte, un rappel brutal de son propre accident de moto et de sa rencontre avec elle. Sans attendre, il s'alluma une cigarette, entendant la voix de son coach lui hurler de se gagner un poumon pour tenir le rythme sur le terrain. Il quitta l'hôpital pour se retrouver près du centre-ville, une brise fraîche balayant son visage tandis qu'il exhalait la fumée, cherchant à ignorer le monde autour de lui.

Il évitait de nouveau tous les endroits où elle aurait pu être : le bas de l'immeuble où il l'avait laissée, *l'Improviste*, la place pavée à côté du cinéma, jusqu'au parc près de la grande avenue. Un soupir de contrariété s'échappa de ses lèvres, une lourdeur au creux de son estomac qui le torturait depuis ce matin-là, depuis qu'elle s'était enfuie comme une furie. S'il n'avait même pas cherché à la rattraper quand elle avait franchi sa porte, ne réagissant que tardivement, une colère sourde et brûlante l'envahissait à chaque pensée qui le poussait à considérer une autre probabilité. Et s'il l'avait fait ?

Alors, quand son téléphone vibra soudainement, il se maudit en silence, espérant une notification de sa part : un message, une excuse pour son départ précipité. Mais ce n'était pas elle.

Ce n'était toujours pas elle.

C'était un texto de Keir, l'informant que le coach voulait savoir s'il passerait aujourd'hui, tout en lui rappelant qu'il l'avait exigé en criant. Seth lâcha un sourire malgré lui, un soupir amer qui se perdit dans l'air lourd autour de lui. Il répondit machinalement, ses pieds le menant déjà vers chez lui. Les courbatures de la veille se réactivaient, et il n'avait pas la force d'accepter la proposition. Épuisé, il parcourait au ralenti les rues tranquilles de son quartier résidentiel, saluant les gardes devant l'Ambassade avant de rentrer dans la villa.

Combien de temps s'était écoulé depuis la dernière fois qu'il avait dormi ? Il ne savait pas, peut-être quarante-neuf heures. Les minutes se mêlaient et s'effaçaient. Il se demandait s'il avait vraiment fermé les yeux, ses gestes guidés en pilotage automatique. Tel un zombie, il gravit les escaliers menant aux étages, traînant les jambes sous la pression de la fatigue qui se faisait de plus en plus oppressante. Lorsqu'il atteignit sa chambre, il s'effondra dans son lit, son corps réclamant enfin le sommeil avec violence. Il s'endormit presque instantanément, sombrant dans la léthargie avant même que son chat ne le rejoigne pour sa sieste.

Dans l'obscurité de son esprit, des fragments de pensées se bousculaient. Ces lettres, les mêmes, s'échappant comme de l'encre sur un papier trempé, glissaient et se mêlaient aux motifs peints sur le plafond, avant de s'étioler dans un bleu océan qu'il reconnaîtrait parmi mille autres. Ce bleu qui lui semblait familier, mais qui demeurait toujours hors de portée.

Il fronça les sourcils en se réveillant brusquement, une grimace de contrariété figeant son visage au souvenir vivace des initiales qui s'imprimaient encore dans son esprit. Il grogna, secoué par une vague d'agacement, le silence pesant de la chambre, saturé par une chaleur étouffante depuis des heures. Les volets étaient restés ouverts depuis l'aube, laissant la lumière accablante envahir la pièce. Seth se débarrassa de son t-shirt, le lançant sans conviction vers la salle de bain, à peine conscient de sa visée, sachant qu'il atteindrait la corbeille sans y prêter attention. Fouillant par habitude dans la poche de son blouson, il en sortit la dernière cigarette de son étui, la portant à ses lèvres sans réfléchir, bien qu'il se soit promis de ne jamais céder à cette habitude à l'intérieur de la maison. Mais là, ses pensées dérivaient irrémédiablement vers celle qu'il aurait tant voulu retrouver à ses côtés.

Il s'approcha du balcon, attrapant le cendrier caché derrière le volet, et s'accouda au garde-corps avec une certaine nonchalance. Ses pieds nus reposaient sur le carrelage encore tiède, contrastant avec la lourde chaleur ambiante. Il prit une profonde inspiration, apaisant brièvement le tourbillon de ses réflexions, avant de porter la cigarette à ses lèvres, tentant d'éloigner son chat qui lui mordillait l'orteil. Son regard se détourna néanmoins aussitôt de lui pour se fixer sur le portail qui s'ouvrait en bas.

Une voiture ordinaire et discrète pénétra doucement dans la cour, faisant froncer ses sourcils. Ce n'était pas habituel. Par précaution et par principe, sa mère le prévenait toujours des visiteurs attendus dans la partie familiale. Mais, peut-être avait-il simplement manqué l'information ces derniers jours.

Ses yeux restaient rivés sur le véhicule, une légère inquiétude croissante prenant forme dans son estomac. Il le vit se garer près de sa moto récemment réparée, et il expira sa fumée en même temps qu'un couple de Marshals, dont l'allure lui était familière, descendait lentement des places avant. Mais c'est la silhouette qui sortit par la porte arrière qui le figea.

Elle était là, dissimulée sous la veste d'un des agents. La femme qui l'accompagnait la guida d'un geste rapide, boitant légèrement. À peine sa main effleura-t-elle le dos de son inconnue que cette dernière lui prit le bras pour la soutenir. Que faisait-elle ici ? Que s'était-il passé pour qu'elle se retrouve aux côtés des US Marshals ? Seth percevait la porte d'entrée s'ouvrir, mais tout le reste s'était estompé. L'air, alourdi par l'orage imminent, paraissait ralentir le temps. Les sirènes de police au loin, le tumulte de la circulation, tout s'était dissous dans le silence.

Ses oreilles bourdonnaient alors qu'elle levait soudainement les yeux vers le balcon, son regard croisant enfin le sien. C'était comme si le monde s'était arrêté, stoppé dans un instant qui semblait durer une éternité.

Il déglutit, son cœur battant la chamade, une brume d'émotions contradictoires enserrant sa gorge. Il écrasa sa cigarette dans le cendrier sans même la finir, puis rentra à la hâte dans sa chambre. Il enfila la première chemise qui lui tomba sous les doigts, la boutonnant maladroitement dans l'escalier qu'il dévalait deux par deux, manquant de trébucher. Sa main se crispa sur la rampe alors qu'il se précipitait vers l'entrée.

Elle était vraiment là.

Elle s'était figée en le voyant. Un frisson parcourut Seth à la vue de son état déplorable : la lèvre fendue, les phalanges enflées et rouges, cachées sous des bandages de fortune, et son pantalon déchiré par endroits. Les Marshals, quant à eux, n'en menaient pas large. Pourtant, c'était l'émotion qui transparaissait dans l'unique reflet de ses yeux bleus qui lui serra le cœur.

— « Qu'est-ce qui s'est passé ? »

Sa mère avait parlé sans voir Seth s'approcher, son attention tournée vers la jeune femme qu'elle avait bien entendu reconnue. Les agents l'encadraient de part et d'autre, formant une protection évidente. Il ne pouvait s'empêcher de se torturer mentalement avec cette question muette : comment allait-elle ? Il remarqua la lueur brumeuse dans ses yeux et se figea un instant, tandis que la femme la guidait doucement à l'intérieur avant de refermer la porte derrière eux. L'homme s'approcha ensuite de sa mère avec respect, lui tendant son insigne ainsi qu'un téléphone, sans doute pour lui faire lire les instructions d'urgence propres à certaines situations. Et il sentait que celle-ci en faisait partie.

— « Témoin protégé. Nous souhaitons la placer sous votre garde le temps que le procès se déroule. Nous avons dû l'évacuer d'urgence. Les surveillances précédentes n'ont pas suffi. Nous avons eu l'autorisation de la conduire ici, car il semblerait qu'elle soit plus en sécurité chez vous. »

Le ton n'était ni dédaigneux ni autoritaire, mais portait les traces d'une lassitude palpable, celle de ceux pris dans une course effrénée. À ce moment-là, Seth releva la nervosité sur les visages des trois personnes présentes dans l'entrée. Ce n'était pas uniquement la jeune femme qui sortait d'une épreuve de survie ; tous apparaissaient marqués par le poids du temps et du stress. Sa mère s'approcha d'eux, ses gestes trahissant une réelle inquiétude.

— « Bien. Nous avons de la place pour tous les trois. »

L'homme parut surpris, visiblement plus soucieux de trouver un refuge pour leur protégée que de leurs propres nécessités. Il échangea un regard avec sa coéquipière, indécis de la marche à suivre. Il ne pouvait nier qu'ils avaient besoin de soins, ses lèvres se serrant légèrement tandis qu'il attendait son avis, elle qui semblait tout aussi hésitante.

— « Vous venez de me dire que vos abris ne sont plus sûrs. » La voix de sa mère était ferme, mais teintée d'une certaine prudence, comme si elle cherchait à apaiser l'angoisse sous-jacente. « Je serais bien plus rassurée de savoir que vous pouvez garantir sa protection d'ici, en plus des gardes diplomatiques. »

Elle avait ce don d'exposer les faits sous un angle qui forçait le respect, dissimulant ainsi l'angoisse qui la poussait à vouloir héberger toute personne venant demander asile à sa porte.

— « Nous avons plusieurs chambres d'amis à votre disposition, que vous pourrez rejoindre après un débriefing avec notre chef de sécurité et quelques soins appropriés. Étant donné que je vous ai aperçu au gala, il me semble pertinent que nous en discutions. »

Faisant un pas de côté, elle les invita à la suivre, les guidant à travers le salon d'un geste impérieux qui ne laissait place à aucun refus. Les Marshals eurent un échange silencieux et rapide, conscients qu'au vu de leurs blessures, un peu de repos serait bénéfique. Seth, fermant la marche, resta légèrement en retrait avant de les rejoindre, son attention attirée par la jeune femme qui traînait à l'arrière. Leurs regards se croisèrent, chargés de non-dits qu'il peinait à déchiffrer. Puis, soudain, une évidence s'imposa à lui, chaque détail trouvant enfin sa place dans un tout cohérent.

— « La fusillade à Howard… » Les mots de Seth sortirent dans un souffle, les doigts tendus, s'adressant aux Marshals, qui s'étaient arrêtés dans leur progression. Il savait que la protection qu'ils cherchaient ne le concernait pas directement, mais cet incident était trop particulier pour rester en retrait. Un frisson parcourut le corps de la jeune femme à ses mots, confirmant ses doutes. « C'était vous ? »

L'agent jeta un regard furtif à sa mère, cherchant son accord tacite avant d'impliquer dans la conversation le fils, qui n'avait aucun rôle officiel dans les affaires de l'Ambassade. D'un bref signe de tête, elle lui consentit pleinement le droit d'intervenir. Ce fut finalement l'homme qui répondit à sa remarque.

— « C'était pour nous. Une embuscade, plus précisément. »

Un frémissement d'agitation traversa Seth, une tension palpable s'installant dans l'air. Le Marshal poursuivit d'un ton le plus calme possible :

— «Les informations concernant notre localisation fuitent depuis quelque temps. Nous sommes sous un niveau de protection renforcée. Nous devons tenir encore vingt jours avant de pouvoir la transférer au tribunal.»

— «Et elle est en sécurité ici?» Seth ne put s'empêcher de le questionner, camouflant son inquiétude du mieux qu'il pouvait. Il n'osait regarder la jeune femme et observa naturellement sa mère.

— «Je vais réquisitionner une partie des Marines dès maintenant. J'appelle aussi un médecin.»

Sa voix, déjà empreinte d'une autorité naturelle, ne laissait aucune place à l'hésitation. Rapidement, l'Ambassadrice attrapa son téléphone resté sur le comptoir, ses doigts tapotant les touches avec une efficacité presque mécanique, comme habituée à ce genre de protocole d'urgence.

— «J'aimerais beaucoup que tu sois enfin vu par le docteur.»

Les mots, pourtant simples, portaient toute la tension d'une urgence accumulée, mais aussi une forme d'inquiétude cachée derrière le pragmatisme. Elle s'était directement adressée à l'inconnue, qui la regarda, visiblement déstabilisée par cette demande. En même temps, elle continuait de donner des directives à l'autre bout du fil, ordonnant des soins immédiats pour les blessées.

— «Je vais bien…» La jeune femme protesta, sa voix calme, presque détachée. «Mais ce sont eux qui en ont prioritairement besoin, même si la balle est ressortie de l'épaule.»

Elle se tourna vers le Marshal resté debout, tandis que l'homme s'était installé sur un des tabourets de la cuisine, étendant lentement sa jambe, visiblement plus abîmée qu'elle ne le montrait. Mais rien, dans l'attitude de la musicienne, ne laissait entrevoir de panique. Elle parlait, faisant penser que tout cela faisait partie de son quotidien, que se battre et soigner allaient de pair pour elle. Ses doigts noués entre eux, elle plissait les lèvres, son regard empreint de désolation.

Seth observait la scène, une étrange sensation lui serrant la gorge. Il percevait la proximité affective qui s'était tissée entre la jeune femme et ses protecteurs, une gratitude profonde émanant d'elle, sans doute liée à tout ce qu'ils avaient traversé ensemble. Mais depuis combien de temps ? Il en était conscient, même s'il se sentait étrangement exclu de cette complicité silencieuse. Ce qu'elle venait d'endurer - les balles, les dangers, la peur - lui revenait en mémoire avec une clarté brutale. Il avait cru qu'elle avait échappé à un péril le soir du Gala, mais il réalisait à présent à quel point la mort l'avait frôlée aujourd'hui, même entourée de Marshals. Seth ouvrit la bouche, mais aucun mot ne sortit. Que pouvait-il dire pour apaiser ce chaos ?

Et une multitude de questions fusèrent dans son esprit. Depuis combien de temps exactement sa vie avait-elle été marquée par de tels risques ? Depuis combien de mois survivait-elle en état de fuite, traquée par une menace qu'il ne comprenait pas encore ? Que lui était-il arrivé pour qu'elle se retrouve dans une situation aussi désastreuse ? Ces hommes, gangsters ou membres d'un groupe, pourquoi étaient-ils à sa recherche ? Était-ce pour préserver son anonymat qu'elle avait quitté l'hôpital en hâte ? Son métier dans les cuisines de *l'Improviste* semblait l'avoir protégée des regards indiscrets, tout en lui permettant de mener une vie simple. Mais combien de fois avait-elle changé de couverture avant d'être démasquée aujourd'hui ?

Son attention glissa alors sur sa silhouette, encore enveloppée de la veste de la Marshal, toute poussiéreuse, ses mains bandées dont les pansements se desserraient lentement. Contre qui s'était-elle battue ? Il fronça les sourcils, une vague d'inquiétude s'emparant de lui à chaque question. Il se demanda si sa peau dissimulait d'autres blessures qu'il peinait à s'imaginer.

C'était éprouvant de la voir ainsi. Pourtant, la jeune femme ne fléchissait pas, demeurait droite, la fierté n'étant visiblement pas de son côté, remplacée par une force, une résilience qui le laissait sans voix.

En raccrochant, sa mère hocha simplement la tête, leur indiquant qu'une mesure de sécurité serait d'urgence mise en place. Les Marshals semblèrent alors se détendre légèrement, la pression sur leurs épaules s'atténuant peu à peu.

— «Dites-moi, en quoi l'Ambassade du Venezuela peut-elle vous être utile?» leur demanda-t-elle avec assurance, ses yeux scrutant les agents, consciente que leur arrivée n'était pas le fruit du hasard.

— «Malheureusement, les informations relatives au procès doivent rester strictement confidentielles», répondit l'homme d'une voix ferme, mais marquée par la tension accumulée. «Mais vous avez la garantie que notre présence ne compromettra pas l'intégrité du consulat.»

Il s'interrompit un instant, cherchant ses termes avec soin. Seth ne pouvait comprendre le caractère sensible qui les amenait à conduire une témoin ici et il semblait évident que ce n'était pas seulement parce qu'elle était la plus proche d'eux actuellement. Ce fut la femme blessée à la jambe qui finit par trouver les mots à sa place.

— «Nous pensons que la proximité de l'ambassade et des Marines qui assurent votre sécurité dissuadera toute tentative de l'atteindre.»

Un sourire amer, chargé de réalisme, effleura les lèvres de l'agente, comme si la situation reposait davantage sur la force de la crainte que sur l'immunité diplomatique conférée par le lieu. Seth observait sa mère, le regard empreint de détermination. Il se demanda si une explication aussi succincte suffirait à apaiser ses préoccupations. Mais alors, il remarqua qu'elle s'était tournée vers lui, attendant manifestement son opinion.

Une vague de fierté l'envahit à cette pensée. Il avait toujours admiré son sens de l'autorité, l'accompagnant dès qu'il pouvait à chacun des événements publics où elle était invitée. Ce n'était pas la première fois qu'elle sollicitait son avis, mais, aujourd'hui, il ressentait pleinement la confiance qu'elle lui portait pour une situation inédite.

Les Marshals remarquèrent cet échange, un moment de silence s'installant, la tension palpable, presque électrique. Seth pouvait sentir son cœur battre plus vite, à l'idée qu'ils avaient choisi la villa Guerrero pour assurer une protection qu'ils n'arrivaient plus à lui fournir. Mais il savait qu'ils pouvaient tous faire en sorte que la sécurité de la jeune femme soit une priorité pour l'ambassade. Il lui transmit dès lors son soutien sans dire un mot, un simple mouvement de la tête suffisant à signifier qu'il était à ses côtés.

— «Vous pouvez user de tous nos moyens disponibles jusqu'au déroulement du procès et après», déclara sa mère d'une voix ferme en se tournant finalement vers les Marshals.

Ils expirèrent simultanément, le soulagement se lisant dans leurs regards, mais se redressèrent d'un même mouvement lorsque le chef de la sécurité franchit la baie vitrée du jardin pour s'approcher des deux agents.

— «Soldat, j'aimerais ajouter une équipe de protection supplémentaire, surtout la nuit.»
— «Nous aurons également besoin d'un accès aux caméras de surveillance et aux plans des bâtiments. C'est une simple mesure de précaution, ils seront transmis à nos supérieurs.»

Et une discussion animée s'engagea entre eux, laissant transparaître l'urgence de réorganiser les rondes pour toute la durée de leur séjour.
Seth, jusque-là attentif à la conversation, détourna finalement ses yeux vers la jeune femme, qui écoutait elle aussi, impuissante. Ses prunelles allaient de l'un à l'autre, scrutant chaque mot échangé avec une anxiété palpable. Soudain, comme si elle l'avait senti, elle tourna brusquement la tête. Une lueur troubla son regard, une brève éclaircie au milieu de la tourmente, malgré les circonstances.

Et à cet instant, toute la frustration accumulée durant ces dernières heures s'évanouit, emportée comme par un souffle de vent frais. Sans hésiter, il réduisit la distance qui les séparait, traversant le monde, jusqu'à ce que ses doigts effleurent les siens, encore meurtris. Elle les bougea légèrement, réagissant timidement à son geste, ses épaules tendues s'affaissant dans un relâchement discret.

— « Je n'ai toujours pas trouvé de pommades », murmura-t-il, comme s'il reprenait le fil d'une conversation lâchée en suspens.
— « Je t'ai laissé dormir par terre sans le vouloir l'autre soir, alors on est quitte », répondit-elle avec douceur, ses yeux pétillants malgré le contexte.
— « Ça m'a évité de t'entendre ronfler dans mes oreilles », répliqua-t-il, un brin moqueur.
— « Et moi, de t'écouter parler dans ton sommeil. »

À cet instant précis, leur alchimie renaissait, presque palpable, et Seth en prit pleinement conscience, comme si tout lui revenait d'un coup, imprévu et inévitable. Pris de court, il détourna les yeux, secouant légèrement la tête dans une feinte défaite, son cœur s'accélérant malgré lui. Elle avait cette étrange capacité à rester sereine, à trouver un instant de répit même au milieu de la tempête.

Remarquant alors le silence qui s'était installé autour d'eux, il aperçut sa mère s'approcher, la porte coulissante se refermant derrière les agents et le chef de la sécurité qui parlaient à présent sur la terrasse couverte.

— « Seth, je te laisse préparer ta chambre d'amis, j'ai encore quelques appels à passer. Je m'occuperais de ceux des Marshals. » Sa voix était douce, teintée d'une malice qu'il connaissait bien. « Je commande japonais pour ce soir, vous me direz ce que vous voulez. En attendant, repose-toi. »

Son attention s'était portée sur l'inconnue, un sourire qui semblait destiné à rassurer. Les directives des agents s'estompaient en arrière-plan, comme si le monde autour d'eux s'était dissous.

— «Merci, madame Guerrero», murmura-t-elle dans un souffle.
— «Tu n'as pas besoin de me remercier, c'est normal. Et tu peux m'appeler Sofia.»

À cet instant-là, un détail dans le regard de la jeune femme fit tiquer Seth, un léger flottement qu'il ne parvint pas à décrire. Au même moment, le téléphone de l'Ambassadrice se mit à sonner, l'interrompant. Elle leur adressa un simple signe de tête avant de s'éloigner, les laissant seuls dans le salon.

— «Tu connais le chemin, je pense.» Il se dirigeait déjà vers l'escalier, lui cédant la priorité par une galanterie naturelle.

Elle le dépassa, sa grâce allégeant un moment le poids de la situation. Sa silhouette fluide avançait devant lui, et ce n'est qu'à cet instant qu'il remarqua son pas plus lent que la dernière fois. Était-elle plus blessée qu'elle ne voulait l'admettre ?

— «Mais, je n'ai vu que ta chambre.»
— «C'est parfait, on va d'abord là-bas, histoire d'aérer celle que tu vas occuper.»

Instinctivement, il ferma la porte juste en face de la sienne alors qu'elle s'arrêtait sur le palier. Perturbée par son geste, elle regarda le battant avant de se tourner vers lui, plissant les yeux comme pour sonder son intention.

— «Tu sais que tu as le même ton que quand tu m'as dit qu'il y avait du café l'autre matin ?» dit-elle, l'air léger et moqueur.
— «De quel ton tu parles ?» fit-il, entièrement dans le déni
— «Tu sais que je sais quand tu me mens.» Un sourire en coin se

dessina sur ses lèvres, illuminant un instant l'atmosphère.

— « Quoi ? Moi, mentir ? Jamais ! » répondit-il, feignant l'indignation. « Je suis un homme d'honneur, sache-le. »

— « Ah oui ? Un homme d'honneur qui ferme des portes ? » lança-t-elle avec malice, ses yeux pétillants d'amusement.

— « On y va après, promis. »

Bien qu'il ait de bonnes intentions, il savait que sa mère avait failli révéler les véritables raisons pour lesquelles elle lui avait demandé de préparer la chambre que Liv et Keir utilisaient de temps en temps. Ouvrant sa propre porte, il l'invita à passer devant. Elle s'avança au centre de la pièce, ses prunelles de nouveau attirées par le plafond peint. Ses yeux scrutèrent les couleurs chatoyantes, mises en valeur par la lumière du jour. Tout s'arrêta cependant lorsque son regard bleu se posa sur Seth, créant une agitation palpable dans l'air. Une sensation de déjà-vu s'emparait de lui.

Elle paraissait légèrement nerveuse, une crispation dans ses traits qu'il ne manqua pas de remarquer. Sans réfléchir, il fit un pas vers elle, son bras déjà tendu, comme si son instinct cherchait à combler cette distance entre eux. Mais au moment où il s'apprêtait à la frôler, elle l'interrompit d'un geste clair, son attention se fixant sur lui avec une détermination nouvelle.

— « Attends… » Elle lâcha ses mots d'une voix ferme, mais pas dure. Un silence s'installa entre eux.

Seth s'arrêta net, une question muette dans ses yeux. Elle resta ainsi un instant, se mordant les lèvres, puis baissa les bras, son souffle un peu plus court.

— « Je… J'ai juste besoin de quelques secondes. »

Elle expira, comme pour s'excuser de cette hésitation. Son regard

cherchait à se poser ailleurs, évitant le sien. Puis, avec un léger sourire, elle dit :
— « Je suis désolée. J'ai minimisé à quel point ça t'embarquerait dans tout ça aussi vite. »

Seth la fixa, un peu déconcerté par la fragilité qui transparaissait derrière sa façade calme. Il hocha la tête, comme pour signifier qu'il comprenait, même s'il n'en était pas totalement sûr.

— « Non, ne t'excuse pas. J'ai du mal à suivre oui, mais… » Il chercha ses mots, espérant qu'elle ne remarquerait pas son trouble en passant ses mains dans ses cheveux. « Je peux gérer. »

Un léger rire échappa à la jeune femme. Un de ces rires discrets, sans moquerie, qui apaisait l'atmosphère.

— « Ça mérite amplement un café ou deux, c'est certain », dit-elle d'un ton plus enjoué, se dirigeant déjà vers la fenêtre pour laisser entrer un peu plus de lumière. Ses mots flottaient dans l'air comme une promesse de réconfort au milieu de la tempête émotionnelle.
— « Tu pourrais te rattraper et nous en faire quelques-uns, alors », ajouta-t-il avec un sourire.
— « Oh non, je suis sûre que, fait avec tes mains, ils auront bien meilleur goût. »

Il n'eut pas le temps de répondre qu'elle se retourna, une expression plus profonde dans ses yeux, comme si elle venait de rassembler ses idées. Il croisa les bras, tentant de cacher la nervosité qui lui rongeait le ventre. Elle hocha lentement le visage, un éclat de vulnérabilité dans ses prunelles.

Son regard s'échappa un instant par la fenêtre. Puis, elle redémarra le fil de la conversation, celui-là même qui, quelques jours plus tôt, l'avait poussée à fuir. Les mots étaient clairs, mais dans le ton, une petite vibration trahissait une tension sous-jacente, comme si, malgré l'apparente maîtrise, un combat intérieur persistait, prêt à se révéler.

— «Oui, je veux bien t'en parler, Seth.»

Il savait que cette conversation changerait tout, et cette perspective le terrifiait autant qu'elle le soulageait.

Et si tout commençait à peine à se compliquer ?

CHAPITRE

10

Follow you

« Elle possède une force phénoménale, comme une lionne indomptable, prête à se perdre sans jamais fléchir. Elle endure la douleur sans un cri, mais derrière cette impassibilité se cache une fragilité qui me touche, tel un ange vacillant attendant juste l'occasion de se déployer dans toute sa beauté. »

- Seth

3 Août

Il s'adossa finalement à la porte, la refermant doucement derrière eux. Il savait qu'en cet instant, elle recherchait une intimité fragile, précieuse à ses yeux. Son prénom, murmuré du bout des lèvres, vibra dans l'air, ébranlant ses pensées, effleurant ses défenses comme un souffle furtif. Sa réponse, à peine audible, embrasa la tension déjà bouillonnante en lui. Son cœur s'emballait, chaque battement résonnant dans un corps épuisé par le manque de repos. La sieste qu'il avait tentée n'avait pas suffi, et un léger vertige persistait, accentué par le contraste entre la quiétude de la chambre et sa proximité avec elle.

Son regard glissa sur le lit défait, reflet d'un sommeil agité, puis sur le balcon entrouvert. D'un geste fluide, il écarta les rideaux lourds, laissant la lumière du soleil couchant baigner la cour intérieure d'une lueur douce. Puis, il l'invita à la rejoindre sur la rambarde, d'un signe discret.

Elle avança sans un bruit, ses pas feutrés se mêlant au murmure du vent dans les arbres. Seth la suivit du regard et remarqua l'absence de la veste de la Marshal, restée sur la chaise de son bureau. À ses pieds, son chat se faufila entre ses jambes, reniflant une nouvelle odeur.

Appuyée contre le garde-corps, elle laissait ses yeux bleus errer sur les toits voisins, comme si les mots s'étaient dérobés sous ses pensées. Il se surprit à détailler la finesse de ses bras nus, les lignes discrètes de ses muscles, les cicatrices éparses, certaines encore fraîches, d'autres plus anciennes.

Troublé par ce qu'il n'aurait su dessiner avec autant de justesse, il détourna brièvement le regard, redoutant qu'elle y devine ce qu'il taisait. Un silence chargé s'installa, la tension montant en lui et pour occuper ses mains et masquer son agitation, il fit glisser le cendrier sur le rebord de la fenêtre.

— «C'est vraiment très calme, ici…» murmura-t-elle soudain, sa voix douce et presque timide flottant dans l'air comme une brume légère.

Seth l'observa, tentant de saisir ce besoin de quiétude qu'elle semblait chérir. Il inspira profondément, essayant d'imiter cette sérénité qu'elle dégageait à présent, en vain. La brûlure de l'anticipation le rongeait encore. Elle était sur le point de lever un voile, d'offrir des réponses aux questions qu'il n'avait posées qu'une seule fois, avant son départ.

Lorsqu'elle se frotta doucement les jambes, il s'interrogea, presque malgré lui, sur d'éventuelles blessures, sur ce qui avait eu le temps de guérir. Elle lui avait assuré qu'elle allait bien, mais il devinait qu'elle minimisait la profondeur de ses maux. Pourtant, il resta silencieux, se contentant de laisser leurs respirations se mêler dans cette pause.

— «Ça change beaucoup de Brooklyn, effectivement», continua-t-elle dans un souffle léger, comme une confidence qu'elle n'était pas sûre de vouloir dévoiler.

La confession fit l'effet d'un choc pour Seth. Ses yeux s'écarquillèrent, surpris par la familiarité subtile que cette phrase insinuait. Il était celui qui lui avait avoué de son enfance à Brooklyn, mais elle semblait en parler comme si elle y avait aussi vécu. Était-ce le cas ?

Un frisson d'attente parcourut ses nerfs, et il réalisa qu'elle commençait à s'ouvrir à lui. Pourtant, en voyant ses doigts s'agripper fermement à la rambarde, il comprit que ce sujet était douloureux, chargé de souvenirs ou de secrets qu'elle avait protégés jusqu'ici. Plutôt que de la pousser à se livrer, il choisit une approche plus subtile, détournant l'attention pour adoucir l'atmosphère et relâcher la tension dans ses épaules.

— « Qu'est-ce que tu trouves de mieux ici ? » demanda-t-il, un léger sourire effleurant ses lèvres, dissimulant à peine la curiosité qui bouillonnait en lui.

Il inclina un peu la tête, prêt à écouter ce qu'elle souhaitait partager, sans pression. Tout en observant le quartier, il cherchait à voir cet endroit à travers ses prunelles. Sous le soleil couchant, ses mèches rebelles prenaient une teinte dorée, capturant la lumière et la renvoyant en éclats. Le trouble qu'il ressentait revint, et il se força à détourner les yeux.

— « L'air, les grands espaces… Les fontaines que j'ai aperçues dans le parc, les gens, l'ambiance. » Elle lui lança un regard furtif, et il peina à en saisir tout le sens. « Rien ne manque là-bas. »

Il comprenait parfaitement ce qu'elle voulait dire. La simplicité et la sincérité de sa réponse arrachèrent un sourire à Seth, bien qu'il perçût une mélancolie latente.

— « Qu'est-ce qui te manque ici alors ? » demanda-t-il, sa voix plus douce qu'il ne l'aurait voulu.

Elle haussa légèrement les sourcils, une lueur d'hésitation traversant ses traits, mais elle ne détourna pas les yeux. Un instant, la lumière chaleureuse les fit briller avant qu'elle ne les baisse. Pourtant, elle restait là, à quelques centimètres de lui, solidement ancrée sur le balcon, tandis que le vent jouait dans ses cheveux, projetant des ombres mouvantes sur son visage. Elle avait cette façon d'être à la fois vulnérable et courageuse, offrant son authenticité sans détour, même dans sa fragilité. Là où d'autres auraient caché leurs failles, elle les exposait sans artifice, comme si chaque cicatrice, chaque pénombre, témoignait de son vécu atypique.

Un silence pesant, rempli de non-dits, s'installa entre eux. Seth pouvait presque éprouver la tension qui flottait autour d'elle, devinant son hésitation, son trouble. Il ne pouvait plus rester immobile. Le besoin de l'apaiser, de briser cette pression devint plus fort que tout. Ainsi, d'un geste prévenant, il effleura enfin son bras.

Le contact déclencha en lui une décharge électrique. Il sentit sa peau frémir, une chaleur paisible se répandre en lui, cherchant alors à lui offrir un peu de cette force. Elle tourna la tête vers lui, son regard mêlant surprise et appréciation, avant de la baisser, un peu gênée.

— «Pardon, je suis allée loin», murmura-t-elle, sa voix teintée d'un léger regret, comme si elle essayait de rattraper une erreur laissée derrière elle.
— «Ça arrive», répondit-il doucement, tentant de dissiper l'atmosphère tendue. «Tu veux te reposer?»
— «Non. Je tiens à t'en parler. Je te dois une explication… Et des excuses pour toutes les fois où je suis partie comme une voleuse. C'est survenu à bien trop de reprises.»

Il secoua la tête, prêt à lui apprendre qu'elle n'avait aucune obligation de se justifier. Mais elle le surprit, comme si elle venait de saisir sa façon de penser.

— «Non, ce n'est pas juste pour toi. J'ai préféré ne rien te dire pour ne pas te mentir sur qui je suis, mais je ne veux plus de cette illusion. J'ai envie que tu me voies autrement que la fille tombée sous tes roues ou celle qui a besoin d'être protégée», poursuivit-elle, la frustration perçant dans sa voix. «Ça n'a pas toujours été comme ça. Je n'étais pas comme ça.»

Elle se redressa légèrement, portée par le flot de ses souvenirs. Après une brève hésitation, elle glissa une main dans la poche arrière de son pantalon et en sortit un médaillon suspendu à une fine chaîne brisée. Ses doigts, marqués par les épreuves, effleurèrent le joyau avec une tendresse que Seth ne pouvait ignorer. Il lui adressa un regard, silencieux, demandant la permission de s'approcher pour voir ce qu'elle tenait avec tant de soin.

Elle ouvrit lentement le bijou, révélant deux petites images anciennes, figées dans le temps. Un portrait familial, délicat et presque intemporel, s'offrait à lui. Seth posa son attention sur le visage d'une femme et ne put s'empêcher de noter la ressemblance saisissante avec l'inconnue. La douceur de ses yeux bleus, la courbe de ses lèvres, la chaleur de son sourire... Tout en elle respirait l'amour et la bienveillance.

Il n'avait pas besoin de précisions : c'était sa mère. L'ancienneté de la photo trahissait la distance, les années écoulées dans l'absence d'un portrait plus récent. Pourtant, même figée sur papier, cette femme dégageait une présence presque tangible, comme si sa tendresse survivait à travers cette image.

Un élan de compassion submergea Seth, lui coupant la parole. Il tenta d'imaginer sa propre vie privée de l'amour indéfectible de sa mère, ce pilier qui l'avait soutenu dans ses heures les plus sombres. Il saisit alors l'ampleur du vide qu'elle portait, pesant sur chaque moment de son existence.

Ses yeux glissèrent sur l'autre face du pendentif, captant les traits d'un second portrait au cliché bien plus récent : celui d'un homme. Son visage marqué par le temps, son regard grave imposaient un respect immédiat. Les rides profondes racontaient une vie de sacrifices et d'épreuves, une résilience sculptée dans l'adversité. Il y percevait une force tranquille, une intégrité qui, étrangement, résonnait avec ce qu'il devinait en elle. Si elle avait hérité des cheveux auburn de sa mère, elle avait les iris bleus de son père.

Elle effleura le médaillon du bout des doigts, un geste tendre, tel un hommage silencieux à ces figures qui l'avaient façonnée. Elle le tenait comme une amulette, symbolisant tout ce qu'elle avait vécu.

— « Ce sont eux qui me manquent le plus ici. »

Ses mots, simples, mais lourds, tombaient dans l'air, saturé de nostalgie et d'une douleur bien cachée. La voix calme ne parvenait pas à dissimuler le poids du passé qu'elle portait. Il n'eut même pas à demander. Les larmes invisibles dans ses yeux étaient plus éloquentes que n'importe quel discours. Cette ressemblance frappante avec la femme sur la photo intensifiait à la fois la connexion et le manque qu'elle laissait derrière elle.

Un serrement se fit sentir dans la poitrine de Seth, la sensation de cette perte, semblant se superposer sur la sienne. Les souffrances de cette vie s'imprimaient sur elle, inséparables. Elle leva le visage, son regard s'évadant, son timbre vibrant d'une vulnérabilité qu'elle ne pensait même plus dissimuler.

— « Mon père était quelqu'un de bien. Un ancien des forces de l'ordre, blessé dans un accident de la route quand j'avais dix ans. Depuis, tout est devenu plus compliqué, mais il a toujours fait de son mieux pour que l'on puisse être ensemble. »

Elle soupira, un souffle lourd, avant de refermer doucement le médaillon, ses doigts cherchant à reconnecter une chaîne brisée. Seth observait chaque geste avec attention, percevant non seulement l'action, mais aussi la tourmente qui se cachait derrière. Elle semblait, le temps d'un instant, replonger dans une mémoire qu'il ne pourrait jamais connaître, une époque où la lumière paraissait encore y exister.

Il la vit glisser ses mains dans ses cheveux cuivrés, s'y perdant avant de tenter de les maîtriser en une natte. Sa nervosité était palpable, extrapolant un désir de reprendre le contrôle, comme si son esprit cherchait à fuir ses souvenirs à travers ses gestuelles habituelles.

— « J'avais décidé de rejoindre l'académie de police à Brooklyn, un choix plus stable que les petits boulots aider mon père. Un jour, ils sont venus recruter des personnes pour une mission, avant même qu'on ait terminé notre diplôme. J'ai accepté en échange de la garantie que mon père ne manquerait de rien pendant mon absence. »

Un silence s'installa, suspendant ses pensées, avant qu'elle ne reprenne, plus assurée :
— « La brigade de répression voulait infiltrer un cartel en pleine expansion à Los Angeles. Nous étions tous des inconnus de l'autre côté du continent. Tout avait été minutieusement préparé : l'exclusion de l'école qui servait de tremplin, l'éloignement... Tout. C'était parfait. »

Ses mots étaient clairs, mais son regard s'évadait au loin, comme si elle touchait une distance qu'elle seule pouvait percevoir, une barrière invisible qu'elle dressait même en se confiant.
Un frisson parcourut Seth. Les sacrifices, les compromis... Tout prenait forme dans son esprit, révélant une histoire bien plus complexe qu'il ne l'avait imaginé. Elle n'était pas simplement une jeune femme en quête de sens, s'efforçant d'économiser pour des cours du soir ; elle avait enduré sur ses épaules des choix et des engagements qu'il n'avait pas envisagés. Elle était plus que ce qu'il avait vu d'elle jusqu'à présent, portant des cicatrices invisibles qu'il peinait à comprendre.
Elle soupira, évitant son regard, cherchant ses mots et Seth resta silencieux, respectant son espace, lui offrant un soutien sans pression.

— « Ma mission était de suivre les interactions et de consigner les transactions liées au trafic d'armes et de drogues à l'échelle continentale. Les informations recueillies auraient pu démanteler une grande partie du réseau, mais, pour cela, il fallait atteindre le cerveau du cartel », expliqua-t-elle, sa voix s'adoucissant, comme si chaque terme pesait un peu plus lourd. Il ne pouvait s'empêcher de noter la justesse de ses propos, ce professionnalisme maîtrisé. « C'était neuf mois intenses d'immersion totale, coupée de tout ce que je connaissais, sans éventualité de retour. »

Elle inspira profondément, son regard fuyant un instant avant de revenir, plus résolu, cherchant de plus en plus à préciser pour qu'il comprenne. Et il entrevoyait une grande partie de tout ce qu'elle avait dû abandonner.

— « J'ai dû changer d'identité, déménager, apprendre à vivre avec le moins possible et adopter de nouvelles habitudes. Endosser le rôle que l'ATF m'avait assigné était devenu ma seule priorité. »

Sa voix, d'abord ferme, se teinta d'une nuance de justification, comme si elle tentait de se convaincre de sa propre force, dont il ne doutait pourtant pas.

— « Leur chef s'appelle Alvarez et, sur papier, il semblait l'incarnation de l'humilité. Je me disais alors que ça serait peut-être moins dangereux que prévu. Chaque jour, je me rapprochais un peu plus de ses hommes et j'avais eu leur confiance, c'était presque facile. »

Puis, dans un souffle presque inaudible :
— « J'ai tout fait. Absolument tout. L'identité que j'ai prise correspondait à l'idéal d'Alvarez. J'ai donc prétendu être exactement ce qu'il recherchait. À partir de là, tout est devenu chaotique. Il m'a embarquée partout avec lui, sans protection. J'ai perdu tout contact avec mon équipe par la suite. Mais ils m'avaient dit d'attendre… d'attendre qu'un gros coup se solde pour pouvoir l'arrêter. »

À l'évocation de ces mois sombres, Seth sentit une pression lui comprimer la poitrine, une douleur persistante qu'il ne pouvait ignorer, comprenant le lien qu'elle avait tissé avec cet Alvarez, une relation façonnée par les *empreintes de Cupidon*. Ses paroles résonnaient, percutantes, brisant le calme fragile du début de soirée. Il percevait la brutalité de cette réalité : une existence bâtie sur des sacrifices, des décisions qui dévoraient tout sur leur passage.

— «Ce gros coup, c'était une transaction qui lui aurait permis d'exporter plus de produits, plus variés. Mais rien ne s'est déroulé comme prévu. Alvarez n'était pas là, les acheteurs étaient à cran, ils ont essayé de s'enfuir avec l'argent et la marchandise. Les tirs sont partis si vite…»

Elle marqua une pause, son regard perdu dans un point vague, comme si elle tentait encore de saisir ce qui lui était arrivé.

— «J'ai été blessée au dos et, dans la cohue, on m'a transportée à l'hôpital. Avant même que je réalise ce qui se passait, ils avaient déjà pris des échantillons pour les examens. Et… Je crois que c'est à ce moment-là que mon identité a été compromise.»

Seth s'approcha silencieusement, franchissant l'espace entre eux pour se glisser près d'elle, effleurant son bras de ses doigts. D'une caresse discrète, il tenta d'y porter tout ce qu'il ressentait : douceur, bienveillance et une volonté de la ramener à l'instant présent, dans un monde où ses démons n'avaient plus leur place. Elle fixait la main qu'elle avait posée sur la sienne, le regard plongé dans ce contact, avant de toucher à son tour sa peau, longeant les lignes de ses tatouages.

— «Qu'est-ce qui s'est passé?» demanda-t-il, un frémissement traversant sa colonne.
— «J'y suis retournée pour préserver ma couverture, continuer la mission. Mais il avait déjà compris qui j'étais. La brigade n'a pas eu l'occasion de m'exfiltrer», murmura-t-elle finalement, sa voix faiblissant en même temps que la tension dans ses traits.

Un léger tremblement parcourut ses doigts, tordus dans une nervosité inconsciente. Le souvenir semblait encore la hanter, trop vif pour être totalement réprimé.

— « Mais j'ai fini par en sortir. J'avais tout pour faire tomber une partie du cartel, mais pas Alvarez. À ce moment-là, je n'avais plus aucune preuve pour l'accabler, à part ma parole, sachant qu'on pouvait tout autant m'inculper et me remettre en question. »

Elle marqua une pause, les yeux perdus un instant dans le vide, avant de souffler, d'une voix plus serrée :
— « Lui… Il a ce pouvoir. Cette loyauté absolue qu'il inspire. Ils étaient tous prêts à tout pour lui, même à s'accuser à sa place. »

Son regard s'intensifia, presque froid, tandis qu'elle adoptait un dos plus droit et tendu.

— « C'est à ce moment-là que j'ai compris comment il s'y prenait pour garder tous ces hommes entre ses mains. Si j'ai réussi à m'en sortir ce jour-là, c'était uniquement parce qu'Alvarez n'était pas dans les parages. En fait, il avait déjoué tous les protocoles de protection et avait rejoint mon père de l'autre côté du continent. » Ses yeux se firent plus durs, et son ton se glaça d'une rage froide. « Il n'a pas hésité. Pas une seconde. »

Seth, silencieux, observait chaque mouvement de son visage, le menton légèrement relevé. Instinctivement, il chercha sa main, la trouvant tendue, comme pour combler un vide invisible. Lorsqu'elle la serra, un frisson électrique parcourut son bras. Rien de ce qu'il pouvait dire ne lui semblait suffisant. Les mots de réconfort paraissaient futiles face à l'intensité de son passé, qu'il entrevoyait à travers ses gestes et son mutisme.

Il comprenait désormais pourquoi elle agissait ainsi : sa fuite de l'hôpital, sa violence maîtrisée dans le parc, ce besoin irrépressible de frapper en premier. Et cette volonté farouche de vivre, d'échapper à tout. Le pouce de Seth effleura doucement sur le dos de sa main, la chaleur de sa paume ajoutant une tendresse à ce contact fragile. Elle tourna son visage vers la cour, une larme glissant sur sa joue, seule témoin de cette émotion qu'elle peinait à lâcher. Elle était bien plus que ce qu'elle pensait paraître.

Dans un silence respectueux, il décida de lui changer les idées et tendit lentement la main pour la guider à l'intérieur.

— «Viens…» Ses yeux cherchaient les siens avec légèreté. «J'ai quelque chose à te montrer.»

Elle sembla hésiter un instant, son regard empli de questions non formulées, avant d'abandonner. Il la tira doucement de la rambarde, écartant les rideaux pour lui céder le passage. Le vent frais de l'extérieur soulevait ses dossiers sur le bureau, mais Seth, perdu dans un tourbillon de pensées, ne s'en souciait pas. Il la fit entrer, franchissant le seuil de la chambre et traversant le couloir d'un pas mesuré, comme si chaque geste, chaque respiration, comptait plus que tout.

En ouvrant la porte, il laissa la lueur tamisée du vestibule envahir la pièce, l'illuminant d'un reflet pâle, presque trop calme pour la tension qu'il ressentait. Le lieu semblait vide au premier regard et presque trop simple. Les volets étaient fermés, comme souvent dans les chambres d'amis inoccupées. Il s'en approcha et les rabattu en révélant ainsi un espace où l'éclairage naturel peinait à contrer l'atmosphère dense qui régnait entre eux.

L'air de la villa, habituellement parfumé de fleurs, s'était désormais chargé de silences pesants. Il se détourna de la fenêtre, où le jardin coloré et la piscine tranquille offraient une scène d'un calme presque ironique. Son regard se posa sur elle, immobilisée sur le seuil, ses yeux fixant un objet dans un angle de la pièce. Un violoncelle.

L'instrument à cordes, comme abandonné dans un recoin, paraissait presque sacrifié à la simplicité de l'espace, mais il en émanait une présence imposante. Des accessoires étaient parfaitement disposés autour de lui : un coffre, un coussin d'assise, l'archet en taillis blanc. Et par-dessus tout, le violoncelle arborait toute sa beauté par un détail unique. Un bleu pastel éclatant, une teinte presque irréelle, qui semblait sur le point de prendre vie sous le moindre geste.

Seth ressentit un frisson d'incertitude lui traverser le ventre. Et si ce violoncelle n'était pas ce qu'elle espérait ? Peut-être que la couleur, le choix du bois, tout cela était trop personnel, trop intime. Il avait fait confectionner l'instrument avec une telle attention aux détails qu'il avait oublié de se questionner s'il correspondait à ses véritables attentes.

— «… Ça ne te plaît pas ? »

Les mots s'échappèrent de ses lèvres, imprégnés d'une hésitation qu'il n'avait pas anticipée. C'était lui qui avait voulu lui offrir ce cadeau, mais l'ombre du doute s'était insinuée. Il se demandait si ce geste ne portait pas un poids excessif, ou s'il était, au contraire, trop quelconque ?

Elle tourna alors son regard vers lui, ses traits marqués par une réflexion muette. Puis, ses doigts glissèrent délicatement sur le chevillier, effleurant les cordes et produisant une vibration presque imperceptible, mais d'une intensité douce. Un sourire fragile s'esquissa sur ses lèvres, sincère, si discret qu'il paraissait appartenir à un autre monde. Le genre de sourire qui effaçait instantanément ses incertitudes.

Il resta figé, le cœur battant plus fort, tel un écho amplifié de ses propres doutes. Chaque pulsation résonnait dans l'espace entre eux, marquée par la conviction qu'il avait pris la bonne décision. Pourtant, une tension persistait en lui, comme un fil trop serré menaçant de rompre. Cette rencontre avec le violoncelle était bien plus qu'un simple cadeau ; elle symbolisait l'espoir après la tempête, un apaisement qu'il lui souhaitait plus que tout.

— « Ça tombe bien, il est pour toi. »

Elle ne parut pas immédiatement saisir l'ampleur de ses mots. Absorbée dans sa contemplation, elle continuait à caresser l'archet, comme si le temps s'était suspendu autour de l'instrument. Son bleu semblait l'envahir, l'entraînant dans un monde où seules les notes avaient leur place.

Lorsqu'elle leva enfin les yeux vers lui, un éclat d'incompréhension brilla dans son regard, comme si cette réalité venait de s'infiltrer dans sa conscience, perturbant l'équilibre précaire qu'elle avait construit autour d'elle.

— « Quoi ? »
— « Je ne sais pas en jouer, en fait… Ça serait dommage de le laisser prendre la poussière. »

Il était naturellement léger, presque moqueur, mais il ne réussit pas à masquer totalement la nervosité qui s'était installée en lui. Il souriait, mais celui-ci incertain, cherchant plus à apaiser la situation qu'à la rendre plus évidente.

— « Seth, c'est inestimable. Je ne peux pas… Je ne saurais même pas te rembourser avant… »

Sa voix tremblait, une fragilité à peine contenue. Seth sentit un pincement au cœur, ces mots portant bien plus qu'une simple remarque sur un instrument.

— « Non, attends… »

Il secoua la tête, indécis de la meilleure façon de formuler ses pensées. Sa réaction se heurtait à la tourmente de son esprit. Il ne voulait pas qu'elle perçoive ce cadeau comme un juste retour après leur accident.

Ses yeux se fermèrent un moment, emportés par un flot d'images :

les scènes du conservatoire, le gala, son visage illuminé par la musique, comme si rien d'autre n'existait. Chaque instant, chaque note résonnait encore en lui.

— «Je t'ai entendue jouer. Je t'ai vue te battre, même après être tombée. C'est ça qui est inestimable. Là, c'est juste... un violoncelle.»

Un silence épais s'abattit sur la pièce. Il n'y avait ni reproche ni prétention dans ses mots, seulement une vérité brute, une reconnaissance de tout ce qu'elle avait surmonté. Mais l'air autour d'eux devenait presque trop lourd, chaque parole suspendue dans un espace fragile.

Sans réfléchir, il s'approcha d'elle et, d'un geste instinctif, glissa sa main dans la sienne. Ce contact simple, mais nécessaire, créait un lien entre deux mondes séparés par des années de distance. Elle hésita un moment, puis, d'une lenteur presque timide, enlaça ses doigts entre les siens. Ses épaules se voûtèrent légèrement, comme pour cacher la vulnérabilité qui l'animait. Seth se tint près d'elle, respectant son rythme, chaque silence lourd de non-dits.

— «C'est ma mère qui jouait du violoncelle.» Seth sentit son cœur se serrer, pris dans la spirale de l'intimité qu'elle révélait. «J'ai commencé à apprendre quand elle est tombée malade.»

Sa voix se brisa sur ces mots. Seth eut un frisson lui glacer le dos, comme si la pièce s'était soudainement réduite autour de cette vérité douloureuse. Il comprit alors que ce violoncelle n'était pas simplement un instrument; c'était un héritage, un lien avec un amour perdu, un combat pour offrir à sa mère une forme de paix, un dernier hommage.

Ses paroles résonnèrent dans l'air, et il se sentit envahi par une étrange tendresse à son égard. Son passé, sa souffrance et sa résistance formaient désormais une partie intégrante de leur connexion. Il aurait voulu effacer tout ce qui la tourmentait, mais il savait que cela faisait partie d'elle. Il détourna brièvement les yeux, l'esprit noyé dans ses réflexions. Il serra lentement sa main dans la sienne, nouant leurs doigts, comme pour exprimer tout ce qu'il ne pouvait pas encore dire.

— « Erin. »

Le nom s'échappa de ses lèvres, lourd d'émotion. C'était un murmure, une confession silencieuse, mais tout semblait se cristalliser autour de ce moment, comme si l'air lui-même avait suspendu son souffle.
Elle baissa les yeux, chuchotant presque pour elle-même, un frémissement que l'univers paraissait retenir :
— «Ma mère, elle m'a appelée Erin.»

Il en rata un battement de cœur. Dans ce prénom, dans cette révélation, il y avait un chemin, un lien désormais ancré entre eux.

Et si c'était à ça que ressemblaient les battements d'un cœur voués à une âme et à une seule ?

CHAPITRE 11

Blue

« Je ne sais pas comment elle fait, mais ses mots ont une résonance qui va bien au-delà de l'instant. Un simple mouvement de sa part suffit à capter toute mon attention, comme si chaque geste, chaque souffle qu'elle prend était un appel que je ne peux pas ignorer. C'est comme si ma tête était à part, déconnectée de l'impact silencieux qu'elle provoque. »

- Seth

4 Août

Les mains croisées derrière la tête, confortablement installé dans son lit, Seth observait le plafond de sa chambre, un fin sourire dessiné sur ses lèvres malgré lui. La sérénité du moment l'enveloppait comme un répit bien mérité après des jours d'insomnie. Ce matin, il s'était réveillé avec une certitude aussi douce que rassurante : elle était là, de l'autre côté du couloir, en sécurité. Quelques minutes plus tôt, le léger grincement de la porte en face de la sienne l'avait tiré de ses pensées. Erin avait essayé de marcher sur la pointe des pieds en se dirigeant vers la salle de bain de l'étage, mais le craquement familier d'une latte sous ses pas avait trahi sa présence. Seth avait esquissé son premier sourire de la journée.

Erin...

Son prénom, murmuré en silence, résonnait en lui comme un écho intime. Précieux et fragile, il s'y était ancré, glissant sur ses pensées tel un air doux qu'il n'osait pas encore le prononcer. La veille, lorsqu'elle le lui avait avoué, un instant d'hésitation avait flotté entre eux, chargé d'un respect presque sacré. Il n'avait trouvé rien de plus approprié qu'un simple regard reconnaissant, conscient de la vulnérabilité qu'elle lui avait révélée. Une confiance discrète, mais puissante. Ce moment, silencieux et empli de chaleur, était resté gravé en lui. Il s'était tenu à ses côtés, s'imprégnant de sa présence, tandis que le soleil déclinait paresseusement derrière la fenêtre, peignant le ciel de lueurs rosées. Sa mère était entrée en douce pour déposer quelques vêtements préparés pour Erin, avant de repartir sans un mot, bien que le parfum d'un repas annonçait le dîner.

Il avait regagné alors la chambre après lui avoir proposé de se mettre à l'aise, et Seth l'avait finalement retrouvée endormie sur les couvertures. Sa respiration calme et régulière emplissait la pièce d'une quiétude rare. Surpris par ce silence, il avait refermé la porte sans un bruit, prévenant les Marshals qu'elle ne se joindrait pas à eux. Puis, il écrivit à ses amis en leur annonçant que l'inconnu était de retour chez lui et il leur promit de leur en parler de vive voix dès qu'ils auraient l'occasion de venir le voir. Finalement, il s'était laissé glisser dans le sommeil, apaisé par cette étrange sensation de complétude. Pour la seconde fois, aucune initiale n'avait dérivé pour troubler ses rêves - mais ce détail ne méritait pas qu'il s'y attarde. Pas tout de suite.

Un léger cliquetis émanant de la salle de bain de l'étage l'extirpa de ses pensées. Seth se redressa, décidant de passer rapidement sous la douche, prêt à démarrer une journée des plus atypiques. Il s'apprêtait à rejoindre la cuisine lorsque, presque en même temps, la porte d'en face s'ouvrit. Erin se tenait là, sur le point de sortir à son tour. Elle s'arrêta brusquement en le voyant, figée dans l'encadrement, comme surprise en pleine hésitation. Ses cheveux, tirés en une queue de cheval soignée, dégageaient son cou gracile, révélant une élégance qui lui était propre. Même prise au dépourvu, elle étira pourtant ses lèvres dans un sourire aussi chaleureux que les premiers rayons du soleil estival.

Cette vision ne pouvait que le rassurer sur cette nouvelle proximité qu'ils avaient atteinte la veille. Il baissa légèrement les yeux, observant le petit tube de crème qu'elle tenait entre ses doigts, presque nerveusement.

Il n'était pas certain d'avoir aperçu ce type de produit dans leur trousse de premiers secours, ce qui attira son attention. Son sourire s'effaça un peu et il fit un pas vers elle, son regard s'attardant un instant sur ses blessures visibles et encore rouges.

— « Hey, tout va bien ? »

Elle hocha la tête, tentant de détendre ses traits, mais une lueur de fatigue persistait dans ses yeux.

— « Oui, ça va. C'est juste pour un hématome. Le médecin est repassé pendant la nuit pour vérifier les points de suture chez les Marshals, et il a absolument voulu en profiter pour me faire un contrôle rapide. » Elle tourna lentement la crème entre ses doigts, semblant peser un pour et un contre. « En fait… il est en plein milieu du dos, et je n'arrive pas à l'atteindre toute seule. »

Le cœur de Seth s'emballa un instant, mais il hocha de la tête, un sourire confiant étirant ses traits. Le menton légèrement relevé, presque fier de pouvoir l'aider, il répliqua d'un ton assuré :
— « Laisse-moi faire. »

Elle marqua une pause, pinçant sa bouche, un doute furtif dans ses yeux avant de lui répondre, en toute humilité :
— « Merci, c'est gentil. J'ai essayé deux fois, mais c'était un échec total. »

L'aveu timide ne lui échappa pas. Il le nota, une lueur malicieuse dans son regard, et un sourire amusé effleura ses lèvres alors qu'il rétorquait immédiatement :
— « Ah, donc tu n'es pas si douée que ça pour te soigner toute seule, finalement. »

Elle prit un air faussement outré, posant une main sur sa hanche dans une imitation théâtrale.

— « Ce n'est pas comme ça qu'on parle à une dame, monsieur Guerrero ! »

Un éclat de complicité s'échangea entre eux. Erin s'apprêtait à avancer vers la salle de bain, mais elle s'arrêta lorsque la Marshal - nommée Sarah - passa devant eux, leur coupant la route avec un murmure d'excuse avant de refermer la porte derrière elle. Erin jeta un bref regard à Seth, légèrement décontenancée.

— « Hmm… ça te convient, si on va dans la chambre d'amis ? »

Il acquiesça alors qu'ils faisaient demi-tour et rentra en premier dans la pièce qu'elle avait occupée, qui portait déjà sa touche discrète : les draps refaits à la manière militaire - probablement emprunté à Gabriel - les volets entrouverts laissant le soleil illuminer l'espace. Il baignait les lieux, frappant doucement la vitre et éclairant le violoncelle installé au même endroit, imposant de sérénité.

— « Merci pour le sandwich, d'ailleurs. Il était parfait, surtout à deux heures du matin. »

Continuant sous le ton de la conversation, elle désigna le plateau qu'il avait déposé devant sa porte, à présent vide et sur le bureau. L'idée qu'elle puisse se réveiller en ayant faim avait effleuré son esprit, et il avait mis un soin particulier à lui préparer l'encas qu'il se faisait habituellement. Liant son regard aux siens, il tenta d'ignorer cette impression qu'ils partageaient les mêmes goûts.

— « De rien, je suis content que le chat ne l'ait pas mangé avant. »
— « Je te rassure, il a attendu très patiemment que je lui donne enfin un morceau », répondit-elle en s'amusant, un petit sourire en coin.

Elle s'installa sur le bord du lit, lui tournant le dos. Elle posa le tube de crème sur le drap, dégrafa doucement les premiers boutons de son chemisier et l'abaissa légèrement pour dégager une partie de sa peau meurtrie.

— « C'est juste là, un peu en haut, je pense. »

Le cœur de Seth accéléra en voyant la courbe délicate de ses épaules, exposée avec une retenue qui révélait sa confiance. Elle repoussa ses cheveux sur un côté, laissant apparaître un large hématome qui marquait sa colonne vertébrale. La noirceur de cette lésion, si vive, lui fit serrer les dents, un douloureux rappel des épreuves qu'elle avait endurées. Il n'osait penser à cette autre blessure qu'elle avait dit recevoir au dos lors de son infiltration et s'empara d'une inspiration, cherchant à apaiser l'intensité de ses émotions.

— « Ça risque d'être froid », la prévient-il en appliquant un peu de gel frais sur ses doigts.
— « Je n'ai pas trois ans, tu sais. »

Elle lui avait lancé un regard malicieux, reprenant ses propres mots avec humour. Son sourire s'élargit malgré lui, dissipant durablement le peu de fébrilité qui subsistait entre eux, adoucie par ce nouvel échange complice. Il posa délicatement sa paume sur son dos, le contact de sa peau chaude contre la fraîcheur du produit déclenchant une réaction infime, comme une respiration écourtée. Il s'appliqua à masser l'hématome, avec une attention soignée. Il sentait chaque tension, chaque résistance dans ses muscles, et cette proximité le fit frissonner.

Le sérieux de la situation refit surface, chassant la légèreté de l'instant, tandis que lui revenaient en mémoire les échanges de la veille au dîner avec les Marshals. Ils avaient évité de trop parler d'Erin ou même du procès, respectant leur ligne de conduite consistant à ne pas leur divulguer d'informations sensibles. Cependant, ils avaient donné un aperçu de leur rôle au gala, justifiant leur présence par le fait qu'Erin, après des mois de semi-enfermement, pouvait se permettre quelques rares moments privilégiés, à condition que les risques restent strictement contrôlés. Il avait ainsi bien mieux saisi l'absence des médias ce soir-là.

— « Gabriel disait hier que vos abris précédents avaient tous été compromis… Ça dure depuis combien de temps ? »

Il ralentit ses mouvements et releva la tête pour croiser son regard, tandis qu'elle l'observait par-dessus son épaule. Il sentit son corps se raidir un instant avant qu'elle ne se relâche légèrement et ne laisse échapper un soupir discret. S'il s'attendait à ce qu'elle garde certaines informations cruciales sous silence pour le procès, il fut surpris par la confiance qu'elle lui avait accordée depuis la veille en acceptant d'y répondre.

— « Tu as peut-être entendu parler des incendies au nord de l'État en juin dernier », dit-elle en lançant un regard en coin vers lui, juste assez pour qu'il acquiesce. « On pense que c'était un premier avertissement. Puis il y a eu une fuite de gaz, rapidement étouffée par les Marshals pour ne pas être ébruitée par les médias. Là encore, aucune preuve ne les reliait à eux. Mais ça leur ressemblait bien. »

Sa voix se fit plus basse, chaque mot pesant lourdement dans l'air.

— « Ils feront tout pour annuler ce procès. Je ne suis peut-être qu'un faible poids face à Alvarez, mais le fait d'être privé d'une partie de ses hommes le handicapera durablement, en plus d'atteindre sa crédibilité. Si je ne suis pas là pour témoigner, ils seront tous libres. Et je refuse d'envisager cette possibilité. »

Sans s'en rendre compte, Seth glissa en douceur un pouce sur sa peau, un geste presque imperceptible, mais infiniment tendre, comme pour lui offrir son soutien. Chaque mot d'Erin le touchait un peu plus, éveillant en lui un intense respect. Elle avait mis sa vie entre parenthèses pour prendre soin de son père afin qu'il ne manque de rien, et maintenant, elle avait passé des années à faire ce même sacrifice pour que la justice triomphe. Inspirant profondément, il tenta de maîtriser le tourbillon d'émotions contradictoires qui s'entrechoquaient en lui.

— « Tu as une force incroyable, Erin. »

Le murmure de son prénom effleura l'air, suspendant le temps autour d'elle. Il devinait qu'elle ne l'avait pas entendu depuis longtemps, adoptant de nouvelles identités à chaque transition. Elle se raidit un instant avant de tourner lentement son visage vers lui, laissant sa main frôler la sienne. Seth sentit la chaleur douce de sa peau sous ses doigts, mais resta immobile, figé par ce contact.

Un sourire fragile naquit sur ses lèvres, trahissant l'effet de ses mots, avant qu'elle ne détourne le regard, visiblement touchée. Elle ne se percevait pas comme il la voyait, avec cette résilience à toute épreuve qui lui permettait de porter des poids qu'il n'osait imaginer. Lentement, il referma le bouchon du tube de crème et abaissa son chemisier avec une délicatesse presque princière, luttant contre l'envie de prolonger ce moment.

— « Merci. »

Le murmure était à peine audible, chargé d'une gratitude sincère qui transcendait le simple soin de sa blessure. Seth savait que chaque minute passée ici représentait pour elle un décompte inexorable vers cette indépendance tant espérée, une liberté qui semblait encore lointaine, presque irréelle. Dix-neuf jours restaient, dix-neuf jours avant qu'elle puisse enfin envisager un avenir moins lourd de menaces et d'incertitudes. Ses yeux se posèrent sur le sol, où ses pieds nus s'agitaient doucement sous l'ourlet de son pantalon trop long.

Après une pause hésitante, elle murmura, presque timidement :
— « Tu as quelque chose de prévu aujourd'hui ? »

Il s'apprêtait à répondre, mais un petit coup à la porte l'interrompit. Le battant s'entrouvrit, laissant apparaître la silhouette de Gabriel, qui les salua d'un signe de tête, son ton à la fois cordial et distant.

— « Sarah et moi allons exceptionnellement être absents. Les Marines s'assureront de faire la relève ce matin. »
— « Tout va bien ? » demanda Erin, les sourcils légèrement froncés par l'inquiétude.

Gabriel hocha doucement le visage, un sourire tendre aux lèvres qui éveilla la curiosité de la jeune femme. Le regard du Marshal portait une infime note de sollicitude, révélant l'attachement qu'il ressentait pour Erin. Seth, de son côté, ne pouvait qu'imaginer les liens tissés au fil de ces deux années où ils avaient parcouru le pays ensemble, dans un quotidien marqué par la surveillance et la protection. Gabriel se tourna alors vers Seth, retrouvant un ton strictement professionnel.

— « Monsieur Guerrero, vous êtes libre de reprendre vos activités habituelles si vous le souhaitez. Nous assurerons sa sécurité ici, compte tenu de l'assignation à résidence demandée pour ce témoin clé. Informez-nous simplement avant chaque départ. »

Seth hocha la tête en signe de compréhension, et le Marshal se retira, refermant la porte dans un claquement feutré. Erin, quant à elle, s'était levée du lit et se tenait devant la fenêtre, son regard fixé sur le jardin. Lui qui l'avait observée s'adapter avec détermination à une nouvelle vie sous une autre identité, celle qui lui avait permis de travailler à *l'Improviste* sous surveillance, pouvait ressentir le poids de cette dernière phase. Elle était marquée par un confinement encore plus strict, pesant sur ses épaules.

Malgré ses propres projets pour la fin de l'été - son stage d'immersion, l'achèvement de ses examens et le début de la saison sportive où il comptait soutenir Keir - Seth se surprenait à chercher des moyens d'adoucir le quotidien d'Erin. Dix-neuf jours restaient à patienter, et il lui semblait évident qu'il les passerait tous à ses côtés.

— « Je pensais qu'on pourrait commencer par commander des vêtements pour toi. » Il adopta un air détendu, allégeant l'atmosphère en répondant enfin à sa question. Même si certaines tenues que sa mère lui avait prêtées lui siaient très bien, il se doutait qu'elle préférerait être plus à l'aise pour les prochaines semaines. « Je pourrais faire un aller-retour rapide pour les récupérer en magasin. Ensuite, on trouvera bien des activités pour s'occuper ici. Tu en penses quoi ? »

Il jeta un coup d'œil par la fenêtre, où des nuages sombres s'accumulaient à l'horizon, annonçant un temps maussade imminent. Sa proposition sembla la surprendre ; elle demeura silencieuse, le fixant avec curiosité. Quand il l'observa par-dessus son épaule, il capta l'éclat d'étonnement dans son regard.

— « Parce que tu veux me faire croire que tu n'as vraiment rien à faire d'autre aujourd'hui ? »

Elle se leva, ajustant distraitement les plis de son chemisier d'un geste élégant et presque naturel. Ses mouvements, à la fois simples et gracieux, captivèrent son attention. Elle vérifia ses boucles d'oreilles, reposa la crème sur la table de chevet, puis ajouta avec légèreté, bien qu'un peu distante :
— « Je peux très bien rester seule ici. »

Il en eut un soupir moqueur. Elle savait parfaitement qu'il n'allait pas la laisser isolée.

— « Oui, tu as raison », répondit-il en pivotant vers elle, un sourire joueur adoucissant ses traits. « Je vais plutôt demander à quelqu'un de récupérer les courses. »

Cette pensée lui rappela qu'il n'avait pas pris le temps de remplir le réfrigérateur ces derniers jours. Dans un élan, il lui lança une série d'idées à concrétiser.

— « D'ailleurs, j'ai une longue liste de films en attente. Je réfléchis même à tester une nouvelle recette de pop-corn au fromage avant de m'écrouler sur le canapé jusqu'au soir », dit-il, lui donnant un léger coup de coude affectueux, comme pour capter son attention. « Et toi, qu'est-ce que tu as prévu de faire aujourd'hui ? »

Un sourire s'élargit lentement sur ses lèvres, et en voyant le regard d'Erin s'illuminer d'un engouement mal dissimulé, Seth ressentit une bouffée de satisfaction. Elle semblait visiblement conquise par l'idée, et un simple hochement de tête marqua son approbation.
Ce geste suffisait ; il se leva, animé d'une vague d'enthousiasme, s'éloignant de la fenêtre avec un air complice, déjà impatient de la journée à venir, qui promettait de défiler à toute allure. Il quitta la pièce en reculant, tandis qu'Erin le suivait, rattrapant son élan d'un pas rapide, un éclat de joie illuminant son visage.

— « D'abord, le café, pour me racheter. Un simple ou un double ? » demanda-t-elle, un sourire en coin, comme pour compenser la matinée qu'ils avaient un peu laissée filer.
— « Un double, s'il te plaît. Et tu sais quoi ? Je vais même nous préparer des pancakes pour le petit-déj' », dit-il en lui lançant un clin d'œil, déjà pris par l'idée de transformer chaque moment en un instant parfaitement normal, une parenthèse où elle pourrait enfin baisser sa garde.

Sans attendre, il pivota dans le couloir et dévala les escaliers, une énergie joyeuse animant chacun de ses pas. Une fois en bas, il sortit son téléphone et activa les enceintes du rez-de-chaussée, sélectionnant l'un de ses morceaux préférés pour accompagner la matinée. La musique se répandit dans la pièce, vibrant dans l'air comme une invitation. Seth se dirigea vers la cuisine, saisissant deux tasses, les grains à moudre et les ingrédients pour les pancakes. Il prépara chaque élément avec soin, disposant tout pour qu'Erin puisse se servir si l'envie lui venait.

— «Bon, pour la cuisson, par contre, c'est à tes risques et périls», plaisanta-t-il en jetant un regard vers elle.

Erin, absorbée par la machine, montrait une dextérité qui le surprit. Elle dansait même légèrement au rythme de la musique, ses lèvres formant les paroles en un murmure silencieux, sa tête se balançant doucement. Elle semblait dans une bulle, en tous points ailleurs, et Seth ne put s'empêcher de sourire en la voyant ainsi, apaisée, comme si elle laissait enfin tomber ses premières défenses.

Le parfum du café emplit bientôt la cuisine, ajoutant une chaleur vivante à l'ambiance lumineuse de la pièce, marquant le début d'une journée tranquille. Installée sur un tabouret, une tablette tactile qu'il lui avait filée, posée sur le comptoir, Erin parcourait le site en ligne qu'il lui avait conseillé. Elle choisissait vêtements et provisions avec une attention minutieuse, son doigt glissant sur l'écran, hésitant parfois face au montant total. Seth l'observait, notant la façon dont elle calculait chaque article sans jamais oser en parler. Puis, s'imposant de ne pas rater ses fameux pancakes - même s'il savait qu'il risquait de les brûler - il s'arrêta devant le grand bol de pâte, attendant d'éventuelles instructions.

— «Une poêle antiadhésive, sans beurre. Ça t'évitera des soucis pour tes artères», lança-t-elle d'un ton taquin, le guidant dans ses premiers essais. «Ensuite, tu prends une petite louche et tu la laisses s'étaler… Voilà, je pense qu'on est bons.»

Alors qu'il esquissait une moue de satisfaction face à ses premières réussites culinaires, Seth jeta un regard furtif vers Erin. Elle était toujours absorbée par son écran, un subtil sourire flottant sur ses lèvres. Il n'en chercha pas la signification, perdu dans un étrange mélange de contentement et de curiosité. Quelques minutes plus tard, elle releva la tête, ses sourcils se fronçant légèrement. Soudain, elle bondit du tabouret et s'approcha de lui avec une énergie qui le fit sursauter.

— «Seth, attention!» s'exclama-t-elle en pointant un pancake qui commençait à noircir.

Elle attrapa rapidement la spatule et sauva de justesse le pauvre brûlé, sous l'air surpris et coupable de Seth.

— «Tu vois, je t'avais prévenu, il faut rester concentré», lança-t-elle avec une pointe de taquinerie, croisant son regard avec un éclat malicieux.

Il la fixa un instant, son embarras le poussant à s'écarter légèrement, se grattant la nuque d'un geste maladroit, avant de lâcher un petit sourire nerveux. Elle demeura à ses côtés pour la fournée suivante, veillant à ce qu'il respecte ses consignes avec une rigueur stricte. Seth l'observait en silence, fasciné par cette patience qui semblait naturelle chez elle. Il remarqua la précision de ses réflexes, cette manière discrète, mais assurée qui la rendait encore plus intrigante. À un moment, elle releva les yeux et lui adressa un sourire complice, avant de le repousser doucement, feignant de le chasser pour se faire de la place.

— «Allez, laisse-moi faire, je sens que tu vas tout brûler», plaisanta-t-elle.

Il recula en riant, mais son attention restait rivée sur elle. Tandis qu'elle se concentrait sur les pancakes, il profita de l'occasion pour glisser quelques articles inattendus dans le panier d'achats qu'elle avait soigneusement constitué sur sa tablette. Avec un sourire espiègle, il finalisa discrètement la commande, ajoutant une touche personnelle qui, il l'espérait, lui ferait plaisir plus tard.

L'après-midi s'écoula tranquillement, rythmée par de petits instants volés à la routine. Ils s'étaient installés au salon, Erin sur le canapé, une tasse de thé à la main, tandis que Seth feuilletait à la légère un magazine trouvé sur la table basse. Une liste de lecture improvisée résonnait doucement en arrière-plan, et, à un moment, Seth ne put s'empêcher de fredonner l'air d'une chanson familière, provoquant un rire spontané chez Erin.

— «Tu chantes vraiment faux», taquina-t-elle, les yeux pétillants.
— «Tu veux dire, de façon unique?» répliqua-t-il avec un sourire, visiblement fier de son imitation approximative.

Ils partirent ensuite une partie rapide d'un jeu de société qu'Erin dénicha dans un coin du salon. Les règles simples firent immédiatement place à des tricheries légères et à des éclats de rire, Seth l'accusant de mémoriser toutes les cartes tandis qu'elle feignait l'indignation. Entre deux tours, il proposa de tester un vieux puzzle qu'il avait retrouvé dans un placard. À quatre mains, ils passèrent une heure à chercher les morceaux d'un ciel étoilé assez compliqué, Erin levant les yeux en l'air chaque fois qu'il prétendait avoir trouvé une pièce clé qui ne correspondait jamais.

Quand la sonnette retentit enfin, le soleil amorçait à sa descente, teintant le salon d'une lumière douce et rosée. Erin redressa brièvement la tête, tandis que Seth bondissait pour ouvrir la porte. Quelques instants plus tard, elle l'aperçut depuis le canapé, déposant un nombre impressionnant de paquets sur le palier, sous l'œil vigilant de la sécurité. Chargé bien au-delà des cinq sacs qu'Erin pensait avoir commandé et ignorant visiblement son souci de respecter un budget raisonnable, il attira son attention en commençant à tout ramener à l'intérieur, inondant la surface au sol.

Elle se leva d'un bond, intriguée, et il surprit l'étincelle dans son regard - ses prunelles s'écarquillant à mesure qu'elle voyait la montagne de provisions s'accumuler autour d'eux.

— « Dis-moi que tu n'as pas de quoi nourrir un régiment entier là-dedans », dit-elle en arquant un sourcil, mi-amusée, mi-incrédule.

Seth esquissa un sourire narquois. S'il n'était pas du genre à exhiber l'aisance financière des Guerrero, il ne se privait pas d'acheter le meilleur lorsqu'il s'agissait de confort pour les autres.

— « Bien sûr que non, mais j'ai eu envie de me faire un petit plaisir. »

Alors qu'elle se penchait pour l'aider, il nota l'expression mêlant curiosité et exaspération sur son visage, comme si elle découvrait un nouvel aspect de sa personnalité. Il avait bien remarqué sa précision en cuisine, une attention qui témoignait d'une certaine satisfaction à préparer de bons plats, comprenant qu'après tout ce temps, elle trouvait un réconfort dans ces moments ordinaires. Il n'avait pas manqué de lui dire qu'il avait adoré les apéritifs qu'elle préparait à *l'Improviste*, pour les avoir dévorer. Leur séjour étant destiné à durer, il souhaitait qu'elle ait tout ce dont elle avait besoin pour s'occuper, pour s'évader un peu, et peut-être même pour s'approprier l'espace.

Elle haussa un sourcil espiègle, dépliant un tissu d'un bleu royal depuis un sachet à part et qui semblait presque vibrer à la lumière.

— « J'ai manqué un épisode ou tu t'es pris une robe ? » demanda-t-elle, la surprise teintée d'amusement.

Il ne l'empêcha pas d'approcher et, avec un sourire en coin, garda sa réplique en suspens.

— « Oh, tu remarqueras que j'ai misé sur le toucher, un peu 'anti-adhésif', tu sais… »

Elle ne le laissa pas finir sa phrase et lui donna un coup sur l'épaule, qu'il accueillit en feignant l'indignation. Comprenant probablement la ruse dont il avait usé plus tôt pour pouvoir la commander, il savait que cet achat ne passerait pas. Mais il avait tout de même préféré tenter.

— « Ça va, ça va ! Je la rendrai ! » répliqua-t-il en levant les mains en signe de capitulation.

Mais son regard se porta vers elle, pétillant de malice. Erin regagna son sérieux, posant avec soin la robe sur le dossier du canapé, son doigt glissant sur le tissu. Elle y revenait du coin de l'œil, bien après qu'ils eurent repris le rangement. Un sourire discret s'installa sur les lèvres de Seth. Cette robe, d'un bleu uni, mais profond, cintrée à la taille et évasée en bas, paraissait faussement simple - et pourtant, il l'imaginait parfaitement sur elle.

— « Ton téléphone a sonné, au fait », dit-elle en le regardant brièvement alors qu'elle ouvrait doucement d'autres paquets, sa curiosité prenant le dessus.

Distrait par ses pensées, il tourna la tête en remerciant Erin d'un léger signe, puis posa un sac tout en vérifiant ses notifications. Elle continuait de ranger le reste des courses, réfléchissant à leurs emplacements, et il ne put s'empêcher d'afficher un sourire qui attira son attention.

— « Qu'est-ce que tu as ? Une promo pour des talons ? » demanda-t-elle, taquine.
— « Tu aurais aimé, hein ? Non, c'est juste que j'avais promis une soirée à Keir et, finalement, Liv et lui ont réussi à avoir leur mercredi de libre. »

Le silence qui suivit trahit la gêne de la jeune femme, ses gestes ralentissant, visiblement troublée. Le ciel s'était assombri, un éclair lointain illuminant brièvement la pièce. Dans ses yeux, Seth perçut une lueur d'inquiétude, reflet peut-être des nuages gris qui s'approchaient. Il savait qu'en deux ans de vie cachée, elle n'avait jamais eu l'occasion d'accueillir quelqu'un dans un lieu de confiance et de profiter une soirée où elle pouvait se sentir elle-même. Il ressentit son hésitation et, sans un mot, s'empara du paquet entre ses mains pour le déposer à côté, attirant son attention sur lui par ce geste.

— «Ils sont bien conscients des risques, Erin. Ça fait des années qu'ils respectent mes choix et mes besoins de discrétion. Je te promets que ça ira, ils ne diront rien de ce qui se passe ici.»

Elle soupira doucement, comme si elle rassemblait ses pensées.

— «Je sais, je ne doute pas d'eux, c'est juste que…» commença-t-elle, son regard se perdant un instant. «Je ne veux pas les mettre en danger. Si Alvarez…»

Elle laissa sa phrase en suspens, et Seth comprit sans qu'elle ait besoin d'en verbaliser davantage. Pour elle, se détendre et partager des moments simples, même avec des amis, demandait une confiance qu'elle ne savait pas toujours où placer. Perceptif, Seth attrapa son téléphone sur la table et lui montra un message de Gabriel. Ils avaient longuement échangé durant le dîner la veille, discutant de ce qui était possible et de ce dont ils devraient tous se priver. Ils avaient la chance que la vie des Guerrero ne soit pas médiatisée, ce qui leur permettait d'éviter d'attirer l'attention.

— «Regarde», dit-il doucement. «Ils garantissent des précautions maximales. C'est un chauffeur qui va les récupérer et la sécurité sera au maximum jusqu'au procès. Tout sera sous contrôle et ça ne nous empêchera pas d'en profiter aussi.»

Erin lut le message en silence, ses sourcils légèrement froncés. Lorsqu'elle leva les yeux vers lui, une lueur de soulagement illumina son visage.

— «Merci», murmura-t-elle, sa voix adoucie. «Je ne veux pas que tu te sentes privé de ta vie si je suis là… »

— « Mais non, tu n'as pas à t'inquiéter pour ça. On gère ça ensemble, d'accord ? » ajouta-t-il, avec un sourire rassurant.

Elle le fixa un instant, puis hocha la tête, un peu plus convaincue.

— « Enfin, je dis ça maintenant, mais attends qu'ils débarquent et transforment le salon en champ de bataille », continua-t-il, pour la détendre davantage. Et il se pencha légèrement vers elle, comme pour lui confier un secret. « Tu as de la chance, je suis un maître de la survie en environnement hostile. »

Erin laissa échapper un petit rire, et cette légèreté dissipa le reste de sa tension. Ils reprirent le rangement des courses en silence, mais ce calme différent cette fois, ponctués de regards complices et de gestes presque instinctivement synchronisés.

Alors qu'ils retournaient au salon, Seth attrapa le plaid et le drapa sur leurs jambes, comme pour sceller cette pause. La lumière de la télévision dansait sur son visage, créant des ombres douces qui faisaient ressortir l'éclat de ses yeux.

— « Prépare-toi, je risque de te détailler toutes les différences entre le film et le livre », lança-t-elle avec une moue fière, une lueur de malice dans les yeux.

— « Je vais essayer de tenir », dit-il, un léger sourire en coin.

Mais à peine l'avait-il dit que son esprit se perdit dans l'instant. Son regard s'était finalement détourné de l'écran pour se poser sur elle, captivé par la tranquillité qui émanait de sa silhouette, par cette paix inédite. Ce moment simple avait pourtant un caractère exceptionnel : un fragment d'une existence qu'il croyait avoir déjà vécue, sans vraiment vouloir savoir pourquoi, une sensation qu'il n'osait nommer, mais qui lui laissait l'impression d'être enfin entier.

*Et s'il finissait par prendre goût
à ce ciel bleu qu'elle lui offrait dans ses yeux ?*

CHAPITRE

12

Paradise

« Toutes les saisons se ressemblaient, jusqu'au jour où je l'ai rencontrée. Elle est devenue mon été brûlant, une chaleur silencieuse qui me consumait sans même que je m'en rende compte. Avec elle, plus rien n'était ordinaire. »

- Seth

11 Août

En refermant la porte derrière les Marshals, avec qui ils avaient partagé un déjeuner rapide, Seth jeta un coup d'œil distrait vers l'extérieur. Les nuages lourds et bas s'accumulaient depuis plusieurs jours sans jamais laisser tomber la pluie tant attendue, et l'air, saturé d'une moiteur oppressante, semblait presque figé. Il soupira, contrarié. Il avait espéré profiter des jardins et de la piscine avec Erin, mais cela paraissait de plus en plus improbable. Il ramassa en silence les couverts abandonnés sur la table, son esprit un peu grognon, vagabondant rapidement vers Erin. Malgré la chaleur écrasante, il ne pouvait s'empêcher de penser à elle, sans trop savoir pourquoi sa peau picotait autant.

Il contourna l'îlot de la cuisine et s'arrêta brusquement, surpris de ne pas voir Erin là où il l'avait laissée. En une fraction de seconde, la panique le gagna. Leur conversation avec Gabriel et Sarah venait de se terminer autour des dernières nouvelles d'Alvarez, et il avait perçu dans le regard de la jeune femme toute la crainte que cet homme lui inspirait, vite éclipsée par sa détermination à obtenir justice. Même si certains aspects de l'affaire étaient passés sous scellé en sa présence, il devinait à quel point l'emprise du cartel grandissait, rendant le quotidien de leurs trois invités de plus en plus pesant.

Puis il l'aperçut enfin, accroupie sous l'évier, d'où elle extirpa en sautillant une pastille pour la machine à laver et un vase, qu'elle déposa avec précaution sur le comptoir. La tension qui l'habitait s'évanouit aussitôt, remplacée par une pointe d'amusement. Un sourire tendre se dessina sur ses lèvres tandis qu'il s'approchait pour l'aider à débarrasser le plan de travail. Leur coordination, presque instinctive, le frappa : ils formaient une équipe discrète, harmonieuse et il ignorait à quel moment tout était devenu si normal.

Bientôt, ses yeux se posèrent sur Erin, absorbée par la découpe des tiges du bouquet offert par Sarah. Avec une douceur naturelle, elle disposait les fleurs dans l'eau. Seth, captivé, observa les mèches rousses qui s'échappaient de sa tresse serrée, ajoutant une touche de liberté inattendue à la rigueur qu'elle lui avait montrée jusque-là. Ce contraste le troubla : l'ordre strict qu'elle s'imposait paraissait se heurter à ces détails rebelles, trahissant une part d'elle plus spontanée, moins maîtrisée.

Malgré le temps maussade, un souffle d'été semblait avoir envahi la villa depuis moins d'une semaine, porté par cette atmosphère nouvelle qu'Erin insufflait sans effort. Chaque matin, elle l'accueillait avec un sourire paisible lorsqu'il la rejoignait dans la cuisine, déjà occupée à préparer le café. Et ce même sourire, léger, mais bienveillant, était le dernier qu'il apercevait avant qu'elle ne monte se coucher. Les après-midi prenaient une saveur différente, faits de petites habitudes qui s'installaient bel et bien entre eux. Seth ne se lassait pas de cette présence nouvelle ; souvent, il s'arrêtait, négligeant ce qu'il faisait, juste pour la voir évoluer dans l'espace avec une aisance silencieuse, comme si elle appartenait pleinement à cet endroit.

Un détail, cependant, attirait son attention : la robe bleue, oubliée sur le canapé jusque-là, avait disparu. Il devinait qu'Erin l'avait mise hors de sa portée, peut-être pour ne plus être tentée de la regarder, troublée par ce cadeau sans qu'il ne fût offert en bonne et due forme. Aurait-il dû s'y prendre autrement ? Ou bien était-ce simplement trop, après le violoncelle qu'elle n'avait toujours pas utilisé ?

— « Ils arrivent vers quelle heure, rappelle-moi ? »

Sa douce voix le tira de ses pensées. Elle terminait de nettoyer le plan de travail, ses gestes empreints d'une minutie, sans doute héritée d'une habitude adoptée avant même d'atterrir à *l'Improviste*. Elle semblait impatiente de savourer un peu de calme avant que les meilleurs amis de Seth ne débarquent. Bien qu'elle se réjouisse un de revoir ces visages familiers, il devina que leur présence lui demandait un effort, une sorte de préparation mentale à laquelle elle se résignait.

— « En fin d'après-midi, début de soirée. Tu as largement le temps de commencer un autre livre », répondit-il en la taquinant, certain qu'elle comptait se perdre dans sa lecture jusqu'à leur arrivée.

Une lueur complice brilla dans ses yeux à l'évocation de l'allusion.

— « Si seulement je pouvais les dévorer aussi vite. J'ai tellement de livres en attente que je ne sais pas lequel choisir en premier. »

Il hocha la tête, se rappelant qu'il avait même glissé quelques revues sur les motos dans sa bibliothèque, souvenirs du jour où il avait passé son permis pour tenter, en vain, de rassurer sa mère. Évidemment, elle avait riposté en y ajoutant des ouvrages de chiropraxie, qu'elle jugeait essentiels après un accident.

— « D'ailleurs, si tu tombes sur des annotations, elles ne sont pas de moi, je ne vis pas seul ici », dit-il en riant, imaginant Erin découvrant les petites notes divertissantes laissées sur des papillons adhésifs au fil des années, bien que certaines étaient en espagnol.

Son regard se fit plus doux, empreint d'amusement et de chaleur. Ce genre d'attention insufflait à la maison un charme apaisant, surtout que sa mère s'absentait souvent. Seth, lui, s'imprégnait de l'expression du visage d'Erin, absorbé par la tendresse qui s'en dégageait. Pourtant, il gardait inconsciemment ses distances, hésitant sur la façon d'aller vers elle sans franchir ce seuil invisible – cette ligne fragile où leur complicité risquait de basculer, et qui malgré cela l'attirait irrésistiblement.

— « D'accord. On se dit jusqu'à 16 h alors ? » Erin lança un dernier regard circulaire autour d'elle, vérifiant, avec sa minutie habituelle, que tout était à sa place. « Tu continues tes révisions de l'autre côté ? »

Seth perçut dans sa voix une légère pointe d'enthousiasme, un écho de l'intérêt qu'elle portait à ses études. Quelques jours plus tôt, il avait fini par lui confier qu'il avait raté ses examens de fin d'année, l'accident l'ayant mis sur la touche durant les deux semaines suivantes. Cependant, il travaillait en parallèle sur un book pour le présenter au cabinet qui l'avait pris en stage avant la rentrée. Sous son regard brillant, il lui avait promis de lui montrer ses ébauches dès qu'elles seraient prêtes.

— « Oui. » Sa voix s'adoucit instinctivement. « J'ai encore quelques des recherches à faire. Je vais m'installer un peu dans le bureau. »

Il préférait ce coin tranquille dans le salon, surélevé sur une légère estrade et où il avait une vue parfaite sur tous les angles du rez-de-chaussée. C'était de là que l'Ambassadrice travaillait de temps en temps, souvent tard le soir, se souvenant que, plus jeune, il préparait ses devoirs à ses côtés. Apportant rapidement son ordinateur portable, il s'y posa à son aise, observant une nouvelle fois le portrait que sa mère avait fait encadrer d'eux. Absente pour une semaine, elle lui avait laissé carte blanche pour utiliser l'espace de la villa à sa guise. Il n'avait pas l'habitude d'être autant de temps derrière un écran, mais, aujourd'hui, cela lui permettrait d'étudier tout en restant dans la même pièce qu'Erin pendant qu'elle lisait.

— « Tant mieux, alors. »

Une lueur d'enthousiasme passa dans ses prunelles avant qu'elle ne se dirige vers la bibliothèque d'un pas léger. La méridienne, préparée avec un plaid replié sur le bord, semblait l'attendre. Seth l'aperçut parcourir du bout des doigts les livres sur les étagères, l'observant de s'installer confortablement et de repérer sa page en cours. À travers les rayonnages, il devinait son regard attentif, mordillant ses lèvres sur les bords alors qu'elle retrouvait le fil de sa lecture.

— «Concentre-toi, pas comme pour les pancakes. Tu m'as assuré que j'en saurais plus bientôt», murmura-t-elle sans relever les yeux, son ton taquin flottant entre eux en lui rappelant sa promesse voilée.

Il secoua la tête, à peine vexé d'avoir été surpris en flagrant délit, et se détourna pour s'installer dans le bureau. Après s'être imposé quelques heures de travail, il s'arma d'un carnet de notes, déterminé à avancer. Plissant les yeux pour se concentrer sur des références précises, une étrange motivation l'envahit à l'idée de réussir ses examens : il voulait lui offrir le meilleur de ce qu'il pouvait produire.
Pourtant, malgré ses efforts pour rester focalisé durant ses révisions, Seth sentit son regard dévier pour la première fois, attiré par la bibliothèque, par Erin. Il savait qu'un simple coup d'œil pourrait ruiner sa détermination, et chaque tentative pour retrouver son élan le ramenait invariablement à sa présence discrète, mais magnétique. Et il secoua sa tête, se rappelant à l'ordre.

À mesure que l'après-midi avançait, les nuages s'épaississaient, jetant une ombre assombrissant la villa. Il se leva pour allumer les lampes du rez-de-chaussée, projetant une lumière douce sur les étagères et le comptoir. Un bruit léger le tira à ce moment-là de ses pensées : le plaid glissait du canapé, et un éclair au loin zébra le ciel, annonçant l'approche imminente de l'orage qui se faisait attendre depuis plus d'une semaine.

Il l'aperçut alors debout près de la baie vitrée, le regard perdu vers l'extérieur. Il réalisa avec étonnement que l'après-midi s'était écoulé bien plus vite qu'il ne l'avait prévu. La nuit tombait peu à peu, et ils disposaient de seulement trente minutes avant d'accueillir leurs invités.

— «Je n'avais pas vu l'heure… Je vais préparer les apéritifs et prendre une douche rapide », dit-il en éteignant l'ordinateur d'un geste hâtif.

Erin le rejoignit en silence dans la cuisine, en examinant ce qui restait des courses faites quelques jours plus tôt. Il lui lança un sourire espiègle avant de lui proposer :
— « On sort tout ce qu'on a en apéro, ça laissera le temps de commander des pizzas. Ça te tente comme programme pour la soirée ? »

Sans un mot, elle acquiesça et monta à l'étage, mais l'expression de son visage le troubla. Seth percevait dans ses yeux une tension indicible, peut-être une mélancolie légère qu'elle dissimulait sous sa maîtrise habituelle. Il n'était pas sans savoir qu'Erin avait encore du mal à se sentir pleinement à l'aise, mais il était persuadé que la présence de Liv et Keir, lui serait bénéfique. Respectueux de sa réserve, il lui laisserait sans aucun doute l'espace nécessaire pour s'ouvrir à son rythme.

Cependant, cette soirée-là, il la voyait différemment, presque comme une première. Pour la première fois, il allait leur présenter une jeune femme, et pas n'importe laquelle, bien qu'il veillait à ne pas nommer ce qu'elle était pour lui. Il ne se permettait pas encore de mettre des mots sur cette affection grandissante, préférant la camoufler sous un masque de familiarité. Pourtant, quelque part au fond de lui, il savait que cette étape signifiait plus. C'était un pas qu'il n'avait pas franchi avec les autres avant. Un petit signe que certaines habitudes étaient peut-être en train de changer.

Il monta l'escalier quelques minutes plus tard, impatient de troquer son confort quotidien contre une tenue plus adéquate. Redescendant d'un pas léger, passant sa main dans ses cheveux encore un peu humide, il sifflota au rythme d'une musique sans se rendre compte qu'il revoyait Erin danser par-dessus. Il disposa les amuse-bouches dans de grands bols sur le comptoir, plaçant stratégiquement deux d'entre eux sur la table basse, un clin d'œil à Liv qui les garderait à elle seule, sans même penser à les partager. En souriant, il ajouta quelques boissons sans alcool, un compromis pour respecter les engagements sportifs de Keir.

Il fut alors un instant attiré par le vent à l'extérieur. L'orage s'approchait de plus en plus, grondant avec intensité, et une brise fraîche s'infiltra dans la villa, allégeant l'atmosphère étouffante de la journée. Il guetta l'heure, remarquant qu'Erin s'était éclipsée dans sa chambre, prenant plus de temps que prévu.

Seth sentit une étrange anticipation lui serrer la poitrine. Il ignorait comment apaiser l'appréhension de la jeune femme, ni même la sienne. Sa respiration se fit plus profonde, alourdie par une nervosité qu'il peinait à comprendre. Tout sembla s'éclairer lorsqu'il l'entendit descendre, ses pas légers résonnant doucement sur le bois de l'escalier.

Levant les yeux, Seth se figea, incapable de détourner le regard devant l'apparition d'Erin. Si elle choisissait d'être la plupart du temps pieds nus dans des vêtements amples et confortables ces derniers jours, ce soir, elle portait cette fameuse robe bleue. Il inspira profondément, cachant son sourire pour ancrer cette vision en lui : ses cheveux relevés en un chignon décontracté, ornés d'une petite fleur coupée du bouquet de ce matin. Chaque détail semblait à la fois simple et d'une élégance saisissante, ses collants opaques masquant discrètement les marques récentes qu'elle préférait camoufler. Son cœur battait plus fort, captivé par l'expression légère d'Erin, presque moqueuse, comme un défi silencieux lancé rien qu'à lui.

— « Tu la voulais, cette robe ? » murmura-t-elle, le dévisageant avec malice.
— « Non, je suis déjà très bien habillé », répondit-il en détournant le regard pour dissimuler son trouble, s'efforçant de feindre un air détendu.

Il tourna sur lui-même, exhibant son style du soir : un jean et un t-shirt ajusté, remplaçant son bermuda habituel. Il restait délibérément simple, mais il dégageait une certaine assurance, une douce arrogance qui lui donnait plus de contenance face à elle. Dans cet élan, il faillit lui dire combien elle était belle, mais les mots demeurèrent bloqués au fond de sa gorge, timidement, comme si leur poids risquait de briser cet instant. Il s'apprêtait à parler quand la sonnette retentit, interrompant ses pensées, et la porte s'ouvrit sur Liv et Keir, exaltant de bonne humeur et prêts à faire la fête.

Au même moment, la playlist changea pour une musique entraînante, rompant la tension du moment. Ils entrèrent en ajoutant quelques pas de danse improvisés. Riant, Seth se tourna vers Erin, son regard l'invitant silencieusement à les rejoindre. Son pouce glissa brièvement sur le dos de sa main, une caresse discrète, presque un encouragement, et ce fut avec douceur qu'il la guida vers le centre de la pièce, où ses meilleurs amis l'attendaient avec des sourires complices. Autour d'eux, la soirée prenait vie, l'hilarité résonnant entre chaque parole de la chanson et la musique créant une ambiance festive. Il sentit, dans l'éclat pétillant des yeux d'Erin, qu'elle aussi se laissait emporter par la joie simple de ce moment bienveillant.

Un peu plus tard, la villa retentissait des conversations animées, ponctuées par le tintement des verres et l'odeur alléchante des pizzas fraîches, s'entrelaçant à l'arôme du café qu'il avait préparé plus tôt. Les filles s'étaient confortablement installées sur le canapé, pendant que Seth et Keir, assis sur le tapis, savouraient les fous rires qui se mêlaient aux anecdotes, aux discussions sur les films à ne pas manquer et aux récits d'entraînement intenses. L'orage, désormais en arrière-plan, grondait doucement, couvert par leurs voix et la musique de fond, tandis que le crépitement de la pluie qui s'abattait sur le jardin devenait indistinct.

Soudainement, une bourrasque violente traversa la terrasse, projetant des gouttes épaisses contre la baie vitrée. Erin sursauta d'un coup, un geste involontaire que Seth remarqua pour la deuxième fois de la journée. Était-ce le bruit du tonnerre qui l'effrayait autant ou un rappel d'une autre réalité ? Sa meilleure amie, profitant de la distraction, s'empara de la dernière part de pizza, sous les yeux faussement indignés de Keir. Un débat familier s'engagea entre eux, et Seth, désormais simple spectateur depuis le canapé, tourna un peu son attention vers Erin, ses lèvres s'étirant imperceptiblement.

Dans le silence qui s'installa de leur côté, son regard s'attarda sur la nuque d'Erin, suivant la courbe délicate de ses épaules. Un battement intense résonna en lui, comme un secret enfoui qu'il n'était pas encore prêt à affronter. Il lui était de plus en plus difficile de détourner son esprit de ce qu'il ressentait.

— « Ça fait longtemps ? »

Sa question le surprit, formulée sur un ton désinvolte, sans égard pour l'état second dans lequel il se trouvait. Pourtant, les mots de la jeune femme glissèrent sur lui, noyés dans le tumulte de ses pensées.

— « Ça fait longtemps qu'ils ne sont plus ensemble ? »

Il resta un moment silencieux, remarquant son observation discrète vers Keir, à cet instant-là, coupable d'avoir abandonné une part de pizza trop tentante pour Liv. Pour la première fois de la soirée, il reporta plus longuement son attention vers son ami, dont il repensait encore aux regards qu'il lançait à Liv depuis leur adolescence. Si les *empreintes de Cupidon* étaient un tabou entre eux, c'était principalement parce qu'il savait que Keir en rêvait aussi sans qu'il ne lui dise de quelles lettres il s'agissait. Quant à Liv, il savait que la jeune femme ne s'intéressait pas au sujet. Mais la question d'Erin amenait à la surface des souvenirs plus profonds, et il répondit doucement :

— « Presque cinq ans. »
— « Ils devaient être adorables ensemble. »
— « En fait, je pense qu'ils le sont toujours, à leur manière. »

Erin les observa, un regard lointain malgré elle. Il fut un instant replongé dans ses confidences sur le balcon et il ne put s'empêcher de se perdre dans les termes de sa mission d'infiltration, plus précisément celle où elle avait usé des initiales dont Alvarez rêvait pour l'approcher. Il en ressentit un nouveau pincement qu'il tenta de dissiper comme il pouvait.

— «Je suppose qu'il doit avoir du mal à tourner la page», dit-il naturellement, profitant du fait que les deux intéressés ne prêtaient nullement attention à eux.

En temps normal, il ne donnait pas ce genre d'informations, mais il devait se rendre à l'évidence qu'avec Erin, certains sujets pouvaient avoir moins de filtres. Comme s'il savait qu'elle garderait ses secrets pour elle. Mieux, qu'elle en ferait aussi partie.

— «Ah, vraiment?» rétorqua Erin avec un éclat malicieux, l'extirpant radicalement de ses pensées. Elle sembla comprendre qu'il était nécessaire de ne pas attirer l'oreille des concernés et hocha la tête avant de reprendre avec légèreté. «Tu sors vainqueur des environnements hostiles et tu fais des conclusions réfléchies... tu n'aurais pas été boyscout par hasard?»
— «Gagné!» déclara-t-il, totalement fier.

Elle laissa échapper un rire doux, un son empreint d'une tendresse singulière, et il répondit par un geste subtil, une sorte d'accord silencieux. La chaleur de la pièce et les railleries de ses amis créaient une ambiance accueillante, presque magique. Keir, profitant d'un moment d'inattention de Liv, lui fit un clin d'œil complice, ce qui amusa Seth. Dans la volonté de le distraire et de les ramener autour de la table basse, il attrapa un sac en papier contenant une bouteille de sauce pimentée oubliée et le jeta sur Keir, ravivant ainsi la joyeuse dynamique entre eux.

La fête avait commencé simplement, autour d'un jeu d'association de mots qui avait rapidement dégénéré en un concours de mauvaises blagues. Liv, hilarante malgré elle, avait fini par faire éclater un fou rire chez tout le monde en confondant deux concepts pourtant évidents.

— «Un 'éléphant de mer', ce n'est pas un plat de fruits de mer alors?» lança-t-elle, en boudant d'être moquée par ses meilleurs amis qui se retenaient à peine.

Ensuite, ils avaient improvisé un karaoké avec une playlist plus aléatoire, chacun essayant de surpasser les autres en performance dramatique. Seth avait surpris tout le monde avec une imitation totalement ratée, mais mémorable d'un chanteur célèbre.

— «J'espère que vous avez réservé vos billets pour mon prochain concert!» s'exclama-t-il haut et fort, tandis qu'Erin, après quelques encouragements - et beaucoup de taquineries - avait au dernier moment cédé et pris le micro, un éclat de joie illuminant timidement son visage.

Leur bonne humeur résonnait dans le salon à chaque tentative maladroite ou interprétation farfelue. Lorsque la soirée toucha à sa fin, Liv s'étira en riant et se tourna vers sa nouvelle amie, le regard pétillant. Dans un élan d'euphorie, elle serra Erin dans ses bras sans retenue, authentique comme toujours, comme si l'alcool n'avait même pas été nécessaire pour libérer son enthousiasme.

— «On refait ça bientôt, hein? Erin, vraiment, passe-moi ton numéro pour qu'on reste en contact!»

Keir, un peu plus en retrait, mais tout aussi sincère, s'avança avec une expression chaleureuse et une accolade qui traduisait toute son affection discrète. Encore hilare d'une scène précédente, il se tourna ensuite vers Seth.

— «Et toi, trouve-nous des musiques plus décentes pour la prochaine fois. Sérieux, c'était quoi ce truc?»
— «Hé, c'était pour vous tester! La prochaine fois, je vous épate, promis», répondit-il avec une assurance à toute épreuve, un sourire malicieux sur les lèvres.

La légèreté des discussions et l'atmosphère de camaraderie emplissaient la pièce, comme si ces moments n'étaient qu'un prélude à de nombreuses autres rencontres à venir. Alors qu'Erin et Liv terminaient d'échanger leurs numéros, Seth ne put s'empêcher de ressentir un certain soulagement en constatant que le courant était vraiment bien passé entre elles.

Quelques minutes plus tard, il observa leurs invités monter dans le véhicule de l'ambassade stationné dans l'allée, un mélange d'apaisement et de nostalgie l'envahissant tandis que la pluie reprenait doucement. À ses côtés, Erin leva les yeux vers le ciel orageux où les éclairs dansaient dans l'ombre nocturne, accompagnant le départ de ses amis.

La villa, désormais silencieuse, portait les traces d'une soirée animée et réussie : des verres à moitié vides, des coussins éparpillés, et un parfum de pizzas à peine dissipé que le chat pistait enfin tranquillement, à la recherche d'une olive perdue. L'atmosphère semblait encore vibrer de leurs railleries et de la musique. Erin, sans un mot, commença à ranger, débarrassant la table basse et lançant l'aspirateur robot pour effacer les derniers vestiges de la fête. Épuisé, mais heureux, Seth s'approcha d'elle, le cœur battant au rythme de leurs éclats de rire passés.

Soudain, dans un élan instinctif, il leva une main pour ôter le bâton qui retenait ses cheveux relevés en chignon. Sa cascade flamboyante libérée exhala un parfum délicat de cerise qui flotta dans l'air, éveillant en lui un trouble plaisant, une sensation indistincte, mais enivrante. Erin se retourna, légèrement surprise, une lueur malicieuse dans ses yeux bleus.

— « Après la robe, tu as aussi besoin de la baguette ? » demanda-t-elle, un sourire espiègle aux lèvres.

Elle recula d'un pas avant de s'élancer pour lui reprendre l'objet, une étincelle de défi illuminant son regard. Cette proximité naturelle fit battre le cœur de Seth un brin plus fort, et il leva la main pour garder l'accessoire hors de sa portée, rieur.

— « Oui, tout à fait. Pour mes sushis demain, bien entendu. » Un sourire en coin effleura ses lèvres, mais, plus sérieux cette fois et surtout plus spontanément, il ajouta : « Mais surtout parce que je préfère quand tes cheveux sont libres. Ça te va tellement bien. »

Elle s'arrêta, un peu prise de court, surprise par la sincérité de son compliment. Une lueur hésitante traversa ses iris et le silence s'étira entre eux comme une note fragile. Seth sentit son cœur s'emballer, conscient qu'il s'attachait à elle plus intensément qu'il ne l'avait imaginé, avec une douceur irrésistible et irréversible.

Ils échangèrent un dernier regard, et elle finit par détourner les yeux, feignant une excuse pour aller se changer. Il fut sur le point de lui dire qu'il en ferait de même, mais un éclair zébra soudain la nuit tombée à travers les fenêtres, l'éclairage vacillant dans la pièce. Erin sursauta légèrement et Seth perçut combien cet éclair avait éveillé en elle une certaine appréhension. Et il se remémora leur conversation lorsqu'il était passé la chercher à *l'Improviste* à la fin de son service, son sourire illuminant l'atmosphère comme un ciel sans nuage : elle aimait ce temps, mais pas quand il se transformait en orage.

Il glissa instinctivement une main rassurante sur son bras, un contact apaisant, une présence discrète.

— « Viens, monte. Je vais fermer tes volets à l'étage », dit-il doucement.

Elle hocha la tête, lui emboîtant le pas dans l'escalier, leurs foulées résonnant dans le calme de la maison, ponctué par le grondement sourd du tonnerre au-dehors. Il la sentait sous tension sous l'aplomb derrière laquelle elle se camouflait. Les orages lui rappelaient-ils un souvenir encore difficile à vivre ? Pour rompre cette tension délicate, il osa briser le silence d'une voix posée.

— « Alors, cette soirée t'a plu ? »

Sa question, simple en apparence, contenait une attente qu'il ne pouvait dissimuler. Il espérait qu'elle ait ressenti cette légèreté, cette confiance avec ses amis qui, pour lui, incarnait une normalité réconfortante. Sa mère l'avait accueillie à bras ouverts, malgré ses premières inquiétudes en la découvrant blessée dans son lit, et il n'avait aucun doute que, vu l'intérêt sincère qu'elles se témoignaient sans l'admettre, elles finiraient par bien s'entendre. Liv et Keir, eux, faisaient partie de son quotidien, et il aspirait de tout cœur à ce qu'Erin puisse y trouver sa place. Face à son silence, Seth ne put s'empêcher de rajouter :

— « Si ça peut te rassurer, Liv est toujours aussi énergique… Ça la change de la rigueur qu'elle s'exige avec ses patients, tu sais. »

Elle esquissa un sourire léger, et il sentit sa propre agitation se tendre dans ce calme qu'elle imposait. Pourtant, contre toute attente, alors qu'ils atteignaient la porte de la chambre, Erin posa une main chaleureuse sur son bras, l'attirant de nouveau dans le moment présent. Ce simple contact, la douceur de sa paume contre sa peau, le traversa d'un frisson inattendu. Levant les yeux, il la vit observer son tatouage, comme si elle y cherchait encore des lignes à découvrir.

— « J'ai passé une soirée merveilleuse, vraiment. »

Sa voix tendre brisa le temps, emplissant l'espace de cette authenticité qui lui était propre. Seth retint son souffle, absorbant chaque mot comme s'il s'agissait d'une confidence, un secret qu'elle lui avouait sans savoir combien il résonnait en lui. Il sentit qu'il y avait plus derrière ces paroles, un non-dit et Erin éveillait en lui l'envie de lui offrir davantage, de lui montrer une facette de lui-même qu'il n'avait encore jamais révélée. Une intimité plus profonde que tout ce qu'il avait imaginé.

— « Et je n'aurais pas pu rêver mieux pour mon anniversaire. »

Le cœur de Seth fit un bond. Écarquillant les yeux, il était à la fois surpris et touché. Une chaleur montait en lui, presque brûlante, et sa main chercha d'instinct la sienne, comme si ce geste pouvait ancrer ce moment dans la réalité. Lorsqu'il la trouva, la douceur de cette étreinte envahit ses sens, se propageant lentement, intensément, dans tout son corps.

— « Mais… » murmura-t-il, abasourdi.

Un frisson le traversa, et une question silencieuse se forma dans son esprit. Pourquoi ne lui avait-elle rien dit avant ? Pourquoi ce silence autour de ce jour si particulier ? L'idée qu'elle n'ait pas voulu fêter ce moment comme il se devait le serra dans la poitrine. Était-ce un vide qu'elle endossait ainsi, une absence trop lourde, une pensée pour ses parents ? En voyant les fleurs qu'elle avait reçues de Sarah et cette robe qu'elle avait accepté de porter, il comprit qu'elle avait façonné cet instant à sa manière, avec discrétion et pudeur, sans attendre une célébration bruyante. Cette prise de conscience fit naître un pincement dans son myocarde. Depuis trois ans, elle n'avait aspiré qu'à se fondre dans l'ombre, transparente dans un monde qui, pourtant, méritait tout son éclat.

— « Joyeux anniversaire, Erin », fit-il, sa voix teintée d'une tendresse sincère. Il serra sa main à ses mots et déglutit doucement. « J'aurais vraiment aimé t'offrir mieux que des pizzas. »

Elle laissa échapper un léger rire, une onde de chaleur réchauffant instantanément la pièce.

— « C'était très bien comme ça. Puis, la compagnie compte plus que le festin », répondit-elle avec une lueur malicieuse dans le regard, puis elle ajouta : « Et pour être honnête, elles étaient bien meilleures que les pancakes brûlés. »

Dans ses yeux étincelants, Seth perçut qu'elle comprenait le message qu'elle souhaitait lui dire, au-delà de la plaisanterie.

— « Mais je ne voulais pas que ce soit un jour ordinaire pour toi. Tu mérites plus », dit-il, l'hésitation se lisant sur son visage.

Elle secoua la tête, ses prunelles azurées scintillant soudainement avant de lui avouer d'un souffle :
— « Tu étais là, ça me suffit amplement. »

Cette déclaration simple, mais chargée de signification, résonna en lui comme un écho, se diffusant dans ses veines et faisant battre son cœur un peu plus vite. Il sentit un frisson parcourir son dos, comme si tout l'univers venait de se resserrer autour de lui. Debout dans ce couloir faiblement éclairé, il avait l'impression que le sol sous ses pieds vacillait en douceur, que le temps suspendait son vol. Il aurait voulu lui dire qu'il serait là, chaque année, pour tous ses anniversaires à venir, mais ces mots se heurtèrent à un blocage sourd dans sa gorge. À la place, il se laissa envahir par une certitude, une envie presque irrépressible d'être là pour elle.

— « Tu sais, une fois que mes examens seront terminés, j'aimerais t'emmener dans ce restaurant dont je t'ai parlé. Ça serait l'occasion d'avoir une célébration pour marquer le coup », proposa-t-il, essayant d'apporter une légèreté au moment.

Avec évidence, il avait évité de mentionner le procès à venir. Sa main toujours nichée dans la sienne, Erin la pressa en douceur, un geste à la fois réconfortant et électrisant pour Seth. Ce contact, devenu naturel et presque habituel, éveillait en lui une nouvelle forme d'addiction qui le déstabilisait. Du bout des doigts, elle effleura sa peau, une caresse subtile qui fit naître une tension délicate dans l'air. Seth, troublé, chercha son regard, mais elle l'avait instinctivement baissé. Il en eut un sourire, comprenant qu'elle se perdait dans les lignes de ses tatouages, encore une fois.

— « C'est gentil de ta part, Seth. Ça me touche », ajouta-t-elle, sa main pressant un peu plus fort la sienne alors qu'elle détournait les yeux, luttant visiblement avec ses pensées.

Un soupir lui échappa, comme si elle pesait le poids de ses mots.

— « Mais il faut que tu saches un détail. Après le procès, on me proposera de changer d'identité et d'être extradée dans le pays de mon choix. »

L'impact de cette déclaration le foudroya, l'aveu se faisant d'une seule traite. Seth se figea, son regard rivé sur elle, comme s'il venait d'entendre un coup de tonnerre. Le silence sembla s'alourdir encore autour d'eux. Ses yeux cherchaient à déchiffrer les moindres nuances de son visage, tandis qu'une fissure se creusait en lui. Elle allait partir, elle allait s'éloigner à des milliers de kilomètres, et il n'y avait rien qu'il puisse faire pour l'en empêcher. Il ressentit un vide, comme si un gouffre se formait entre eux, l'écartant de plus en plus. L'idée de la perdre, de la voir disparaître de son quotidien pour reconstruire ailleurs l'aspira dans un tourbillon de confusion, et il recula d'un pas, retirant inévitablement sa main de la sienne.

— « Erin, attends... » dit-il finalement, sa voix à peine audible. Mais il fut coupé par son intonation assurée.
— « J'ai déjà signé la convention avec mon avocat. Ça vaut mieux pour tout le monde. Ce sera ma seule chance de vivre normalement, sans danger pour moi ni pour ceux qui m'entourent. »

Mais c'était bien plus que ça : il réalisa, avec une acuité brutale, combien il tenait à elle, combien il avait finir par s'attacher à cette femme.

Et si c'était ça, ce que les anges ressentaient durant leur chute ?

CHAPITRE

13

This is how you fall in love

« Est-ce que j'ai vraiment osé m'approcher trop près du soleil, pensant que je pouvais toucher sa lumière, pour finalement voir mes ailes brûler sous son éclat ? »

— Seth

13 Août

Se sentant à court d'air, il avait demandé une pause au chauffeur. Trop pressé pour attendre que le véhicule soit complètement arrêté, il avait fini par ouvrir la portière en plein milieu du détour de campagne qu'il empruntait souvent pour rentrer de chez Keir.

Dès qu'il posa le pied au sol, une cigarette se glissa entre ses doigts tremblants malgré ses efforts pour paraître calme. L'atmosphère était humide, chargé de la fraîcheur d'un après-midi de pluie. Il s'écarta du bord de la route, marchant à petits pas et absorbant l'ampleur des champs qui s'étendaient à perte de vue. Il avait l'impression que l"horizon pouvait l'engloutir, lui proposant une échappatoire à la tourmente qui grondait en lui. Bien que State College soit une belle ville, la campagne environnante lui offrait cette liberté rare, cette sensation de s'évader à une demi-heure de chez lui. Ici, loin des regards et des rumeurs, il se sentait, un instant, invisible.

Il alluma sa cigarette, inspirant une bouffée de tabac qui se mêla à la fraîcheur de l'herbe sous ses pieds. Le mélange des odeurs, à la fois terreuses et aigres, l'apaisa un peu, mais à peine. Il entendit alors la porte du côté passager s'ouvrir derrière lui. Se retournant légèrement, il aperçut Keir qui s'extirpait à son tour pour se dégourdir les jambes. Il avança vers lui, respectant le silence et l'espace dont Seth avait besoin, lui qui semblait les rechercher comme un refuge.

C'était sa première sortie depuis qu'Erin lui avait annoncé son projet de départ. Les mots qu'elle avait prononcés, glacés de certitude, s'imprimaient en lui comme une brûlure qui refusait de guérir. Elle n'avait laissé aucune place à la discussion, elle avait déjà tout décidé, comme si ses raisons étaient définitives et qu'il ne pouvait rien y faire. Il l'avait entendue et comprise, mais il n'avait pas pu l'accepter. Ce choix, clair et sans appel, l'avait submergé. Il s'était contenté d'acquiescer, sans rien dire. Peu importe ce qu'il ressentait pour elle, tout avait l'air d'être écrit, et ça le rongeait. Chaque fois qu'il y songeait, son cœur se comprimait, chaque pensée cheminant vers lui comme un poids lourd qu'il n'arrivait pas à déloger.

Expirant lentement la fumée, Seth resserra les pans de son ancien blouson de basket. La pluie et le tonnerre qui avaient secoué l'après-midi laissait l'air frais, presque glacial, pénétrant sous ses vêtements et amplifiant ce malaise qui semblait l'oppresser tout entier. Le monde autour de lui était devenu aussi froid et dur que la douleur qui lui étreignait la poitrine.

— «Je croyais que tu avais réussi à arrêter.»

Keir s'était approché, une grimace familière sur le visage, la même expression désapprobatrice qu'affichait souvent Liv lorsqu'une bouffée de fumée les atteignait. Seth esquissa un faible sourire, sans vraiment le regarder, et s'éloigna de quelques pas, conscient de l'impact de son vice sur les autres, mais trop accablé pour s'en soucier.

Il s'était éclipsé en plein milieu de la nuit, écrivant à Keir dans une impulsion désemparée, une échappatoire temporaire à une maison devenue trop pleine d'ombres et de non-dits. Il avait alerté les Marshals, veillant à ce que la sécurité d'Erin soit respectée, mais il n'avait laissé aucune trace de son escapade à la jeune femme. Il s'était contenté de jeter un dernier regard à la porte close de sa chambre, comme s'il espérait que, par magie, elle devinerait ce qu'il n'arrivait pas à extérioriser.

— « Non, j'ai juste réduit », souffla-t-il, la voix empreinte de lassitude.

C'était la vérité, mais c'était aussi un mensonge par omission qu'il se répétait pour se rassurer. En réalité, il compensait toutes les cigarettes qu'il avait évitées en sa présence, quand elle était là pour apaiser ce besoin. Mais depuis qu'elle avait annoncé ses projets d'avenir, le manque s'était imposé de manière brutale, tel un élan de rage silencieuse qu'il ne pouvait maîtriser. Il les allumait en continu, comme si la fumée pouvait emporter avec elle ses pensées dévorantes. Et avec évidence, il avait peu à peu délaissé les moments où ils pouvaient être dans la même pièce pour s'enfermer dans sa chambre, incapable de lui sourire sans en ressentir un pincement.

— « Je sais que tu n'as pas voulu qu'on en discute ce matin, mais ce qu'elle t'a dit, ça ne me semble vraiment pas lui ressembler. »

Keir soupira, ses mots pesants, chargés d'hésitation. Seth sentit la difficulté de son ami à aborder le sujet, comme si chaque syllabe effleurait une plaie qu'il n'osait rouvrir. Il n'eut pas besoin qu'il prononce son prénom pour comprendre qu'il parlait d'Erin.

— « Quand je suis allé au bar, ce soir-là, celui où tu ne pouvais pas venir, c'est elle qui m'a demandé de tes nouvelles. C'est elle qui m'a réclamé ton numéro, je l'ai juste remerciée pour les quatre litres d'eau qu'elle m'a servis. »

La scène arracha un soupir à Seth, tandis qu'il crachait un peu de fumée. Elle lui avait peut-être manifesté un intérêt, mais, malgré sa présence, rien de ce qu'il pouvait lui offrir ne paraissait pouvoir retenir la jeune femme.

— « Je vous ai vus rire ensemble toute la soirée... Ça ne me semble pas cohérent qu'elle t'ait annoncé ça. Ça ne devait pas être contre toi. »

Keir continua, conscient du silence pesant de son ami. Un frisson parcourut l'échine de Seth. Il haussait légèrement les épaules, mais la douleur dans sa voix trahissait tout.

— « Elle a dit qu'elle voulait une vie normale. Évidemment que ce n'était pas contre moi, elle le fait pour elle. »

Il soupira, comme si un poids trop lourd cherchait à s'échapper. Ses mots l'avaient frappé comme une gifle, une note dissonante qu'il se répétait en boucle depuis deux nuits. Chaque fois qu'il fermait les yeux, les paroles d'Erin revenaient le hanter, creusant une blessure plus profonde à chaque pensée. La tension qui habitait son corps le rendait presque insupportable à lui-même. Il savait que sa crainte d'Alvarez dictait encore sa vie.

D'un geste brusque, il laissa tomber la cigarette consumée, allumant immédiatement une nouvelle tige de tabac, espérant étouffer ce malaise qui ne voulait pas le quitter.

— « Ce n'est pas ton père. »

Soudainement, comme si une main invisible l'avait saisi à la nuque, le simple rappel de Keir éveilla en lui une oppression qui lui nouait la poitrine. Son père. Ce nom était une ombre, toujours tapie dans un recoin de sa vie, prête à resurgir dans les instants les plus sombres. Une blessure ancienne, jamais refermée. Un vide qu'il avait cru enfoui, mais qui, à chaque sommet atteint, remontait à la surface, vif et cruel, en le poussant au bord du précipice. À chaque écho, il sentait cette peur du rejet, cette angoisse d'être abandonné, laissé pour compte.

Quasi immédiatement, des images se superposèrent pour étouffer le silence jeté par son père : les champs infinis de la Pennsylvanie, le terrain de basket de State College, l'université, les esquisses architecturales griffonnées au fil des ans… Des repères entassés dans sa mémoire, tentant d'adoucir une tension qu'il s'efforçait d'ignorer.

Il avait cru l'avoir enterrée, cette terreur, reléguée dans un coin reculé de son esprit. Mais elle ne dormait jamais vraiment. Elle attendait le moindre prétexte pour se réveiller, prête à le désarmer d'un mot, d'un regard. Keir avait cette capacité rare de toucher la corde sensible, celle que Seth ne se risquait plus d'effleurer, de peur de finir dévorer par ses émotions. Même Liv, si proche de lui, n'avait jamais osé franchir cette frontière. Mais Keir, lui, percevait les failles, comme tout bon joueur de basket-ball. Il savait quand frapper, là où Seth était le plus vulnérable, écartant la carapace qu'il avait enfilée pour ne pas sombrer. Il parvenait à défaire ce qu'il avait mis des années à bâtir pour forcer Seth à faire face à ce qu'il s'efforçait de refouler dans l'obscurité de son âme, dissipant les ombres qui troublaient son esprit, et ce, malgré lui. Telle était la raison de l'aspect tabou des initiales : elles lui remémoraient son père, celui qui les avait abandonnés.

Il resta figé, les paupières closes. Il sentit cette vague de sensations déferler sur lui, cruel et inévitable. L'image d'Erin envahit lentement ses pensées, et il vit à peine sa main trembler sous la force de ce qu'il ressentait. Chaque fibre de son être semblait se tendre, coincée entre ce passé qui ne voulait pas le laisser partir et ce présent si fragile qu'il n'était pas certain de savoir préserver.

— « C'est Erin. Alors je t'avoue que j'ai l'impression que c'est pire. »

Les mots de Seth se brisèrent presque en fin de phrase, leur lourdeur résonnant avec la douleur qui pesait sur sa poitrine. Il avait du mal à respirer. La peur, la frustration, le manque… Tout s'entrelaçait dans une spirale qu'il ne pouvait plus contrôler.

— « Pourquoi tu ne lui dis pas ? »

Keir ne relâchait pas la pression, ses yeux fixés sur Seth avec une intensité qui semblait vouloir déchirer les dernières barrières qu'il avait érigées. Son souffle se coupa et, avec une clarté glaçante, il réalisa que s'il ne parlait pas maintenant, s'il ne dévoilait pas ce qui le rongeait, il risquait de tout perdre. Keir était là, patient et sans jugement, mais avec l'assurance qu'il fallait qu'il fasse face à ses démons.

Il finit alors par secouer la tête, incapable de former une phrase cohérente.

— «Je ne peux pas la priver de sa liberté, si c'est ce qu'elle veut. Si elle envisage vraiment de recommencer sa vie ailleurs, qu'est-ce que je suis censé ...»

Sa voix se brisa à nouveau, chaque mot chargé d'hésitation. Il tentait de se convaincre que c'était la bonne décision, que c'était ce qu'elle méritait après tout ce qu'elle avait traversé. Mais la vérité, c'était que chaque pensée le faisait vaciller, le rendant plus fébrile et plus perdu. Cette décision d'Erin, unilatérale et froide, le laissait dans le vide.

Si seulement elle lui avait demandé son avis, si elle lui avait donné la possibilité de choisir, peut-être que tout aurait été différent. Mais elle ne l'avait pas fait. Il n'avait pas trouvé le courage de lui avouer ce qu'il souhaitait vraiment : qu'il préférait qu'elle reste. Qu'il n'avait jamais envisagé qu'elle parte, qu'il n'avait jamais voulu qu'elle se replie dans une existence fragile, sans soutien, sans protection. Qu'elle se batte, oui, mais pas seule. Pas sans lui. Qu'ils puissent gérer ça, ensemble.

— «Donc tu ne lui as pas dit.»

Seth fronça les sourcils, sans saisir de quoi il parlait.

— «Je ne comprends pas... je suis censé lui dire quoi?»

Keir ne répondit pas immédiatement. Il laissa un silence s'installer entre eux, une accalmie qui semblait pourtant oppresser l'air autour de lui.

— «Que tu es amoureux d'elle.»

Les mots s'enfoncèrent dans ses veines comme une décharge électrique, violentant son myocarde d'un coup. Il détourna des yeux, incapable de soutenir l'intensité de ceux de Keir qui observait, sans aucun doute, sa réaction.

Il alluma sa cigarette éteinte, un réflexe, comme pour cacher son trouble, comme s'il pouvait se donner une excuse à ce malaise qui le submergeait. Dans la fumée, il se laissa engloutir par ses pensées. Peut-être que c'était ça, ce pincement constant dans sa poitrine, chaque fois qu'il croisait la chevelure indomptée d'Erin dans le couloir, lorsqu'il captait un éclat de son rire ou un regard échangé en silence. Avait-il vraiment fini par l'intégrer parmi ses repères ?

Depuis toutes ces années, il n'avait jamais ressenti une émotion aussi viscérale et brûlante. Ce n'était pas seulement un désir, mais un besoin : celui de la toucher, de frôler sa peau, de chercher toutes les excuses possibles pour être près d'elle, pour voir ce sourire qu'il chérissait tant, même s'il était fugace. Il se sentait complet dans ces moments de douceur.

Mais maintenant, elle s'apprêtait à tout effacer, à couper ce lien fragile qu'ils avaient tissé malgré lui.

Il secoua la tête, une réponse muette à la question de Keir, comme si les mots avaient du mal à franchir ses lèvres. Non, il préférait garder le silence et accepter cette fin inéluctable, même si cela signifiait la regarder partir depuis sa fenêtre, dans une étreinte froide en guise d'adieu. Son père l'avait presque détruit en l'abandonnant ; il ne se permettrait pas de revivre cette perte, pas de cette manière.

— « Dans dix jours, après le procès, elle ne sera plus là. Je tiendrai et je la soutiendrai jusque-là et ensuite... ensuite j'oublierai. »

Sa voix, ferme malgré l'agonie qui le rongeait, portait une résolution qu'il voulait croire vraie. Keir plissa les yeux, cherchant à percer cette façade, mais il resta silencieux, incapable de répondre face à cette obstination. Il savait que Seth s'accrochait à son mur, comme il l'avait fait avec Liv deux semaines avant.

Et, comme pour clore le sujet, Keir éteignit sa cigarette d'un geste, puis fini par se rapprocher de la voiture. D'un mouvement sec, Seth ouvrit la portière et, avec un sourire espiègle, lança :

— « Et pour info, je vais battre ton record de vitesse dans le jeu. Ne crois pas que tu garderas le titre. »

Son meilleur ami esquissa une petite grimace, cette touche de légèreté qui ne parvint pas à dissiper la lourde mélancolie enveloppant Seth.

— « Si c'est comme pour le karaoké, je peux toujours attendre », répliqua-t-il, son ton taquin faisant écho à leur complicité.

Le sujet initial s'évanouit lentement, et il était désormais trop tard pour revenir en arrière. Le chauffeur reprit la route, et à mesure que le chemin du retour se déployait, le temps sembla s'accélérer, chaque mètre parcouru paraissant trop rapide. Alors qu'ils approchaient de la ville, Seth demanda à ce qu'il soit déposé devant le gymnase pour son entraînement de l'après-midi. Ils échangèrent quelques mots sur leur prochaine partie, puis Keir s'éloigna du véhicule. Son coach l'attendait en haut des marches, l'air impassible, les bras croisés, Seth lui adressa un léger signe de tête en saluant l'entraîneur avant de sortir à son tour.

Il resta un instant là, adossé à la voiture, son attention perdue à l'horizon, rassemblant ses pensées avant de se donner le courage de rentrer. Comment Erin réagirait-elle à son absence prolongée ? Il était parti sans un mot pour elle, laissant derrière lui des questions qu'il n'osait affronter. Il ne pouvait s'empêcher de jeter des regards anxieux à son téléphone, espérant, malgré lui, un message qui ne venait jamais. Les deux jours qui avaient suivi sa confidence avaient été pénibles, marqués par un silence pesant qui l'alourdissait davantage.

Bien sûr, il avait essayé de cacher son ressenti, de lui faire oublier les sujets délicats et d'arracher un sourire à ses lèvres. Mais chaque rare éclat de rire qu'il parvenait à provoquer résonnait en lui comme un poignard en plein cœur.

Le portail se referma derrière lui avec un bruit sourd. Seth sauta de la voiture, son corps engourdi par les minutes passées. Il se dirigea vers la maison d'un pas mécanique et poussa la porte avec ses clés. L'heure du déjeuner était dépassée depuis longtemps, et le premier détail qui le frappa fut l'absence de cette odeur familière, celle d'un repas préparé. Aucun plat chaud n'avait été cuisiné, et, par réflexe, il ouvrit le lave-vaisselle, constatant qu'il était encore dans le même état qu'hier, un signe évident qu'Erin n'avait pas mangé. Pire, elle avait rempli la cafetière sans même y toucher une seule goutte.

Une culpabilité l'envahit, une prise de conscience qui le déstabilisa. Il rabattit l'électroménager d'un geste brusque, fronçant les sourcils pour contenir l'émotion qui peinait à se frayer un chemin à travers sa confusion intérieure. Cette contradiction le rongeait. Il ressentait une urgence égoïste de lui demander de ne pas lui imposer cette décision. Mais il secoua la tête, refermant les yeux un instant pour chasser cette vague de faiblesse, luttant pour se défaire de cette tempête qu'il subissait.

Il monta directement à l'étage, passant devant la chambre d'ami toujours close. Puis, s'enfermant dans sa propre pièce, il s'adossa à la porte, laissant échapper un long souffle de soulagement. Seul. Enfin, de nouveau. Il chercha dans les poches de son manteau son paquet de cigarettes, son esprit dérivant vers les paroles de Keir. Un sourire amer se dessina sur ses lèvres, alors qu'il devait se forcer à ralentir sa consommation excessive. Il savait qu'il s'y accrochait, qu'il fumait pour effacer cette vérité qui l'attendait juste derrière le battant.

Il entendit soudainement la porte de la chambre opposée s'ouvrir, et Seth releva la tête. Son cœur luttait à un rythme frénétique, comme si chaque fibre de son être réclamait cette présence à l'autre bout du couloir. Une impatience fiévreuse s'était ancrée en lui, se mêlant à une impuissance dévorante. Il détourna le regard et tomba sur son carnet de croquis, abandonné depuis deux jours sur la table de dessin. La frustration monta en lui, une chaleur nerveuse s'immisçant sous sa peau. D'un geste las, il enleva son blouson en le jetant sur son lit, mais s'immobilisa brusquement lorsque les premières notes d'un instrument à cordes s'élevèrent dans le silence.

Sa respiration se suspendit, un frisson léger parcourant son dos. L'air s'infiltrait en lui, doux et tendre, un baume apaisant, comblant une faille laissée par l'incertitude. Il baissa les yeux, presque écrasé par la grâce du moment, réalisant qu'Erin avait choisi ce jour précis pour faire vibrer le violoncelle qu'il lui avait offert. Que ressentait-elle, là, maintenant, en jouant ces notes ? Ses longues envolées mélodiques, si enveloppantes, résonnaient comme une confession non dite, chaque son exprimant une émotion brute, une sensibilité qu'il ne savait comment saisir. Il avait tant envie de la revoir.

Sans réfléchir, il tourna les talons et ouvrit discrètement la porte, désireux de ne pas briser l'instant. Il aperçut sa silhouette avant d'entendre la musique plus clairement, omniprésente, déployant son envoûtement dans le couloir, chaque note effleurant et ébranlant ses dernières résistances. Avancé ou resté là, cet instant semblait suspendu, comme une invitation à se perdre dans cette mélodie et dans l'existence d'Erin.

Il franchit le seuil, ses yeux parcourant ce qu'il voyait : elle s'était installée sur le coffre de rangement, le violoncelle posé contre son épaule. Elle portait un haut simple qui laissait deviner la courbe délicate de ses reins, tandis que les rayons du soleil se faufilaient à travers la fenêtre, embrasant ses cheveux flamboyants et ses gestes amples d'une lumière chaude, presque irréelle. D'une beauté poignante. Seth se figea, observant chaque mouvement gracieux, chaque note qui semblait vibrer avec son âme. Il était hypnotisé, captif de cette image et de ce silence entre les sons.

La danse précise de ses doigts, la tendresse infusée dans chaque caresse de l'archet délivrait une mélodie douce-amère, apaisant les vagues de mélancolie qui l'assaillaient depuis trop de jours. Il resta là, laissant la musique résonner dans la chambre et dans son cœur, chaque onde se mêlant à sa propre solitude.

Le silence retomba lentement, presque trop lourd, une pause avant le retour à la réalité. Seth continua de la regarder, sa présence si légère qu'elle semblait rendre l'air plus imposant. Lorsqu'elle se leva, ses gestes mesurés, presque solennels, l'envoûtèrent une nouvelle fois. Il aperçut l'ombre d'une cicatrice ancrée sur son dos, ses cheveux relevés en un chignon soigné, soulignant la ligne de son cou, où des grains de beauté perçaient sa peau comme des étoiles.

Elle se tourna enfin vers lui, un instant suspendu, ses yeux fuyant encore les siens. Il eut du mal à se souvenir de la dernière fois où leurs regards s'étaient croisés sans ce creux qui s'était immiscé entre eux. Le poids du silence alourdissait ses épaules, comme une tension palpable qu'il peinait à contenir. Cette distance et cette séparation l'empoisonnaient lentement, et Seth sentit que le moment était venu de tout arrêter.

Erin posa l'instrument sur le support avec douceur, et dans un geste impulsif, il s'avança, glissant ses doigts sur sa taille pour la rapprocher de lui, plaquant son dos contre son torse. Le contact, d'une tendresse insoupçonnée, fit bondir son cœur. Elle se tendit un instant, mais un souffle calme s'échappa de ses lèvres, et là, dans cet instant juste à eux, il espérait que tout ce qu'il n'avait jamais osé dire s'entendrait sans avoir besoin des bons mots. Qu'il n'avait qu'à rester ici, contre elle, pour que tout s'apaise.
Parce que sa place était là.

— « C'est vraiment très beau. »

Il se libéra en un frémissement, une confession murmurée à demi-mot, presque sans attendre de réponse. Le parfum subtil de cerise qui se dégageait de sa crinière vint troubler ses pensées, une tendresse soudaine se logeant dans sa poitrine. Machinalement, il inspira plus profondément, un sourire presque imperceptible sur ses lèvres, avant de poser en douceur son menton sur son épaule.

— «Je comprends mieux pourquoi tu sens aussi bon. Ce sont tes cheveux.»

Sa constatation, qui avait presque la légèreté d'un rire, s'échappa en une brise, cachant pourtant tout un trop-plein d'émotions retenues. Il la sentit se tendre une nouvelle fois, mais elle ne se déroba nullement à son étreinte; au contraire, elle s'y ancrera même plus. Leurs pieds nus baignaient dans la lumière chaude du soleil, et il se surprit à murmurer encore contre sa peau :
— «Je ne pensais pas que ça m'aurait autant manqué.»

Elle posa sa main sur la sienne, un contact presque imperceptible, mais suffisant pour faire frissonner Seth. La chaleur de son corps contre le sien n'apaisait pas la fièvre qui le consumait depuis des jours; elle ne cessait de l'attiser. Fermer les yeux apparut soudain une nécessité. Il se laissa bercer, s'abandonnant dans cette chaleur, dans cette sensation qui allumait une flamme douce, mais insatiable entre ses bras.

— «Et moi, je ne comprends pas pourquoi on se parle plus.»

Les paroles d'Erin frémirent dans l'air, vaguement un souffle, un murmure qui parut se perdre avant d'atteindre Seth. Il rouvrit les yeux, touché par la fragilité de sa voix, la tension à peine contenue. Pourquoi cette simple phrase déstabilisait-elle tout en lui, jusqu'à son âme ?

— «Crois-moi… Si je le pouvais, je le ferais tout le temps.»

Ses mots résonnèrent avec une douceur troublante, mais un poids lourd semblait suspendu entre eux, un silence qu'il ne savait plus comment rompre.

— «Alors, montre-moi. Parle-moi, Seth, parce que ce silence-là, je n'en voulais vraiment pas entre nous.»

À cet aveu brûlant, ce *nous* fragile, mais d'une force indomptable, un feu jaillit en lui, incandescent, comme s'il avait attendu ce moment depuis toujours. Ses doigts effleurèrent d'abord sa peau, tremblants, puis se refermèrent délicatement autour d'elle, avec une tendresse chargée de promesses. Lentement, il la fit pivoter vers lui, prenant soin de ne pas briser cette proximité, ce fil invisible, mais inébranlable qui les liait désormais.

Il plongea son regard dans le sien, et l'intensité qui y brillait semblait défier le temps. Plus aucun doute, plus aucune hésitation : tout dans ce moment était évident. Alors, il se pencha, savourant chaque instant, réduisant l'espace qui les séparait, jusqu'à ce que ses lèvres trouvent les siennes.

Elles se rencontrèrent dans une douce explosion, une alchimie fulgurante qui le submergea. Elles étaient un poème, un incendie, et le contact fit naître en lui un frisson qui déferla comme une onde. Son souffle sur le sien revêtait une chaleur qui réveillait chaque parcelle de son être. Ce n'était pas un simple baiser : c'était un monde qui s'offrait entre ses lippes.

Puis Erin se hissa sur la pointe des pieds, sa main glissant doucement sur sa joue, traçant un chemin brûlant jusqu'à sa nuque. Ce geste, bien que léger, portait tout l'appel d'un trésor qui se dévoilait. Seth sentit son propre cœur s'emballer, comme s'il répondait au sien dans une danse secrète, intime et désespérément belle.

La hâte, irrépressible et magnétique, montait dans le creux de son ventre. Puis, un soupir s'échappa des lèvres d'Erin, brisant le silence tendu comme une étincelle embrasant un feu déjà hors de contrôle. Il se recula légèrement, ses mains tremblantes encore de ce qu'elles venaient d'effleurer, son souffle saccadé comme s'il avait couru un marathon d'émotions. Mais, dans ses yeux, une promesse brillait toujours, celle d'un incendie qui ne demandait qu'à dévorer ce monde entier.

— « Redis-le… »

Elle n'eut pourtant aucun mot, mais rapprocha de nouveau leurs visages, son corps se pressant contre le sien, sa main s'enfouissant dans ses cheveux. Seth céda à cette vague, comme si chaque geste, chaque toucher, était une découverte, une brûlure douce qui marquait son esprit d'une manière nouvelle, inexplicable. Un autre soupir s'échappa d'Erin, intensifiant sa propre ardeur. Chaque frémissement qui sillonnait ses veines révélait un désir qu'il n'avait jamais osé exprimer. Il laissa ses lèvres effleurer son cou, savourant le frisson qui la parcourait, et luttant pour contenir l'élan sauvage qui menaçait de tout consumer.

— « Je ne partirais pas loin de toi Seth. »

Ses mots résonnèrent comme un baume sur ses craintes, apaisant l'angoisse qui l'avait habité. Il murmura, sa voix tremblant sous l'intensité du moment.

— « Erin, dis-le encore. »

Elle ouvrit les yeux, son regard plongé dans le sien. Ses prunelles brillaient d'une lueur inédite, une étincelle de joie mêlée à une vulnérabilité qui faisait fondre ses propres hésitations. L'air était chargé d'une douceur palpable, empreint d'un léger parfum de cerises qui flottait dans la pièce. Comme si elle aussi avait besoin de cette affirmation, qu'ils n'étaient pas que des fantômes se croisant, mais deux âmes qui s'étaient choisies. Dans un souffle, il se remémora les nuits passées à rêver d'elle, les promesses chuchotées sous les étoiles, et l'idée qu'elle voulait rester alluma une flamme dans son cœur.

C'était un nouvel espoir, une lumière qui repoussait l'obscurité de leurs doutes, mais cette certitude était également teintée d'angoisse. À cette pensée, il se rendit compte qu'il avait mis de côté ce couplet qu'il se répétait depuis des années, dès l'instant où il l'avait croisée. Il avait cessé de rêver de ces initiales la nuit même où elle avait dormi à ses côtés. Parce qu'elles étaient là, portées par elle. C'était elle.

Elle lui sourit, un sourire discret, mais qui lui en disait long, et déposa un baiser léger sur le coin de ses lèvres, éveillant en lui un frémissement, un début de crépitement sourd qui résonna jusque dans sa poitrine. Glissant ses mains dans les siennes, elle chercha à l'attirer vers lui et il ne put que lui obéir, saisissant son menton entre ses doigts. Il désirait tout autant de l'entendre que de l'embrasser.

— «Je ne te le dirai pas. Je vais te montrer», murmura-t-elle, ses yeux bleus se nuançant soudainement.

Les mots vibrèrent en lui, brisant les dernières barrières. Ils étaient tellement proches des siens, si intenses, qu'il sentit son cœur se gonfler sous l'effet de cette déclaration. Avant qu'elle ne puisse réagir, il l'avait déjà soulevée dans ses bras, un rire cristallin s'échappant d'elle. Ce rire, pur et éclatant, résonna dans la pièce jusque dans le couloir. En quelques pas, Seth la porta pour rejoindre sa chambre, le monde extérieur disparaissant derrière eux.

Il ferma la porte, un battement suspendu, et tout ce qui demeurait entre eux, c'était le refuge de ces murs, où les mots ne servaient plus, où tout allait enfin se dire.

Et si c'était ça, tomber à genou pour mettre le monde à ses pieds ?

CHAPITRE
14

Heart waves

« Vous avez déjà ressenti ce genre de frisson ? Celui où, pour la première fois, tout semble s'harmoniser avec quelqu'un. C'est ce moment où le monde autour de vous s'efface, et où rien ne peut freiner votre élan, où l'on se lance sans peur, prêt à défier l'infini. »

- Seth

17 Août

En ouvrant grand la baie vitrée, Seth laissa l'air estival s'engouffrer dans le salon spacieux. La chaleur agréable de la saison chaude s'installait enfin, comme une caresse qui prenait son temps. Il avait posé les serviettes sur le transat après avoir retiré la bâche de la piscine, dont les ondes scintillaient sous le soleil, miroir vivant du ciel sans nuage. S'agenouillant près du bord, il plongea sa main dans l'eau pour en vérifier la température. Un doux frisson remonta le long de son bras, contraste fugace avec l'air tiède qui enveloppait la villa.

Un sourire naquit sur ses lèvres lorsqu'il entendit Erin s'agiter dans la cuisine, probablement à la recherche de la limonade qu'elle avait préparée pour eux. Il ferma brièvement les yeux, savourant cet instant. Le simple fait de partager cette journée avec elle lui procurait un plaisir rare, une forme de bonheur tranquille, où tout semblait couler de source.

Il s'installa sur l'un des transats, sous l'ombre bienfaisante du parasol. Son regard glissa sur Erin lorsqu'elle réapparut, portant son t-shirt de la veille, qui tombait souplement sur ses hanches avant d'effleurer ses jambes nues. Elle avançait vers lui, décontractée, rayonnante. Si belle.

— «Voleuse», lança-t-il en abaissant légèrement ses lunettes de soleil, profitant sans vergogne du spectacle.

Elle haussa un sourcil, espiègle, un demi-sourire au coin des lèvres.

— «Tu n'avais qu'à ranger.»

Elle lui tira la langue, et il ne put s'empêcher de rire. Alors qu'elle s'apprêtait à s'installer sur le transat voisin, Erin posa la cruche de limonade sur le sol en lui tournant le dos. Mais avant même qu'elle n'ait pu s'asseoir, Seth se redressa d'un coup et l'attira contre lui, une lueur malicieuse dans ses yeux mordorés.
Ses mains glissèrent sous le tissu ample de son t-shirt, effleurant la peau tiède de son ventre. Un éclat de rire cristallin s'échappa de sa gorge quand il parsema son cou de baisers légers. Elle se débattit un instant, prise d'une insouciance fugace, tentant vainement de se sauver, mais il resserra doucement son étreinte, savourant chaque frisson qui la traversait.

— «Même si j'avais rangé, tu aurais trouvé autre chose, avoues.»
— «Clairement, j'aurais volé un de tes joggings», répliqua-t-elle, faussement sérieuse, en le narguant.
— «Saleté va...» murmura-t-il, un sourire en coin, profitant de sa proximité pour enfouir son nez dans le creux de son cou, y déposant quelques baisers furtifs.

Il accueillit le frisson de ses doigts glisser lentement le long de ses bras, effleurant sa peau dans un geste tendre et instinctif. Elle ferma les yeux sous l'effet de ses lèvres, et il la sentit se détendre, son souffle se mêlant au sien. Ses cheveux portaient cette odeur sucrée de cerise, et sa peau... elle avait le goût de la pêche, douce, envoûtante.

Seth savourait chaque instant passé avec elle, comme si cette villa, autrefois simple refuge, était devenue un cocon vibrant de vie et de sérénité. Les films qu'ils enchaînaient et dont ils débattaient jusqu'à tard, les livres qu'elle dévorait en silence pendant qu'il somnolait contre ses jambes, le bruit léger de la pluie contre les vitres lorsqu'elle s'endormait tout contre lui… Chaque détail, chaque seconde partagée avec elle était un fragment d'éternité. Depuis cette nuit où il avait découvert la fragilité de sa peau marquée, il s'était promis de lui offrir des jours lumineux, des moments précieux, sans même chercher à savoir combien de temps ils dureraient.

Parce qu'après plusieurs soupirs échappés contre lui, elle avait clairement fini par céder à l'évidence : il n'y aurait plus aucune distance entre eux.

— « Je ne suis pas une saleté », protesta-t-elle en rouvrant les yeux, un sourire accroché aux lèvres.

Il haussa un sourcil, amusé par son manque soudain de répartie.

— « Non, c'est vrai. Mais tu es *ma* saleté. D'ailleurs… »

Sans prévenir, il la souleva d'un mouvement fluide, l'empoignant totalement par surprise. Erin eut un regard ébahi, mais un murmure joyeux s'échappa aussitôt d'elle alors qu'elle passait un bras autour de son cou, s'agrippant instinctivement à lui.

— « Oh non, tu n'oserais pas », souffla-t-elle, mi-rieuse, mi-méfiante.
— « Si je saute, tu sautes. Ce n'était pas ça ? » rétorqua-t-il avec un sourire taquin, reprenant la réplique d'un film qu'ils avaient vu ensemble. Sa voix s'adoucit, comme s'ils partageaient un secret, un jeu suspendu dans l'instant.
— « Seth... »

Elle n'eut pas le temps de protester davantage. Il s'élança vers le bord de la piscine, l'éclat malicieux dans son regard rivalisant avec le soleil. Le rire d'Erin résonna, cristallin, avant d'être englouti par le plongeon. L'eau explosa autour d'eux, éclaboussant transats et serviettes oubliées.

Quand elle refit surface, ses cheveux trempés collaient à sa peau en mèches indisciplinées. Elle releva la tête, croisant le sourire triomphant de Seth qui s'éloignait prudemment, déjà sur ses gardes. Elle allait se venger, il le savait. Mais au lieu de foncer droit sur lui, elle s'arrêta, et une étincelle rusée traversa son regard.

— « Le premier qui atteint l'autre côté a gagné ! » lança-t-elle avant de s'élancer sans attendre.
— « Hey ! C'est de la triche ! » s'exclama-t-il, faussement indigné.
— « Non, c'est toi qui es mauvais perdant. »
— « Je ne vois pas du tout de quoi tu parles. »

Il savait qu'il n'avait aucune chance contre elle, mais ça n'avait aucune importance. Ce qui comptait, c'était le jeu, les railleries, la chaleur de ces moments volés à la banalité du monde. Elle arriva la première, évidemment, et exulta bruyamment sa victoire, tandis qu'il râlait juste assez pour pour provoquer son hilarité.

Soudain, une guerre d'éclaboussures explosa entre eux, une bataille joyeuse où l'eau pétillait sous leurs assauts. Les protestations fusaient, les vagues succédaient aux représailles, jusqu'à ce qu'il parvienne enfin à l'attraper par la taille. Erin se débattit dans un dernier éclat de rire, mais, lorsqu'il plongea son visage près du sien, sa lutte se mua en abandon. L'espace d'un instant, l'agitation céda la place à une autre tension, plus douce, plus profonde.

Et dans l'écho de leurs jeux, ce fut leur souffle qui se mêla à l'onde.

Le calme s'installa autour d'eux, bercé par le clapotis de l'eau et le chant discret des oiseaux. Erin, toujours blottie contre lui, glissa lentement ses bras sur ses épaules. Seth la contempla en silence, un sourire à peine dissimulé sous son espièglerie habituelle. Mais dans son regard, une douceur plus furtive s'attardait, une tendresse qu'il n'osait pleinement admettre. La chaleur de son corps, la façon dont elle s'accrochait à lui sans crainte, tout en elle réveillait une paix qu'il pensait avoir perdue depuis longtemps.

Il laissa glisser ses mains contre son bas du dos, savourant le contact, comme un rappel de tout ce qu'il avait un jour cru inaccessible.

— « Je crois bien que j'ai faim », murmura-t-elle à son oreille, sa voix effleurant sa peau comme une caresse.
— « Je sais, ton ventre a déjà essayé de me prévenir. Il chanterait même mieux que moi à force. »

Un éclat de rire lui échappa, et dans un geste fluide, il l'aida à sortir de l'eau. D'un mouvement habile, il la hissa sur le rebord, observant un instant la lumière danser sur ses courbes encore ruisselantes. Tandis qu'elle s'essuyait sur la terrasse, elle lui lança sa serviette au visage, lui coupant la vue.

— « Je vais cuisiner, tu viens ? » lança-t-elle, malicieuse.

Seth se contenta d'un sourire complice avant de s'extirper à son tour hors de la piscine. Tandis qu'il se séchait rapidement, son regard suivit Erin qui s'éloignait déjà vers l'intérieur, la carafe de limonade à la main. Il prit un instant pour ranger ce qu'ils avaient laissé derrière eux, appréciant la tranquillité de la fin d'après-midi. Un détail attira alors son attention. Il s'arrêta devant un plant en fleurs, et dans un geste presque inconscient, il en détacha une, la faisant tourner du bout des doigts.

Quand il la rejoignit à l'intérieur, elle était déjà absorbée par le préparatif du dîner. Debout devant un wok, sa serviette de bain enroulée autour d'elle, ses cheveux encore humides collant légèrement à sa nuque, elle dégageait une simplicité désarmante.
Et pourtant, cette image, aussi anodine soit-elle, troubla Seth bien plus qu'il n'osait l'admettre. Il était déroutant de voir Erin leur élaborer un repas, lui qui, sans sa mère pour lui rappeler de faire un effort, s'était contenté trop longtemps de sandwich et autres variantes de plats faciles à réchauffer.

Soudain, la jeune femme le surprit en déposant un baiser léger sur sa joue, un frôlement délicat avant de le pousser d'un coup de coude pour libérer de l'espace sur le plan de travail. Il sourit, absorbant la chaleur de l'instant, la douceur de la cuisine se mêlant à celle qui grandissait en lui à chaque regard, à chaque geste tendre.

— «Crème, poivron, curry et lait de coco?» énuméra-t-il, un grain d'espièglerie aux lèvres, devinant presque la recette à l'odeur envoûtante qui se répandait dans l'air. Il haussa un sourcil, intrigué par cette combinaison inattendue, mais l'arôme alléchant lui donnait déjà l'eau à la bouche. «Je meurs de faim… encore plus maintenant.»

Tandis qu'elle surveillait la cuisson, Seth contourna doucement le comptoir pour la rejoindre, glissant ses bras autour de sa taille, effleurant sa peau tiède sous la serviette qu'elle n'avait pas retirée. Erin rit, se tortillant pour échapper à ses mains, mais sans réelle volonté de fuir. D'un geste taquin, elle posa la cuillère en bois sur le bout de son nez, comme pour l'éloigner.

— «Ah, bah bravo, quel gâchis!» fit-elle, feignant une désapprobation exagérée.

Elle se retourna alors vers lui, et dans un échange de regards complices, il la souleva légèrement, la trônant sans effort sur le plan de travail. Elle goûta le plat et, dans un éclat de malice, lui mit une nouvelle touche de sauce sur les lèvres.

Seth esquissa un sourire, mais il était bien trop conscient de la proximité d'Erin, de la chaleur de son corps contre le sien. Chaque geste, chaque attention amplifiait cette tension latente, ce fil invisible vibrant entre eux. Il effleura la courbe délicate de son cou du bout des lèvres, sentant son souffle s'accélérer sous le contact. Il mobilisa toute sa volonté pour ne pas se laisser emporter. Chaque frisson contre sa peau était une subtile provocation, un rappel de tout ce qu'il souhaitait ardemment.

Il posa doucement son front contre le sien, cherchant un point d'ancrage dans ce tourbillon d'émotions. Son souffle s'échappa en un murmure discret, presque tremblant, alors qu'il luttait pour retrouver son équilibre. Elle avait ce don de le désarmer, de troubler ses certitudes d'un simple sourire, d'un geste à la fois innocent et terriblement calculé.

— « Allez, va mettre des vêtements propres, je m'occupe des pâtes. »
— « Oh… »

Elle ne cachait qu'à peine sa déception, une moue attachante se dessinant sur son visage. Il caressa doucement sa joue, son regard ancré dans le sien. Dans ses iris azurés, il lisait une tendresse qui faisait vaciller sa détermination, mais il s'efforça de garder le contrôle, de ne pas céder à la tentation qu'elle incarnait.

— « Ce n'est pas l'heure du dessert, alors tu grimpes », expliqua-t-il, ses prunelles brillant d'une lueur taquine, même si ses lèvres trahissaient une certaine tension.

Elle lui donna une tape légère, secouant la tête avec un sourire, un éclat de rouge colorant ses joues. Puis, glissant du plan de travail, elle saisit une louche et remua le plat une dernière fois avant de monter à l'étage. Au bas des marches, elle le nargua en laissant tomber sa serviette, et il ne put s'empêcher de la suivre des yeux, un soupir amusé échappant de sa gorge, bien qu'il serre inconsciemment les poings sur le plan de travail.

Seth chassa ses pensées et se concentra sur la table, la dressant avec minutie. Satisfait de sa présentation, il tira un petit sachet kraft d'un tiroir du salon pour le glisser sous l'assiette d'Erin. Il avait pris soin de commander ce bijou spécial la veille même, récupéré discrètement par le Marshal lors de sa ronde, qui n'avait pas manqué de lui adresser un regard entendu. S'il avait d'abord pensé que Gabriel était un homme froid et sûr de lui, il avait rapidement compris son attachement pour Sarah ainsi qu'Erin, dont les liens dépassaient le cadre professionnel. Recevoir ce sachet kraft des mains de l'agent lui avait presque semblé aussi important que si cela venait d'un père.

Alors qu'il remuait de temps en temps le plat, il fut surpris par sa voix provenant de l'étage.

— « Tu n'as pas mangé avant moi, hein ? » lança-t-elle, taquine.

Erin descendait les marches, sa silhouette sublimée par une légère robe d'été qui flottait autour d'elle avec une simplicité élégante. En avançant vers lui, elle gardait un œil discret sur la cuisson de la sauce, vérifiant chaque cuillerée qu'il prenait, comme si rien ne devait lui échapper.

— « J'ai juste rajouté un peu de sel. »

Il dévia son attention de la casserole précisément pour la taquiner, savourant l'air outré qu'elle allait sans nul doute afficher. Mais avant qu'elle ne proteste, il glissa en douceur la fleur qu'il avait cueillie plus tôt derrière son oreille, captant aussitôt le rougissement qui se répandit sur ses pommettes alors qu'elle détournait le regard.

Elle effleura le présent de ses doigts, tandis qu'elle murmurait quelques mots inaudibles. Alors qu'elle prenait place à côté de lui, Seth rapprocha sa chaise de la sienne, désireux de garder sa chaleur près de lui. Leurs jambes se frôlèrent dans un contact à la fois familier et intensément nouveau, chaque frémissement de peau envoyant des ondes électriques entre eux. Le repas, embaumant la pièce de ses arômes savoureux, n'avait jamais semblé aussi appétissant. Dès qu'il prit sa première bouchée, il dut admettre que c'était un pur délice. Associé à la limonade qu'elle avait préparée avec soin un peu plus tôt dans l'après-midi, le dîner était véritablement exquis.

— « Erin, tu vas devoir m'avouer s'il y a un domaine dans lequel tu n'excelles pas. Parce que, pour l'instant, je n'en trouve pas. »

Sous ses compliments, Seth restait prudent, cédant ses mots naturellement, mais teintés d'une admiration sincère. Erin, touchée, laissa échapper une expression tendre, puis répondit, sa voix adoucie par une pointe de nostalgie.

— «C'était la recette préférée de mon père.» Elle continua de manger tranquillement, balançant négligemment sa fourchette, mais un éclat brillant traversa ses yeux, une émotion que son sourire effaçait à peine. «Je suis contente que tu aimes. J'ai mis du temps à la reproduire, tu n'imagines pas à quel point Gabriel a failli craquer une fois. Il m'a supplié de réchauffer des raviolis à la place.»

Elle le désarçonnait à nouveau par la simplicité de ses confidences et la profondeur qui s'y cachait. Seth savourait non seulement le dîner, mais aussi cette intimité croissante qui s'épanouissait entre eux. En quelques jours à peine, ils avaient atteint un accord naturel, où chaque geste et chaque envie se synchronisaient enfin. Comme la veille, où il l'avait attirée par la taille pour danser ensemble, ou l'autre soir, où il avait tourné la page du livre qu'elle lui lisait, installée dans le salon. Dans cette harmonie subtile, il apprenait à la connaître, à accepter les fragments de son passé qu'elle lui confiait, dans une vulnérabilité qui le touchait au plus haut point.

— «Si tu veux, je t'inscrirai à des cours de cuisine», proposa-t-il avec une lueur amusée dans les yeux, le regard pétillant d'espièglerie.
— «Et toi, tu feras quoi en attendant?» répliqua-t-elle, faussement indignée, les bras croisés pour accentuer son jeu.
— «Commander de nouveaux extincteurs», rétorqua-t-il, un sourire en coin. «La dernière fois que j'ai tenté de préparer un petit déjeuné…»

Elle étouffa un rire, secouant la tête tout en continuant de manger. Malgré la vivacité de l'instant, Seth discerna des éclats d'hésitation dans ses yeux, ces regards furtifs qu'elle lui lançait de temps à autre, comme si une question brûlait sur ses lèvres. Ces moments survenaient souvent lorsqu'elle évoquait le souvenir de ses parents, et il sentait clairement qu'elle ignorait comment aborder celui de son père, dont aucune photo n'ornait la maison. Un soupir léger lui échappa, la sachant bien trop respectueuse pour oser mettre les pieds dans le plat. Sa jambe effleura de nouveau la sienne, et ce simple contact sembla adoucir l'air, l'invitant à briser ce silence entre eux.

— « Il est parti quand j'avais dix ans. »

Les mots se frayèrent un chemin hors de sa bouche, presque sans qu'il s'y attende. Il n'avait jamais évoqué son père, sauf avec Keir, sans avoir besoin de se justifier quoi que ce soit. Une étrange légèreté s'empara de lui en prononçant ces mots à voix haute, comme si la présence d'Erin lui permettait enfin de poser ce poids qu'il traînait depuis des années.

— « Du jour au lendemain, il nous a quittés. Il est parti de Brooklyn, sans nous laisser un moyen de le contacter. » Sa voix s'éteignit un peu, rauque, en poursuivant : « Déjà petit, je le voyais que rarement. Son travail était prenant, du moins, c'était ce que je croyais. Jusqu'à ce qu'on apprenne qu'on était sa double vie et qu'il préférait la première. »

Erin s'éloigna légèrement de son assiette, posant sa fourchette à côté, son regard s'ouvrant sur lui avec une empathie paisible, une compréhension qui ne réclamait rien, mais qui était là. Elle faufila sa main dans la sienne, et Seth, saisi par ce geste, entrelaça instinctivement leurs doigts, ressentant la chaleur qui les enveloppait. Cette étreinte apaisa une partie de son passé, calmant cette sensation qu'il trimbalait depuis si longtemps.

— « Tu n'as plus eu de ses nouvelles ? » demanda Erin, sa voix réduisant le silence qui s'était installé entre eux.
— « Non. »

Elle hocha subtilement de la tête, son regard glissant sur les tatouages qui marquaient la peau de Seth. Il n'avait pourtant pas songé à paraître aussi brut, et il caressa doucement le dos de sa main, comme pour s'excuser, comprenant son désir de saisir les fragments de ce silence qu'il portait à propos de son père absent.

— «Je n'ai jamais voulu en avoir en fait», avoua-t-il en se détendant à son contact, se libérant d'un souvenir qu'il avait enfoui. «Enfin, je sais qu'il est en vie quelque part, et qu'il a fondé une famille après le divorce. Il a essayé de me contacter une fois mais j'ai ignoré. Je n'avais pas l'intention de garder un lien dénué de sens.»

Il marqua une pause, son regard se perdant sur les grains de beauté qui parsemaient la peau d'Erin. Les réminiscences du départ de son père resurgirent, de cette époque où sa mère, malgré la trahison, s'efforçait de rester forte et digne. Alors que lui était envahi par la déception et la colère, elle avait tout fait pour lui offrir un cadre stable, des repères immuables, comme une armure contre le chaos.

C'était elle qui lui avait tendu ses premiers papiers graphites, ses premiers crayons professionnels. Elle l'avait encouragé à faire du sport, à multiplier les exutoires pour avancer la tête haute. Loin de l'appartement miteux de Brooklyn, elle l'avait emporté dans son ascension. Pourtant, malgré les années, certains aspects n'avaient pas changé : les sourires échangés au petit matin, l'odeur du café flottant dans l'air, comme une routine rassurante, une preuve qu'ils avaient traversé tout cela ensemble.

Il inspira profondément avant de reprendre d'une voix posée, jouant un peu de sa fourchette.

— «C'est ma mère qui s'est battue pour maintenir notre vie à flot.» Un soupir échappa à ses lèvres, et il releva les yeux, un éclair de fierté adoucissant ses traits. «On a quitté Brooklyn quelques mois plus tard, dès qu'elle a obtenu son poste d'ambassadrice ici.»

Une expression attendrie effleura son visage à la pensée de celle qui s'était affrontée à tous les préjugés pour eux. Il éprouvait pour elle une admiration sans bornes, une profonde reconnaissance pour sa force inébranlable et sa détermination à leur offrir une vie meilleure, malgré les mésaventures. Les débuts avaient été difficiles, marqués par des plaies qui avaient mis du temps à se refermer, mais les années avaient fini par adoucir les blessures. Elle n'avait jamais cherché à se réengager dans une relation de couple, concentrant toute son énergie sur sa carrière et leur lien mère-fils. Elle s'était efforcée de le combler, veillant à ce qu'il ne ressente jamais l'absence d'un père.

— «Elle est vraiment admirable. Je comprends maintenant d'où vient ta force.»

Les mots d'Erin, empreints de douceur et de reconnaissance, le touchèrent bien plus qu'il ne pouvait l'admettre. Il releva les yeux vers elle, se sentant vulnérable sous son regard. Il tendit la main pour caresser affectueusement la ligne de sa mâchoire, appréciant ce calme qui s'était installé entre eux. Face à elle, il oublia presque la pièce qui les entourait, le bruit du monde extérieur se dissipant sous le poids de l'intimité qui les enveloppait. Chaque éclat de vie d'Erin était un cadeau, chacun de ses soupirs tendres un apaisement.

D'un mouvement délicat, il s'approcha d'elle et lui vola un baiser, un instant léger, mais chargé d'une chaleur réconfortante. Déconcertée, elle bafouilla timidement, détournant le regard. Seth ne put s'empêcher d'esquisser un sourire, ravi de pouvoir la troubler d'un simple geste, tandis que lui, de son côté, devenait fiévreux sous l'effet de ce contact.

— «Mais tu ne me feras pas manquer mon défi remporté haut la main dans la piscine», souffla-t-elle en reprenant contenance, une étincelle malicieuse dans ses yeux.

— «C'est vrai. D'ailleurs, tu étais si occupée à tricher que tu as oublié de me dire ce que tu gagnais.»

Un silence s'installa, puis il vit son visage se figer, une prise de conscience se dessinant sur ses traits. Elle n'avait en réalité rien prévu. Fronçant les sourcils, elle adopta une expression boudeuse, croisant les bras dans une moue enfantine. Seth éclata de rire, savourant cette facette espiègle qu'elle affichait sans complexe.

— «Glace au chocolat?»

À cette simple suggestion de sa part, ses yeux s'illuminèrent, et elle se redressa, avalant les dernières bouchées de son plat avec hâte. Amusé, Seth secoua la tête et, il la débarrassa, l'observant du coin de l'œil alors qu'elle remarquait enfin le petit sachet kraft déposé sous son assiette. Son sourire s'évanouit, laissant place à une expression à la fois douce et intriguée. Elle effleura le paquet avec des gestes hésitants, comme si elle se préparait à découvrir un trésor précieux. Seth la regardait, fasciné par cette délicatesse qui émanait d'elle. Elle était tout aussi belle dans son sérieux que dans ses éclats de rire.

— « Qu'est-ce que c'est ? »

Elle murmura, examinant la surprise d'un air perplexe, ses yeux plissés de curiosité. Elle ne comprenait pas encore ce qu'il pouvait contenir.

— « Tu n'as qu'à ouvrir. »

Seth venait de finir de ranger le dernier couvert dans le lave-vaisselle lorsqu'il chercha une coupe de glace dans les armoires. Face à lui, Erin déplia lentement le sachet qu'il lui avait donné. Dans sa paume, elle laissa glisser une fine chaîne en or, légère et discrète, d'une élégance presque intemporelle. Elle resta immobile un instant, le regard fixé sur le cadeau, absorbée par le reflet doré qui se balançait dans sa main. Ses doigts effleurèrent le métal, tandis que ses yeux brillaient d'une émotion intense, presque étouffée.

— « Je me disais que tu voudrais peut-être y accrocher le médaillon. »

Erin hocha en douceur la tête, sans prononcer un mot. Elle se leva, prenant délicatement le précieux pendentif pour retirer l'ancienne chaîne brisée. Il n'avait pas osé lui demander comment ce souvenir s'était cassé, devinant que sa fuite des dernières semaines avait déjà été éprouvante pour être une raison à elle seule. Il avait simplement eu l'humble volonté de la raccrocher à ce repère qui ne quittait pas ses poches.

Ses gestes étaient empreints de la même minutie que lorsqu'elle s'était agenouillée pour soigner ses blessures sur le trottoir. Elle glissa la nouvelle chaîne, ajustant le bijou avec une précision instinctive. S'il avait eu des doutes sur le choix de ce cadeau, il lui suffisait de croiser ses prunelles pour comprendre combien ce geste la touchait profondément. Puis, dans un sourire à peine esquissé, elle le lui tendit, son regard brillant d'un éclat chaleureux.

— « Tu veux bien… ? »

Il sentit sa gorge se nouer, le souffle court face à ce moment chargé de symbolisme. Il s'en saisit délicatement, et il se rapprocha alors qu'elle relevait lentement ses cheveux, dévoilant sa nuque. Son parfum de cerise flottait entre eux tandis que Seth glissait la chaîne autour de son cou, ses mains s'attardant un peu trop longtemps sur ses épaules, comme pour graver cet instant. Elle porta le médaillon entre ses doigts, serrant l'objet précieux contre elle durant quelques secondes, sans encore lever les yeux vers lui.

— « Si tu savais comme… »

Erin n'eut pas l'occasion de terminer sa phrase ; à cet instant précis, une vibration soudaine fit grésiller les lumières avant que la maison ne sombre dans l'obscurité totale dans un claquement sec. La nuit, déjà bien avancée, leur renvoyait un silence pesant, amplifiant les battements de son cœur. Il fronça les sourcils, passant machinalement la main sur l'interrupteur, mais rien ne se produisit. Les pannes étaient rares ici, pensa-t-il, se remémorant le seul incident notable : les incendies de cet été qui avaient brièvement perturbé le réseau. En temps normal, le générateur aurait pris le relais, mais, cette fois, il ne put ressentir qu'une légère pression.

— « Seth ? » Sa voix était à peine un murmure, teintée d'inquiétude.
— « Le disjoncteur est dans l'entrée, je vais voir. »

Il lui avait répondu calmement, cherchant à la rassurer, mais il sentait la nervosité dans ses propres mots. Mais il s'était saisi de son bras en un instant pour l'attirer vers lui, tâtonnant dans l'obscurité, sans lampe à portée de main. L'inquiétude qu'il avait perçue dans son timbre l'incitait à ne pas la laisser derrière lui, à ne pas céder à la panique. Avançant prudemment, connaissant l'emplacement des meubles du salon même dans le noir, il sentait la tension d'Erin, palpable entre ses doigts, son corps désormais attentif à chaque bruit, chaque craquement.

En pivotant la tête vers elle, il remarqua, par-delà les fenêtres donnant sur la cour, que les lumières des maisons voisines restaient allumées, sauf la sienne - et surtout de l'Ambassade - ce qui le poussa à s'arrêter, envahi par le doute. Pourquoi ? Il ne voyait plus aucun Marines à l'extérieur. Le silence devint alors encore plus oppressant, comme l'indice d'un danger imminent, jusqu'à ce qu'un mouvement dans l'obscurité attira son regard.

— « Attention ! »

Erin le tira en arrière, consciente que la situation tournait au désastre. Elle le précipita en direction du jardin, mais ce fut trop tard : une détonation sourde retentit, suivie d'une volée de coups de feu qui brisèrent les vitres, puis les murs, les éclats de verre se dispersant en fragments acérés dans la pièce. Seth sentit la panique envahir chaque battement de son cœur, réalisant soudain qu'ils étaient vulnérables dans cette maison censée les protéger. Il plongea derrière le canapé, entraînant Erin avec lui en rampant vers le comptoir de la cuisine, déterminé à la défendre et à faire de lui un rempart contre l'intrusion.

— « Ils sont là ! » rugit une voix d'homme dans la pénombre, avec un timbre espagnol parfait, résonnant comme une sentence de mort.

Les bruits de pas s'intensifièrent, lourds et menaçants, tandis que les assaillants enfonçaient la porte d'entrée, renversant les meubles sur leur passage. Il n'avait même pas besoin de se pencher par-dessus le plan de travail pour savoir qu'ils avançaient droit sur eux. L'adrénaline pulsait dans ses veines alors qu'il agrippa le bras d'Erin, qui cherchait déjà une issue, tendant la main vers les couteaux de cuisine, prête à défendre leur vie. À peine effleura-t-elle une lame qu'une rafale de tirs explosa au-dessus d'eux, les forçant à se recroqueviller, des morceaux de carrelages éclatant autour d'eux.

— «Il n'y a que deux solutions, et dans les deux cas, vous repartez avec nous!» tonna un autre homme, sa voix teintée de menace.

Seth serra la main d'Erin, réalisant que de nombreux individus avaient réussi à percer les défenses de l'ambassade. Accroupis, ils étaient coincés au rez-de-chaussée, mais il ne put s'empêcher de jeter un coup d'œil à travers les pieds des tabourets. L'entrée était bien gardée, et leur seule chance de fuite était par la baie vitrée, à condition d'éviter d'être canardés entre temps. Mais où étaient les Marines, Gabriel ou même Sarah?

Mais, silencieusement, Erin avait déjà pris les devants. Avec des gestes rapides, elle lui indiqua qu'ils pouvaient s'échapper par l'escalier. Ils pourraient s'éclipser derrière les nombreuses fenêtres de l'étage. Il lui faisait confiance, la voie était probablement vide. D'un regard furtif, elle balaya la pièce, évaluant chaque recoin, chaque ombre. Puis, sans aucune hésitation, elle saisit la cruche de limonade restée là, intacte sur le comptoir. Son souffle était calme, son mouvement précis. Dans un élan mesuré, elle la lança en direction de la bibliothèque. Le verre éclata contre le bois massif dans un fracas cristallin, le liquide doré se répandant sur le sol.

Un silence suspendu précéda le chaos. Les hommes se tournèrent instinctivement vers le bruit, offrant à Erin et lui l'ouverture dont ils avaient besoin. Sa détermination illuminait son visage, une lueur d'adrénaline dans son regard. Sans attendre, elle l'empoigna et l'emporta avec elle vers l'escalier, le cœur battant.

Mais alors qu'elle l'entraînait vers les premières marches, les faisceaux de lampes les éclairèrent brutalement, révélant la peur et la résilience dans leurs yeux.

— « Cours ! »

Sans réfléchir, Seth poussa la jeune femme devant lui, la rattrapant alors qu'elle glissait. À sa plus grande horreur, il la vit tomber, un homme ayant saisi sa cheville et la faisant basculer en arrière, un cri de panique sur ses lèvres. Il entendit distinctement le déclic de plusieurs armes près de ses oreilles, sentant un de leur canon s'enfoncer dans son flanc. En même temps, il percevait Erin à quelques mètres, se débattant dans les bras de son agresseur, dérapant sur les éclats de verre éparpillés au sol. Il tenta de lutter, cherchant à la rejoindre alors qu'on le tirait sans ménagement vers la baie éventrée. Il entendait son cœur battre violemment dans sa poitrine.

Et dans un ultime acte de bravoure, elle cria d'une voix forte dans la maison :
— « Je viens avec vous, mais laissez-le, s'il vous plaît ! »

L'un d'eux ricana sans vergogne tandis qu'il serrait la nuque de Seth d'une main, le forçant à se plier sous la pression.

— « Tu rêves », siffla un des hommes, chaque mot retentissant comme une condamnation.

On l'obligea à s'agenouiller près de la terrasse, le bruit de l'eau de la piscine résonnant à ses oreilles, ajoutant une touche presque surréaliste à la situation. Avant qu'il ne puisse réagir, un coup brutal à l'arrière de son crâne l'envoya au sol. Le dernier son qui lui parvint fut le cri effrayé d'Erin qui se débattait, puis le noir complet l'engloutit.

Et si c'était ça, la fin ?

CHAPITRE

15

Running up at hill

« Je n'imaginais pas replonger dans l'obscurité si rapidement. Tout ce que je voulais, c'était me réveiller près d'elle, comme ces derniers jours, sans qu'ils ne soient les derniers tout court. »

- Seth

18 Août

    Clignant des yeux avec difficulté, Seth émergea lentement d'un brouillard oppressant, sa tête battant douloureusement d'un côté à l'autre. Il tenta de bouger, mais son corps, entravé, resta figé sur ce qui semblait être une chaise, les poings fermement liés en l'arrière. Le froid glacial d'un sol dur et humide lui mordait les pieds nus, la première sensation nette dans cet état engourdi. Lorsqu'il parvint à se concentrer, il distingua les contours d'une petite pièce métallique, étroite et sombre - un conteneur ou un entrepôt désaffecté, dont les parois fines résonnaient sous le martèlement irrégulier du vent.

    Ses paupières tressaillirent, luttant pour retrouver sa vue brouillée, et il sentit un mince filet de sang séché sur ses tempes lui coller à la peau. D'un geste maladroit, il secoua la tête, tentant de chasser la torpeur. C'est alors qu'il entendit des pas s'approcher, lourds et déterminés, perçant l'obscurité. Un homme était avec lui et alluma brusquement une ampoule vacillante qui jeta un halo blafard au centre de la pièce. Il retint un hoquet, le cœur serré, en découvrant Erin assise face à lui, ligotée, la tête inclinée, visiblement encore sonnée. *Non, pas elle, pas après tout ce qu'elle avait traversé*, pensa-t-il en se sentant impuissant.

    La lumière crue tranchait son profil, révélant ses cheveux en désordre qui cascadaient sur son visage. Toute trace de leur légèreté récente avait disparu, balayée par cette scène oppressante qui l'enfermait dans une peur intense.

Leur fragile bulle venait d'éclater.

Il analysa discrètement la pièce, repérant deux hommes dissimulés dans l'ombre, postés en silence comme des gardiens impassibles. Tentant de ne pas attirer l'attention, il glissa son regard de l'un à l'autre, espérant capter un détail utile. Des rangements s'étalaient sur les murs, et des outils typiques d'une simple cabane de jardin traînaient ici et là, mais rien qui ne puisse l'aider à sortir de ce cauchemar. Son optimisme fut bientôt écrasé : l'un des individus le fixa tout à coup, s'avançant pourtant vers Erin avec un rictus cruel.

D'un mouvement brutal, il projeta son pied contre la chaise de la jeune femme, la faisant basculer violemment contre le sol. Un hurlement échappa à Seth, son cri déchirant l'air alors qu'il se débattait contre ses liens, son corps entier luttant pour la rejoindre.

— « *La ferme ! La ferme ou je t'en colle une de nouveau !* » siffla l'homme, sa voix rauque résonnante et tranchant en espagnol.

Seth reconnut le ton menaçant d'un de ceux qui avaient fait irruption dans son salon un peu plus tôt. Depuis combien de temps étaient-ils ici ? L'angoisse lui noua le ventre alors qu'il voyait Erin, visiblement désorientée, gesticuler au sol, la respiration saccadée, toujours attachée à sa chaise. Une question tourna dans son esprit : pourquoi ce type lui parlait-il en espagnol ? Était-ce lui, et non Erin, la cible ? Les possibilités le terrifiaient, l'idée que cet affrontement soit plus personnel qu'un simple vol ou un chantage. Alvarez aurait envoyé autant de sbires pour une seule femme ? Cette possibilité lui glaça le sang.

Après d'interminables secondes, l'homme grogna en direction d'Erin, s'approchant pour la relever sans le moindre ménagement. Il la redressa, faisant osciller sa chaise dangereusement. Elle secoua la tête, quelques mèches s'échappant et collant à son visage marqué d'un filet de liquide écarlate. Il retint son souffle en voyant son arcade sourcilière ouverte, le rouge vif contrastant avec sa peau pâle au possible.

— « Seth, *todo está bien.* »

Il se figea, surpris, tandis qu'elle chuchotait dans un espagnol parfait, ses mots filtrés par une voix tremblante, mais déterminée. *'Tout va bien,'* disait-elle, mais Seth sentait la panique à peine voilée dans son ton cassé, une tentative désespérée qui se battait contre la réalité. Mais son regard glissa malgré lui vers l'homme qui ricana, savourant la scène comme un drame tragique, avant de lever la main et de gifler violemment Erin. Son rire résonna sinistrement dans le conteneur, tel un avertissement macabre.

— « Fermez-là tous les deux ou je l'attends pas pour vous tuer ! »

Le cœur de Seth battait à tout rompre, mêlant rage et angoisse dans un tumulte déchaîné. De qui parlait-il ? Une porte métallique s'ouvrit soudain dans l'ombre, libérant un grincement strident qui lacéra le silence oppressant. Une silhouette massive apparut dans l'encadrement, noyée dans l'obscurité. L'homme avançait lentement, chaque pas résonnant sur le sol poussiéreux, comme le martèlement d'un compte à rebours funeste. Les individus autour d'eux reculèrent presque à l'unisson, comme si une force invisible les obligeait à céder le passage.

Seth, figé, baissa instinctivement le regard, mais une impulsion irrépressible le poussa à observer, même du coin de l'œil. Il scruta la personne qui s'approchait d'Erin, sa mâchoire se crispant à mesure que la silhouette se précisait. Une barbe épaisse et mal entretenue couvrait le bas de son visage, tandis que ses yeux sombres et pénétrants brillaient d'une lueur prédatrice. Il n'avait pas l'impression de l'avoir aperçu dans sa maison lorsqu'ils avaient été enlevés.

L'homme s'arrêta à quelques centimètres d'Erin. Sans un mot, il lui agrippa brutalement le menton, ses doigts calleux s'enfonçant dans sa peau délicate. Elle laissa échapper un gémissement involontaire, et sa tête fut forcée à se relever, exposant un regard tremblant entre défiance et terreur. Puis l'individu se mit à murmurer, trop bas pour qu'il l'entende et il vit Erin blêmir. La lumière vacillante d'un néon révélait les tatouages serpentants sur avant-bras de l'homme - des crânes, des lames, des symboles énigmatiques - et surtout, la crosse d'une arme dépassant de sa ceinture, ajoutant une menace palpable à sa présence.

Il sentit son cœur s'emballer, une vague de chaleur foudroyante lui montant à la tête. La peur glaciale se mêlait à une rage qu'il peinait à contenir. Ses poings se serrèrent malgré lui, les ongles s'enfonçant dans ses paumes jusqu'à lui faire mal. Il savait qu'un geste précipité pourrait leur coûter cher, mais la vue d'Erin, vulnérable sous l'emprise de cet inconnu, le consumait de l'intérieur. Puis, l'homme tourna des talons vers lui, relâchant violemment sa prise sur la jeune femme.

— «Je disais que je la remerciais de m'avoir ramené le fils Guerrero. Un cadeau aussi précieux… Seul, je n'aurais pas pu l'obtenir. C'est une réelle aubaine. Elle m'est encore utile, cette petite finalement.»

L'accent espagnol traînait, imprégné d'une arrogance mordante. Puis, il détourna son attention vers Seth, qui ressentit une nausée spontanée monter en lui.

— «Seth, ce n'est pas…»

D'un geste menaçant, l'individu leva la main dans un élan de violence. Erin sursauta, se recroquevillant instinctivement tandis qu'il se retenait, maintenant son poing en l'air un instant. Le corps de la jeune femme dénotait toute la crainte qu'elle éprouvait envers cet homme. Si une pointe de doute avait envahi Seth auparavant, tout indiquait à présent qu'il faisait face à Alvarez, le chef du cartel pour lequel elle avait tout mis en œuvre depuis trois ans afin de l'envoyer en prison.

— «Pourquoi moi?» grogna-t-il, sa voix trahissant une colère contenue, cherchant désespérément une logique dans cet enfer.
— «Oh, elle ne t'a rien dit?»

L'homme éclata d'un rire guttural et sinistre, un son qui résonna comme un écho morbide entre les cloisons métalliques du container. Son regard glissa ensuite vers Erin, brillant d'une malveillance glaciale.

— « *Chica*, ça ne m'étonne pas. Toujours des secrets, n'est-ce pas, Molly ? Ou devrais-je dire... Erin Atkins ? Je te préférais en brune d'ailleurs dommage. »

Malgré le hurlement du vent contre les parois du conteneur, Seth entendit parfaitement ce nom de famille, un détail qu'Erin avait, jusqu'à présent, gardé pour elle, par pudeur ou par précaution. Il n'eut pas besoin de plus qu'un coup d'œil au visage blême de la jeune femme pour comprendre qu'Alvarez connaissait tout à son propos.
En repassant sa vraie identité dans son esprit, il s'arrêta brutalement de respirer. Ses pensées s'entrechoquaient alors qu'il relevait la tête vers Alvarez, la peur viscérale que cet homme leur inspirait l'envahissant. Son regard fiévreux et son rire grinçant exhalaient la folie. Seth n'eut aucun mal à deviner qu'il était sous l'emprise de quelques substances, ce qui le rendrait imprévisible et bien plus dangereux.

— « Je suis celui qui règne sur les bas-fonds vénézuéliens ici, et dans quelques heures, je l'y traînerai pour en faire un exemple. Quant à toi... »

D'un geste fluide, Alvarez dégaina son arme et la braqua sur Seth, ses yeux perçants l'ancrant sur la chaise. Pourtant, tout ce qu'il percevait encore, c'était le nom d'Erin, résonnant en lui comme un écho, vibrant dans chaque fibre de son être.

— « Toi, tu vas nous servir de monnaie d'échange et je rentrerais libre. Avec elle, mais libre. »

Un rictus froid se dessina sur son visage tandis qu'il faisait brusquement pivoter le bout de son canon vers Erin. La main de l'homme trembla pendant une fraction de seconde, mais ce fut suffisant pour que Seth sente un tressaillement lui parcourir l'échine.

— « Et crois-moi, si tu ne suis pas mes instructions, petit, je ferai en sorte qu'elle revoie enfin son père. Là, tout de suite. »

Il appuya sa menace d'un sourire carnassier, dévoilant des dents jaunies par le temps et les excès. Un frisson d'amusement pervers traversa ses traits, comme s'il savourait le pouvoir qu'il détenait sur eux.

Erin, figée, serrait les poings si fort que ses jointures blanchirent. Sa respiration, courte et irrégulière, trahissait un combat intérieur entre rage et panique. Ses épaules, d'ordinaire droites, s'étaient légèrement voûtées sous le poids des liens, un détail presque imperceptible, mais qui résonna en Seth comme une alarme. Devant elle, l'homme tâtonna sur son téléphone, puis prononça des mots qui dévoilèrent l'horreur de la situation.

— « *Remercie Pratt de ma part. On rentre* », souffla-t-il, un sourire carnassier sur le visage.

Une vague de rage, brute et insidieuse, monta en lui, noyant un instant sa peur. Ses doigts se crispèrent contre ses cuisses, le besoin d'agir le brûlant de l'intérieur. Pourtant, il ne cilla pas. Il planta son regard dans celui d'Alvarez, ancré dans un défi silencieux, refusant de laisser l'angoisse l'éclipser, même avec une arme braquée sur lui.

Mais le canon pointé sur son torse n'était qu'un élément d'une équation bien plus vaste et vicieuse. Il aperçut Erin, de l'autre côté de la pièce, ses pupilles agrandies par une terreur qu'il ne lui avait jamais vue. Elle semblait aussi comprendre que le Sénateur l'avait vendue, probablement durant le Gala où il l'avait reconnu.

Tout s'imbriquait doucement : le cartel les avait capturés avec l'aide de l'homme politique, pistant et finissant par saisir où s'était réfugié la jeune femme. Et Erin était devenue un pion central dans un jeu qui ne nécessitait aucun procès pour sceller son sort. Si elle devait payer pour ce que ces hommes considéraient comme une trahison, lui, n'était qu'un levier supplémentaire, une pièce sacrifiable sur l'échiquier des immunités diplomatiques pour s'en sortir indemne.

Son esprit s'emballa. Les avertissements de Gabriel lui revinrent en mémoire, suivis des mises en garde voilées de sa mère. Comme si elle avait toujours su que l'infiltration d'Erin les mènerait ici, au cœur d'un piège où les alliances et les corruptions s'entremêlaient.

Mais depuis des années, il n'était pas seulement le fils de l'Ambassadrice du Venezuela. Il avait reçu une formation pour gérer ce genre de situation - garder son calme, analyser, réagir sans laisser transparaître ses failles. Pourtant, cette fois-ci, c'était différent. Erin était sous ses yeux, et l'idée qu'elle puisse payer le prix de la moindre maladresse fit vaciller, l'espace d'un instant, cette maîtrise qu'il avait pensé inébranlable. Mais il n'avait pas le droit à l'erreur.

— «Seth, fais-moi confiance.»

Sa voix, pleine d'intensité, perça le chaos. Il leva le regard pour plonger dans les prunelles d'Erin, oubliant le ricanement moqueur de l'homme. Comment pouvait-elle concevoir l'inverse ? Elle, qui avait effacé ses propres ombres pour se fondre dans celles du cartel, parlant l'espagnol avec la fluidité de quelqu'un qui avait renoncé à son intégrité pour survivre. Comment pouvait-elle imaginer qu'il se détournerait d'elle alors… qu'il n'avait cessé de rêver d'elle ?
Elle semblait s'accrocher à lui avec une détermination presque brutale, le suppliant de croire en elle. Et bien qu'elle ne le quittât pas des yeux, il remarqua qu'elle surveillait discrètement les deux hommes qu'elle désignait du regard d'un léger hochement de tête. Seth comprit à ce moment-là qu'elle élaborait de nouveau un plan. Une diversion. Mais cette fois-ci, il pouvait y contribuer. Elle n'avait pas besoin de faire ça seule, ils pouvaient faire ça ensemble.

Il observa Alvarez qui pointait son arme sur lui, jouant avec la crosse comme pour tester sa patience, un sourire narquois se dessinant sur ses lèvres. Seth inspira profondément, refoulant à peine l'instinct primaire qui lui criait d'agir sur-le-champ.

— «Je vais même t'aider à obtenir bien plus que ce que tu veux», murmura Seth, un hochement de tête pour souligner la gravité de ses paroles. «On peut gérer ça ensemble.»

— «Tu dis quoi?» rétorqua Alvarez, oubliant Erin qui, écarquillant les yeux, commençait à comprendre ce qu'il était en train de faire. Des mots qu'il n'avait adressés qu'à elle.

L'homme pencha le visage, son attention glissant un instant tandis qu'il abaissait son arme. Il aperçut Erin par-dessus son épaule, un mouvement imperceptible la secouant, comme un échange silencieux qui l'encourageait.

Et Seth n'hésita pas, comme si c'était le feu vert qu'il attendait. Il se projeta en avant, assénant un coup de tête à Alvarez qui le fit lui-même vaciller. Une déflagration retentit, résonnant sur le métal brut, les échos s'entrechoquant dans l'espace exigu du conteneur. Le cri étouffé de l'homme se mêla au bruit sourd de son corps tombant à terre. Il réalisa, dans un mélange de surprise et de férocité, qu'il avait réussi, malgré les vertiges qui pulsaient à ses tempes.

À travers le tumulte, il vit Erin en mouvement. Elle avait saisi l'occasion, ses liens défaits, se redressant comme une ombre surgissant de la nuit. Avec une force déconcertante, elle brandit sa chaise, la fracassant sur le crâne d'un des gardes qui s'effondra au sol, tandis que le deuxième se retournait vers elle, une lame brillante à la main. Mais Erin n'hésita pas. Elle utilisa le corps inerte pour s'appuyer, projetant ses jambes avec une précision calculée pour verrouiller l'épaule du second homme, sa silhouette serpentant avec une agilité qu'il n'avait jamais vraiment remarquée jusqu'alors.

Seth, le souffle suspendu, observait, fasciné, l'expression implacable d'Erin, la froideur méthodique avec laquelle elle maîtrisait ses ennemis. Quand l'individu s'effondra à son tour au sol, elle s'en dégagea rapidement, repoussant sans cérémonie l'arme de leur agresseur d'un coup de pied avant de courir vers lui, se penchant pour le défaire de ses liens. Il sentit ses poignets se libérer sous ses doigts précis, son regard captivé par l'éclat farouche dans ses yeux.

— « Joli jeu de jambe », souffla-t-il, une pointe d'admiration sincère dans la voix, tentant de forcer le cordage au fur et à mesure qu'elle les desserrait.
— « Joli coup de tête », répondit-elle avec un sourire en coin, sa respiration encore saccadée.

Délivré, il se frotta les mains endolories, tandis que l'adrénaline se dissipait doucement. Instinctivement, son regard se porta sur Erin, qui avançait sans un bruit vers Alvarez, sonné et inerte. Elle hésitait, l'arme sur le bout des doigts, l'index effleurant la gâchette avec une lenteur presque irréelle. Ses yeux étaient emplis d'une rage contenue, mais aussi d'un doute tranchant. Seth, de l'autre côté de la pièce, la fixait, son cœur battant plus fort à chaque seconde de silence. Il pouvait sentir cette énergie autour d'eux le glacer jusqu'au fond.

Il savait qu'il devait garder son calme, même si un frisson lui parcourut la colonne vertébrale. *Elle ne le fera pas*, se répétait-il, presque comme un mantra. Pourtant, cette pensée n'apaisait pas l'angoisse sourde qui pulsait dans sa poitrine. Il percevait la lueur dans son regard, ce combat qu'elle menait en elle-même. Une lutte entre la vengeance et la justice… et il sentait que l'une des deux finissait par l'emporter, lentement, douloureusement. Il ne savait pas laquelle.
Elle serrait l'arme un peu plus fort, son corps tendu comme une corde prête à craquer. Une goutte de sueur perla à son front, et son souffle se faisait plus court, plus rapide.

— « Erin. »

Le nom qu'il prononça était un murmure, comme s'il voulait la sortir de cette transe sombre. Il l'avait appelée, juste assez fort pour briser le silence lourd de la pièce, mais pas trop pour ne pas raviver la rage qui l'étouffait. Elle s'était alors figée, le simple son de sa voix suffisait à l'ancrer à la réalité. Puis, lentement, elle détourna son attention d'Alvarez, inerte pour un petit moment, le voile couvrant ainsi son obsession de la vengeance.

Elle secoua brièvement la tête, son regard se recentrant. Sans un mot, elle se joignit à lui, ses gestes mécaniques, mais décidés.
D'un mouvement instinctif, elle récupéra le téléphone et les clés de l'autre sbire, les lançant avec précision dans ses mains. Seth les attrapa, son cœur battant plus fort, mais pas à cause du danger imminent cette fois. Son regard glissa furtivement vers la porte du conteneur, conscient de la tension palpable d'une embuscade en approche, tandis qu'elle attachait les hommes avec les liens qu'ils avaient eus. Mais il la sentait aussi dans l'air, cette fine brise de doute qui suivait l'instant où Erin avait retrouvé sa raison. Elle inspecta le chargeur de l'arme récupérée, son visage marqué par la lassitude d'un combat intérieur qu'il savait épuisant.

— «Pas de réseau, on pourra appeler les Marshals qu'en s'éloignant d'ici.» Elle observait le conteneur jusqu'au plafond, fronçant légèrement les sourcils. «Je t'avoue n'avoir absolument aucune idée de l'endroit où nous sommes.»

Elle prononça ces mots d'une voix si glaciale que l'air semblait se figer autour d'elle, comme si elle maîtrisait non seulement la situation, mais aussi l'atmosphère elle-même. Pourtant, au moment où elle détournait brièvement le regard, une lueur fugace d'incertitude traversa ses yeux, trahissant l'angoisse qu'elle dissimulait sous un masque de froideur. Une lutte intérieure, silencieuse, mais bien présente, qu'il n'avait pas besoin de voir pour deviner. Erin, malgré le sang séché sur sa tempe et la tension évidente dans ses gestes, elle tenait debout.

Ce n'était pas lui qui la sauvait. Non, c'était elle, avec sa poigne ferme et résolue, qui les tirait hors de ce cauchemar. Un frisson de gratitude le traversa, une vague d'admiration mêlée à une inquiétude sourde. Il se redressa lentement, les yeux rivés sur elle, submergés par un mélange contradictoire de reconnaissance et d'une angoisse plus profonde, plus silencieuse, qui se nichait au fond de son être.

— « Erin Atkins. »

Elle leva ses prunelles vers lui, et, pendant un instant, son regard se figea, presque effrayé par la douceur qui s'y trouvait. Un fragment de sa posture se brisa alors, cette façade de dureté s'effritant sous l'intensité de ce qu'elle ressentait, avant qu'un rouge discret ne colore ses joues.

— « Seth... »

Sa main glissa instinctivement dans la sienne, comme si ce geste était une ancre dans l'incertitude qui les entourait. Elle l'effleurait simplement, mais d'une ardeur déstabilisante qui lui disait tout, sans même un mot.

— « Quand on sera loin d'ici, je prendrai le temps », répondit-il, son regard plongé dans le sien. Il n'ajouta rien d'autre, car il savait qu'elle comprendrait.

Elle posa sur lui une attention emplie de bienveillance, un sourire léger malgré l'urgence qui les pressait. Seth ressentait, avec évidence, à quel point elle voulait échapper à cette vie dans laquelle on l'avait piégée.
Entendant les hommes qui semblaient se réveiller de leur torpeur dans l'ombre derrière eux, Seth s'appuya sur la porte métallique, tandis qu'elle observait les alentours par l'entrebâillement. Ils avaient tous deux entrevu un vieux véhicule tout-terrain à quelques mètres d'eux. Il était prêt à se lancer, alors qu'elle hocha la tête en signe d'accord. Ils n'avaient plus le choix : ils devaient fuir. Maintenant.

— « On fonce jusqu'à cette voiture et on appelle les renforts », murmura-t-elle, ses yeux le fixant avec une détermination implacable.

Seth ouvrit le battant, accueillant la morsure glacée du vent qui s'abattit sur eux, comme une main invisible qui les chassait. Le sol dur et rugueux sous leurs pieds nus semblait se dérober à chaque pas, la nature brute se faisant le témoin silencieux de leur évasion. La lueur pâle de la lune perçait l'obscurité, dessinant leur chemin avec une clarté argentée qui rendait chaque silhouette encore plus menaçante, comme si la forêt elle-même les observait. Un frisson glacial parcourut la colonne de Seth à la vue de la densité des arbres devant eux, loin de la civilisation et de tout repère. Sans sentier apparent, ils prendraient un temps fou à regagner du réseau.

Une porte arrière du véhicule était restée ouverte, mais, alors qu'il scrutait le paysage sombre qui les entourait, une vague d'appréhension monta en lui. Erin s'approchait déjà du côté passager, mais le calme n'eut pas l'occasion de s'installer : plusieurs coups de feu résonnèrent dans la nuit, perçant l'air autour d'eux. Les balles sifflèrent, et sans réfléchir, ils se jetèrent sur le capot de la voiture pour se mettre à couvert. Le souffle court, Seth entendit le son strident des pneus se dégonflant sous l'impact, suivi du bruit de l'écoulement d'un liquide sur le sol.
Leur échappatoire s'effritait devant eux.

Erin s'agenouilla à ses côtés, l'arme serrée entre ses mains, déterminée à riposter malgré l'impossibilité d'avoir un angle de tir correct. Seth chercha fébrilement une issue. Autour d'eux, la forêt épaisse étouffait tout espoir de fuite rapide. Le véhicule abîmé n'irait nulle part, et chaque seconde de réflexion semblait leur coûter un temps précieux. Mais il ne tenait aucune promesse en l'air : ils allaient gérer ensemble.

Son regard tomba alors sur une moto à quelques mètres, jusqu'alors cachée par le flanc de la voiture. Il attira l'attention d'Erin d'un léger coup de coude, indiquant le deux-roues. C'était une petite bécane, agile et capable de se faufiler entre les troncs, une chance inespérée au cœur de cette forêt hostile. Elle comprit immédiatement et hocha la tête, un signe d'approbation sans la moindre hésitation.

— « J'ai seulement quatre balles », murmura-t-elle, sa voix tendue, mais d'un calme maîtrisé, trahissant à peine l'angoisse qui perçait sous son contrôle.

— « Je m'occupe de la démarrer. Rejoins-moi dès que tu as une ouverture, mais sois rapide », répondit-il, le cœur battant.

Malgré la douleur et la fatigue qui paraissaient alourdir chaque mouvement, leurs regards se croisèrent. Un éclat de détermination farouche y brillait, partagé, silencieux, mais inébranlable. C'était comme si, malgré tout, ils se soutenaient dans ce moment d'incertitude, leur confiance mutuelle leur donnant la force de continuer.

Le son des tirs s'éloignait à peine - les hommes ne semblaient pas encore rassasiés, animés par la seule volonté de les garder vivants, mais Erin et Seth savaient tous deux que le temps ne jouerait pas en leur faveur. Profitant d'une fraction de seconde où ils entendirent les branches et feuillages craquer sous leurs pas qui se rapprochaient d'eux, il se glissa vers la moto en quittant la carcasse fumante de la voiture. Erin, agile et concentrée, resta en arrière, l'arme prête à faire feu, couvrant ses mouvements tout en scrutant les alentours. Son souffle était court, mais son regard brillait d'une vivacité acérée, chaque muscle tendu dans l'attente.

— « Je vais faire diversion », murmura-t-elle, un éclat de défi dans les yeux.
— « Ne fais pas de folies », lui répondit-il, inquiet.
— « Ça ne risque pas, j'ai plus de limonades. »

Seth sentit l'adrénaline bouillonner en lui, un sourire s'étirant sur ses lèvres grâce à sa répartie, tandis qu'il s'approchait de la moto, espérant que les clés correspondraient. Erin, quant à elle, se déplaça silencieusement près de la portière arrière, ses mouvements calculés et furtifs. Lorsqu'elle lui fit signe qu'il pouvait partir, il tourna le contact. À son soulagement, le moteur s'enclencha avec un grondement rauque, pendant qu'elle tirait deux coups de feu par la vitre du véhicule au même moment, surprenant les hommes et couvrant leur fuite.

Sans attendre, elle accourut vers lui, s'accrochant à sa taille, son souffle court effleurant son cou alors qu'elle lançait un regard rapide par-dessus son épaule. Il n'eut pas besoin de lui demander si elle était prête ; elle avait resserré son bras autour de lui, leur coordination déjà assurée. Une étrange chaleur envahit Seth malgré la morsure glaciale de la nuit et le danger imminent.

Derrière eux, des voix en colère retentirent, annonçant la découverte de leur fuite. Il n'attendit pas une seconde de plus et accéléra, sentant la moto vibrer sous eux alors qu'ils s'élançaient en dérapant à travers la forêt. Les tirs résonnèrent de nouveau, un écho métallique déchirant le silence nocturne, suivi du vrombissement d'une voiture à l'arrière.

Alors qu'ils slalomaient entre les arbres, quelques balles sifflaient autour d'eux sans les atteindre. Il se concentrait sur la route qui se profilait, luttant pour maîtriser l'engin sur le terrain accidenté. Erin, toujours vigilante, répliqua à quelques reprises avec son arme en scrutant les alentours, son regard acéré prêt à repérer toute menace se rapprochant. Il compta deux uniques douilles dans son chargeur ; c'était si peu pour s'en sortir. Mais elle pressa ses bras contre lui, et, dans cette tension palpable, Seth ressentit une étrange force parcourir ses veines, celle qu'ils seraient ensemble, quoi qu'il advienne.

Ils s'enfonçaient de plus en plus profond dans la forêt, où l'obscurité devenait presque oppressante, une toile de ténèbres ponctuée seulement par les rares éclats de lumière filtrant à travers les cimes. La moto dérapa légèrement, ses pneus glissant sur le tapis de racines et de feuilles humides. Seth, les mâchoires serrées, s'obstinait à garder le contrôle, luttant pour maintenir leur équilibre. Il sentait derrière lui l'énergie contenue d'Erin, une présence presque électrique, qui l'ancrait dans la réalité de leur fuite désespérée. Les bruits de moteurs et des hurlements des assaillants crissaient dans l'air, témoignant de la traque et de la ténacité de leurs poursuivants.

Soudain, elle se pencha vers lui, ses lèvres frôlant presque son oreille tandis qu'elle lui parlait d'une voix vibrante, pleine de tension :
— « On ne pourra pas tenir comme ça longtemps… Tu vois un chemin plus dégagé ? »

Il secoua la tête, son regard fixé sur le sentier accidenté qui s'étirait devant eux, sinuant sans fin à travers les ombres. Où les avait-on emmenés, dans quel piège inconnu de cette forêt profonde ? Dans un geste presque instinctif, il effleura brièvement sa main sur la sienne, cherchant à calmer les tremblements qui parcouraient leurs doigts.

Seth sentit une sueur froide glisser dans son dos. Plus ils s'enfonçaient entre les arbres, plus le terrain devenait traître. Il ne pouvait pas se permettre un faux mouvement. Une seule erreur, une seule souche mal anticipée, et ils seraient à la merci d'Alvarez. Son regard balaya frénétiquement leur environnement, jusqu'à ce qu'il aperçoive enfin, sur leur droite, un sentier qui s'ouvrait, semblant un peu moins encombré par la végétation.

— « On prend ce chemin, accroche-toi ! »

Il tourna brusquement, la roue arrière dérapant un instant sur la terre humide avant de retrouver son adhérence. Il serra les dents en frôlant un tronc d'arbre imposant, sentant Erin se coller légèrement plus à lui. Son étreinte autour de sa taille se raffermit, une réponse silencieuse à l'urgence du moment.
Ici, le sol paraissait un peu plus stable. Une chance. Il accéléra, laissant l'air froid siffler contre son visage, son cœur battant au même rythme effréné que le moteur sous eux.

— « Je te tuerai, Atkins ! » hurla Alvarez derrière eux, sa voix déchirant la nuit comme un éclair.

L'instinct de Seth lui criait qu'il ne bluffait pas.
Une nouvelle menace surgit sur leur gauche. Erin, toujours aux

aguets, leva soudain son arme, son regard perçant braqué sur une voiture qui les talonnait dangereusement en parallèle. Le moteur grondait, soulevant poussière et feuilles mortes dans son sillage.

Seth n'eut qu'à tourner la tête pour croiser le visage de leur ravisseur. Un éclat sauvage brillait dans ses yeux injectés de sang, sa mâchoire déformée par une rage incontrôlée. Il ne visait plus. Il allait tirer.

Un frisson glacial s'empara de Seth. Le temps sembla ralentir, chaque détail s'inscrivant avec une clarté brutale. Le reflet métallique du canon pointé sur eux. La crispation des doigts d'Alvarez, prêts à presser la détente. Erin, totalement raide derrière lui, avait une prise ferme sur la crosse de son arme.

Et puis, les coups partirent.

Les détonations déchirèrent l'air, résonnant avec une intensité presque assourdissante dans le calme de la forêt. Un cri étouffé, presque imperceptible, s'échappa de la voiture qui ralentit immédiatement. Seth accéléra aussitôt, ses sens exacerbés par l'ouverture qu'ils venaient d'avoir.

Le seul son qui persistait désormais était celui de la moto, son écho dans la nature se mêlant au souffle court de leurs respirations. Seth pouvait presque entendre le rythme effréné de leurs battements de cœur, pulsant à l'unisson dans une volonté de survie. Ils étaient si proches, tellement proches de s'en sortir enfin, et pourtant, il n'osait s'accrocher à cet espoir de peur d'abaisser sa garde, de risquer l'inimaginable.

Il ne saurait Erin en sécurité que lorsqu'ils auraient rejoint un lieu sûr, loin de la forêt, de cette nuit et de cette vie dangereuse. Cette pensée brûlait dans son esprit, et il se le promettait avec une intensité féroce : il l'y conduirait, quoi qu'il en coûte.

— «Tu l'as eu, Erin… je crois bien que tu l'as eu!» assura-t-il, scrutant les ombres environnantes.

Son tir avait probablement touché Alvarez, et bien qu'il ne baissait pas sa garde, il voulait qu'elle réalise la portée de son geste.

— « Seth... »

Le murmure d'Erin, si doux qu'il semblait braver la nuit, s'échappa dans un souffle fragile. Elle enroula délicatement ses bras autour de lui, une étreinte tremblante. Il ressentit la fatigue pesante qui l'habitait, palpable dans la lenteur de sa respiration et la tension de ses doigts crispés. Ce contact vulnérable le traversa, un poids d'émotions qui resserra sa propre résolution.

Il jeta un rapide coup d'œil vers l'avant, et aperçut enfin un panneau usé par les intempéries, sa silhouette émergeant faiblement dans la pénombre, lui indiquant que la ville tant espérée n'était plus très loin. Se rendant compte qu'ils étaient tout proche d'Howard, Seth prit une profonde respiration, sachant qu'ils auraient bientôt du réseau d'ici peu.

— «On y est presque, *mi Cielo*. Sors le téléphone», murmura-t-il, son ton grave cherchant à masquer l'inquiétude qui sourdait en lui.

Son ciel. Chaque mot était imprégné d'une force farouche, et dans cette certitude qu'ils traverseraient main dans la main le monde entier. Malgré l'adrénaline qui pulsait dans ses veines et ses mains encore tremblantes, il n'aurait reculé en rien.

— «Je t'avais dit qu'on allait gérer ça ensemble», continua-t-il en hochant la tête pour la convaincre, une légèreté dans le timbre de sa voix.

D'un geste protecteur, il glissa son bras sur le sien, la pressant contre lui. Il pouvait sentir le poids de son corps qui se relâchait peu à peu, comme si elle cherchait refuge dans sa force. Elle se reposait sur son dos, et il discernait la chaleur fragile de son souffle, un frémissement qui luttait pour rester régulier, comme une fatigue brutale.

Mais soudain, un tremblement parcourut son échine, et il perçut une moiteur se répandre entre eux, s'insinuant comme une alerte silencieuse. Un liquide glissait doucement, refroidissant vite sur sa peau. Frissonnant d'angoisse, il chercha fébrilement à tâtons le tissu de sa robe, ses doigts agités d'appréhension, rejetant l'idée horrifique qui s'imprégnait dans son esprit.

Sous la lumière blafarde d'un réverbère solitaire, il baissa enfin les yeux, et son souffle se bloqua. Sa main était couverte de sang, une tâche sombre et viscérale qui ne pouvait signifier qu'un seul présage. Son cœur s'emballa, martelant sa poitrine d'une cadence effrénée. Une panique sourde menaçait de l'envahir, mais il refusa de céder. Sa prise sur les poignées de la moto se raffermit, et il se redressa, poussant le moteur dans ses derniers retranchements. Chaque seconde comptait.

— « Ne t'endors pas, d'accord ? »

D'un geste instinctif, il chercha sa main, glissant ses doigts sur les siens. Sa paume était glacée. Il la pressa doucement, espérant qu'elle sentirait cette chaleur, qu'elle s'y accrocherait. Son souffle était léger, presque trop léger. Il se força à ne pas voir à nouveau le sang sur sa peau, à ne pas penser à ce qu'il n'apercevait pas sous sa robe. Seule importait la route devant eux. Seule comptait Erin, encore consciente, encore là.

Un mouvement attira son regard. Erin, luttant contre la pesanteur de ses paupières, fouilla dans sa poche et en sortit le téléphone. D'un geste hésitant, elle le lui tendit. L'écran pâle projetait une lueur tremblante sur son visage fatigué. Seth n'eut pas besoin de poser de questions. Elle voulait qu'il appelle les Marshals.

Il prit l'appareil, une seconde. Une seule. Puis son regard glissa sur la route, puis sur elle, dont le souffle se faisait plus court. Il savait ce que cet appel signifiait : de l'aide, une protection évidente et la certitude qu'Alvarez, au fond de sa forêt, soit enfin arrêté. Mais il comprenait aussi ce que ça allait impliquer : ralentir. Peut-être trop longtemps pour Erin. Il referma le téléphone et l'enfonça dans sa propre poche. Sa mâchoire se serra.

— «On va à l'hôpital.» C'était une assurance que rien ne pouvait briser. «Je reste avec toi. Et tout va bien se passer.»

Il la regarda dans le rétroviseur. Son reflet était trouble sous la lumière tremblante des lampadaires. Juste cinq kilomètres. Cinq kilomètres de plus à parcourir.

— «Je serai là, tout le temps.»
— «Je sais…» murmura-t-elle contre son cou.

Sa prise sur lui était plus faible, mais toujours là, obstinée. Un frisson de soulagement le traversa. Tant qu'elle parlait, aussi longtemps qu'elle s'accrochait, tout était encore possible.
Puis, dans un souffle tremblé, une expression de douceur effleura ses lèvres qu'il aperçut dans le rétroviseur.

— «Je compte bien suivre tes cours de cuisine, ne t'en fais pas,» chuchota-t-elle, déterminée.

Seth sentit son cœur se serrer. Malgré la peur qui lui tordait les entrailles, il ne put s'empêcher d'être rassuré par son sourire.
Ils allaient s'en sortir. Ensemble.

Et s'il ne l'avait pas percuté en moto dès le départ ?

CHAPITRE 16

Over and over again

« Le destin a le don d'être cruel dans son ironie. Une moto pour commencer, une autre pour finir. Peut-être que ce cycle est enfin brisé. Peut-être que, cette fois, j'aspire vraiment à autre chose. J'espère juste que cette vie sera à Ses côtés. »

— Erin

7 Septembre

56

Se réveiller le matin n'était plus une lutte acharnée. Ce poids oppressant, qui autrefois l'écrasait avant même qu'elle ouvre les yeux, semblait s'être allégé. Il y avait encore des ombres, bien sûr, des souvenirs qui s'accrochaient à ses rêves. Mais ce matin, et depuis plus d'une vingtaine de jours, elle ne ressentait plus ce voile d'épuisement constant ni ces deux lettres gravées dans son esprit, lancinantes, qui la poursuivaient dans le silence. Sauf lorsqu'elle ne se réveillait pas avec lui, comme aujourd'hui.

Elle s'étira doucement dans les draps soyeux, savourant cette étrange sensation de répit, jusqu'à ce qu'une tension familière lui rappelle la blessure à sa hanche. Elle laissa échapper un soupir, plus de lassitude que de douleur, avant que son regard ne tombe sur un petit mot posé sur l'oreiller à côté d'elle. L'écriture rapide et faiblement inclinée de Seth trahissait l'empressement avec lequel il l'avait griffonné.

Je mange avec Keir, on se rejoint après ? Une voiture viendra te chercher avec Liv vers 13 h. J'ai hâte de te revoir.
PS : Tu as bavé.

Un sourire effleura ses lèvres, presque malgré elle, mais un léger froncement de sourcils accompagna sa réaction. Il n'avait pas osé ? D'un geste instinctif, elle passa le bout des doigts sur le tissu, fouillant pour une quelconque preuve de cette prétendue bavure. Rien. Elle roula des yeux, une exclamation murmurée fendant l'air. Seth savait si bien jouer avec elle, la déstabiliser en un mot, en une taquinerie innocente. Et le pire, c'est qu'elle marchait à chaque fois.

Un souffle chaud s'épanouit sous sa peau, trahissant la façon dont il arrivait à la toucher même en son absence. Elle pesta doucement contre elle-même avant de repousser les couvertures et de se lever, un frisson la parcourant lorsqu'elle quitta la chaleur du lit. Elle attrapa quelques vêtements confortables, jetant un regard rapide vers le cadran de l'horloge posée sur la commode.

Elle écarquilla les yeux. L'heure tardive.

Elle, qui n'avait jamais été du genre à paresser, avait aujourd'hui dormi plus longtemps qu'à l'accoutumée. Son premier réflexe fut la surprise, suivie d'un léger agacement envers elle-même, puis l'évidence s'imposa. Sa blessure. Son corps, malgré l'habitude du combat et du mouvement, exigeait une pause.

Elle inspira profondément, acceptant ce fait sans lutter, une réalité encore nouvelle pour elle. Deux heures devant elle. Un luxe qu'elle ne s'était que trop rarement accordé. Elle se dirigea vers la salle de bain, glissant ses doigts sur la chaîne fine qui reposait sur la table de chevet. Son collier. Celui de ses parents.

Elle ne le retirait que pour dormir. Il était son ancrage silencieux, le fil invisible qui la reliait à eux. Aujourd'hui, pour la première fois depuis longtemps, il ne pesait pas autant sur sa peau.

Son regard se planta sur le bureau, où elle avait vu Seth y passer de nombreuses heures les jours suivant son séjour à l'hôpital. Elle s'arrêta, intriguée par l'amoncellement de croquis qui recouvrait le plan de travail, certains à peine ébauchés, d'autres d'une précision impressionnante. L'un d'eux retint particulièrement son attention :

une grande feuille sur laquelle se dessinait une pièce monumentale. Les lignes s'élançaient vers le ciel avec une majesté à couper le souffle, même en noir et blanc. Elle savait à quel point il était perfectionniste, dur avec lui-même, et combien elle avait dû, à maintes reprises, lui rappeler qu'elle croyait en lui.

Elle avait passé des jours à l'encourager, non seulement à réviser, mais surtout à lever le pied quand il s'acharnait trop, lui répétant que s'accorder une pause était aussi une part du processus. Mais Seth, obstiné comme toujours, avait trouvé refuge dans ses études, comme si se noyer dans ses cours pouvait lui permettre d'oublier le reste. Elle avait vite compris que cette habitude était ancrée en lui, qu'elle faisait partie de sa façon d'avancer, et qu'elle ne pourrait, ni ne voudrait, le lui enlever.

Il avait non seulement réussi, mais dépassé ses propres attentes, terminant major de sa promotion. Une victoire qui, pour elle, n'avait rien d'étonnant. Elle n'avait jamais douté de la brillante carrière qui se profilait pour lui. D'autant plus que le cabinet où il avait effectué son stage de fin d'été - celui-là même qui avait supervisé la rénovation du rez-de-chaussée après les dégâts - avait choisi de le garder comme collaborateur débutant. Ce poste l'accompagnerait ainsi tout au long de ses dernières années d'études en architecture.

Un sourire effleura ses lèvres. En voyant ses esquisses, une pensée s'imposa à elle. Est-ce qu'elle aussi pourrait enfin envisager de donner une direction plus précise à sa propre vie ?

Avec précaution, Erin descendit les escaliers, prenant soin de ne pas trop solliciter sa hanche encore sensible au réveil. Lorsqu'elle atteignit le bas des marches, elle aperçut une silhouette familière dans la cuisine.

La mère de Seth, un téléphone dans une main et une tasse de café dans l'autre, semblait perdue dans ses pensées, son regard ambré flottant dans le vague. Puis, comme si elle avait deviné sa présence, elle leva les yeux et lui offrit un sourire chaleureux, aussitôt imité par Erin.

— « Bonjour *mi Hija* », lança-t-elle en espagnol, pivotant légèrement avant de lui tendre la cafetière pleine. « Installe-toi, je vais te préparer le déjeuner. »

Ma fille. Erin sentit ses joues s'échauffer, comme chaque fois qu'elle entendait cette appellation affectueuse. Il y avait, dans cette familiarité espagnole, un mélange troublant et rassurant à la fois. C'était une langue qu'elle avait apprise pour l'infiltration, un outil stratégique à Brooklyn, mais qui, ici, prenait une tout autre dimension - plus intime, plus enracinée. Chaque mot échangé entre Seth et Sofia lui dévoilait un nouveau pan de leur monde, un de ceux qu'elle n'avait pas pensé autant apprécier.

— « *Muchas gracias*, c'est vraiment gentil. Vous voulez un coup de main ? » demanda Erin après un remerciement appliqué, bien qu'elle se doutât déjà de la réponse.

Elle proposait toujours, et finissait immanquablement par s'asseoir, reléguée au rôle d'observatrice devant l'aisance avec laquelle la maîtresse de maison menait sa cuisine.

— « Non, tu t'installes. »

Sa voix était douce, presque maternelle, et Erin, peu familiarisée à tant de bienveillance, sentit une vague de chaleur l'envahir.

— « Le médecin passera dans une heure, ça te convient ? »

Erin hocha la tête, le cœur serré de gratitude. Depuis son arrivée ici, Sofia veillait sur elle avec une sollicitude qu'elle n'aurait jamais osé espérer, lui offrant un refuge et une attention qui dépassaient de loin ce à quoi elle était habituée.

Ses points de suture guérissaient bien, et Erin savait que cette visite serait probablement l'une des dernières avec le professionnel de la santé.

Par chance, la blessure à sa hanche n'avait pas nécessité d'opération ; la balle l'avait traversée en évitant tous les organes vitaux lors de leur fuite en moto. En y repensant, elle ressentit un frisson la parcourir. Ils y avaient échappé de justesse cette nuit-là.

L'hôpital de la ville voisine les avait pris en charge immédiatement, alertant les Marshals, qui étaient arrivés en moins d'une heure. À peine avaient-ils eu le temps de souffler qu'ils devaient déjà livrer leurs dépositions, avant que Gabriel et Sarah ne se lancent à la poursuite de leurs ravisseurs, y compris Alvarez. En réquisitionnant l'hélicoptère des urgences, ils avaient facilité la capture du chef blessé au cou et de ses hommes en pleine forêt de Howard, surtout avec l'avantage d'avoir connu le parc durant quelques jours.

Ce procès éprouvant, désormais terminé, avait eu une portée médiatique considérable. Non seulement il avait permis de retirer son titre au sénateur Pratt de l'État de Pennsylvanie, maintenant en prison, mais la justice révisait également ses affaires dans leur intégralité pour déterminer jusqu'où il était corrompu. De plus, il avait conduit à l'arrestation d'Alvarez et de ses bras droits, démantelant ainsi un puissant réseau criminel depuis la racine. L'opération, bien que marquée par des failles politiques, avait réussi à rétablir un semblant de sécurité sur Brooklyn, soulignant l'engagement sans relâche des forces de l'ordre.

Pour elle, cela représentait la fin d'un chapitre harassant : trois années de tension constante, de nuits blanches et de combats intérieurs. Elle pouvait enfin lâcher la pression, respirer profondément et envisager l'avenir avec un peu plus de sérénité, libérée du poids écrasant qui l'avait accompagnée tout ce temps. Redémarrer une vie normale, comme elle n'en avait pas eu l'occasion depuis ses jeunes années.

Ses pensées furent interrompues par les gestes habiles de Sofia, qui s'était imposé quelques jours de congé pour rester à leurs côtés, apprenant leur enlèvement seulement quelques heures avant de revenir de son voyage. Ce soir-là, leur disparition avait été loin d'être discrète :

plusieurs marines de l'ambassade avaient été blessés et étaient désormais incapables de travailler. Elle avait veillé à ce que chacun d'eux soit indemnisé en fonction des risques qu'ils avaient pris pour éviter que la situation ne dégénère, au péril de leurs vies. Erin ne cessait d'être touchée par la bonté de cette femme. Seth avait toujours été son roc, mais la présence de sa mère apportait un soutien inébranlable, une force silencieuse plus grande que de simples mots.

— « Vous avez un fils extraordinaire. » Erin releva les yeux vers elle, et son regard se troubla légèrement en observant celle qui avait élevé Seth seule. « Et je ne vous remercierai jamais assez de m'avoir accueillie et protégée, même en sachant ce que j'étais… ou ce que j'ai fait. »

Elle l'interrompit doucement d'un geste, cessant momentanément de lui préparer des œufs brouillés et se tourna vers Erin. Puis, avec une gentillesse empreinte de détermination, elle se pencha par-dessus le comptoir et posa sa main sur celle de la jeune femme.

— « Ce que tu as fait sous couverture, Erin, ne te définit pas. Ce qui compte, c'est ce que tu as choisi de devenir. » Elle serra ses doigts, ancrant son regard dans le sien. « Tu as parcouru un long chemin. Je suis fière de toi. On ne t'aurait pas laissée seule sur cette route. Seth a eu confiance en toi, et moi aussi. Alors, ne minimise pas ce que tu as accompli, surtout quand tu as encore tant à faire. »

Ces mots, dits avec tant de sincérité, ramenèrent Erin à un instant précis. Elle pouvait à présent exister telle qu'elle le voulait, sans craindre pour ses proches. Elle pouvait reprendre de zéro.

Un silence doux s'installa, chargé d'émotion. Elle sentit une chaleur l'envahir, celle d'un véritable apaisement. La fin du procès avait également permis à de nombreuses familles victimes du cartel d'être dédommagées, elle-même en en faisant partit. Mais elle avait choisi de reverser l'argent aux associations caritatives de l'État, afin qu'elle puisse épauler d'autres personnes, plus concrètement. Une manière pour elle de couper court avec ce passé, de pouvoir avancer sans et de faire un premier pas vers ses premières envies.

— « Et ne me parle surtout pas de loyer », souffla-t-elle avec un sourire, changeant de sujet pour alléger l'atmosphère.

Erin rit, devinant que Seth avait sans doute briefé sa mère sur ses intentions d'aider. Celle-ci leva une cuillère en bois, prête à contrer toute tentative de négociation, avant de se tourner vers les fourneaux.

— « Est-ce que je pourrais au moins… ? » essaya-t-elle, malgré tout, ses doigts effleurant involontairement son instrument posé à côté d'elle.

L'ambassadrice la regarda avec insistance, son expression douce, mais ferme.

— « Non, repose-toi simplement, prends le temps de te rétablir. Ensuite, je te demanderai peut-être une faveur : que tu me laisses, un jour, t'écouter jouer. »

Les mots de la mère de Seth eurent un impact inattendu sur Erin. Touchée par cette demande si personnelle, elle hocha la tête, un léger sourire se dessina sur ses lèvres. Un frisson traversa son corps, et bien que ses blessures la ralentissent, une part d'elle se sentit déjà prête à abandonner la précaution imposée par le médecin. Jouer du violoncelle, retrouver cette part d'elle-même serait un soulagement, mais elle savait qu'elle devait être patiente. Dans ces mots, elle percevait une perspective qu'elle avait longtemps mise de côté, incapable de subvenir à ses cours de musique lorsqu'elle enchaînait les petits emplois avant l'école de police. À présent, la situation avait changé.

Elle tendit le bras pour resservir la mère de Seth en café, ses gestes mesurés, comme si son dos, déjà éprouvé par les derniers jours, lui rappelait qu'elle n'était pas encore totalement guérie. Elle prit une tasse pour elle-même, se laissant absorber par le parfum typique qui s'en dégageait, ses pensées s'évaporant pour un instant.

D'ici quelques heures, elle quitterait enfin la villa pour la première fois après le procès. Ce n'était pas la solitude qui la dérangeait cette fois, mais plutôt l'idée de remettre un pied dans un monde extérieur qui lui paraissait lointaine, presque menaçante. Une anxiété familière commença à s'insinuer en elle, et malgré son désir de retrouver un semblant de normalité.

Elle baissa le menton un instant, cherchant à se concentrer sur les simples détails de la vie quotidienne dans la maison, sans se laisser emporter par une angoisse grandissante malgré elle.

— «Est-ce que tout va bien?»

La voix de Sofia l'émergeait de sa torpeur, et Erin leva des yeux légèrement voilés, croisant un regard aussi apaisant que celui de Seth.

— «Oui, pardon. Je réfléchissais à… quoi porter.»

Elle se mordit les lèvres, consciente de ne pas être totalement honnête. Après des années de fuite, de planques et de missions sous couverture, l'idée de sortir sans crainte pour une fois était déroutante. Si au Gala, elle avait eu des consignes strictes, aujourd'hui, elle n'en avait pas. Pour cet événement, elle pourrait enfin adopter une tenue – et surtout une attitude – plus naturelle, affirmant ce tournant vers une nouvelle vie, loin des ombres.

— «D'ailleurs, on m'a dit que vous y serez aussi?»
— «Un peu plus tard, oui, je vous rejoindrai avant les festivités.»

Elle lui tendit son assiette d'œufs brouillés accompagnée d'un pain épicé. Elle eut un sourire en coin, comme celui que Seth pouvait avoir lorsqu'il prévoyait une surprise. Profitant de ses jours de congé, elle avait entrepris des projets dont elle lui avait délégué et Erin hésita un instant à lui demander leur avancement, mais la mère la coupa dans son

élan. Tout en déposant les couverts dans le lave-vaisselle, elle ajouta :
— « Au fait, un petit colis est arrivé pour toi ce matin. Je l'ai mis dans la chambre d'amis. Prends le temps de déjeuner, d'accord ? »

Au moment où elle s'apprêtait à la remercier une fois de plus pour l'attention et l'affection investies dans chaque repas qu'elle prenait plaisir à préparer, le téléphone sonna à côté d'elle, la tirant de sa pensée. La matriarche étira finement ses lèvres dans une excuse muette et décrocha, s'éclipsant ainsi par la baie vitrée, sans doute pour gérer un dossier urgent à l'ambassade, malgré ses jours de congé. Erin lui adressa un sourire et un petit signe de la main, puis la regarda s'éloigner, laissant la villa silencieuse, mais étrangement paisible. Pour la première fois depuis longtemps, elle ressentait une certaine sérénité, un poids de moins sur ses épaules.

Seule dans la vaste cuisine, Erin sortit son téléphone pour envoyer un texto à Seth, mais au lieu de quelques mots, elle opta pour une photo de son plat - un clin d'œil pour éveiller son appétit puisqu'il loupait un délicieux repas. Ce fut alors qu'elle remarqua un message inattendu de son ancienne patronne de *l'Improviste*.

Solenn : Je voulais savoir si tu envisages de revenir lorsque tu te sentiras prête. Il y a actuellement un poste de serveuse à pourvoir.

Les sourcils d'Erin se haussèrent de surprise. La proposition la prit de court ; après les événements récents - Solenn l'ayant probablement reconnue dans les médias - elle n'avait jamais imaginé qu'un travail lui serait présenté si tôt.

Son message témoignait d'une sollicitude sincère, teintée de patience et de respect, et cela la toucha profondément.
Pourtant, au-delà de la gratitude, ce message réveillait une question fondamentale à laquelle elle revenait sans cesse ces derniers jours : son indépendance et son prix. Elle avait lutté pour cela, même lorsqu'elle avait accepté l'hospitalité de Seth. Ils avaient convenu qu'elle continuerait

à gérer ses propres finances, un compromis pour maintenir une part de liberté dans ce monde nouveau qui l'entourait. Cette autonomie n'était pas négociable ; elle représentait son désir d'accomplir des rêves personnels, comme reprendre ses cours de violoncelle, qu'elle avait dû suspendre pour aider son père.

Maintenant, libérée du contrat qui la liait aux forces de l'ordre, Erin aspirait à d'autres horizons, des projets plus doux et enfin en accord avec elle-même. Ce rêve d'un futur apaisé, de reconquérir des moments de création et de sérénité, revêtait une importance croissante. Elle répondit finalement à Solenn, lui promettant de passer la voir le lendemain pour discuter face à elle - elle tenait à la remercier de vive voix pour sa compréhension et son soutien.

Terminant son déjeuner et après avoir débarrassé soigneusement la table, Erin jeta un coup d'œil à l'horloge. L'arrivée du médecin approchait, et elle monta l'escalier, un mélange d'excitation et de curiosité en tête. Elle se demandait quel colis l'attendait à l'étage et, surtout, qui avait bien pu l'envoyer.

En entrant dans la chambre, elle repéra tout de suite la petite boîte posée sur le lit. À côté, le violoncelle bleu, presque un symbole de renaissance, trônait fièrement, comme un ancrage dans cette nouvelle existence. Avec précaution, elle ouvrit la surprise. Son cœur battait légèrement plus vite, tandis que ses lèvres s'étiraient en un sourire émerveillé en découvrant un haut aux couleurs de l'équipe locale de State College. Elle le sortit de son emballage en papier, le soulevant devant elle et laissant ses doigts glisser sur le tissu, un éclat tendre éclairant son visage. Ce geste, si simple, semblait incarner tout ce qu'elle avait vécu pour en arriver là.

C'est à cet instant qu'elle le vit : ce signe qui lui révéla que Seth Guerrero était l'évidence, celle qui hantait toutes ses nuits. Et elle ne put s'empêcher de serrer le maillot contre son cœur.

Peu après, le médecin sonna à sa porte et son examen minutieux se conclut par un feu vert : *'C'est tout bon, mais fais attention à ne pas trop forcer sur le dos pendant quelques jours.'* Ses mots résonnaient encore dans son esprit, réchauffant une parcelle d'elle-même. Le poids des dernières semaines, passées à lutter contre ses propres limitations, paraissait enfin se dissiper, mais, une part d'elle se demandait par où commencer. La normalité, qui lui avait semblé si lointaine, était presque une étrangère après tout ce temps consacré à sa guérison. Pourtant, il y avait cette liberté, ce léger soulagement de pouvoir avancer sans contrainte, de reprendre le contrôle sur ses choix.

Et il lui avait suffi de regarder la boîte encore posée sur le lit. Le vêtement qu'elle contenait représentait bien plus qu'une tenue. Il symbolisait l'indépendance qu'elle revendiquait et le retour progressif à une vie simple. Ce petit signe d'encouragement, ce chemin vers l'avenir était exactement ce dont elle avait besoin pour sortir aujourd'hui.

En descendant le perron une demi-heure plus tard, Erin resserra son blouson contre elle - celui que Seth avait oublié de ranger. La pluie tombait dru, battant avec insistance sur les pavés de la cour. Liv l'attendait déjà dans la voiture, faisant de grands gestes de la main depuis le siège passager pour la presser. Un sourire étira les lèvres d'Erin ; son entrain lui rappelait combien la présence de Liv, joyeuse et expressive, contrastait avec ses propres réserves. Elle grimpa rapidement dans le véhicule, secouant ses cheveux, et se glissa à côté de la jeune femme alors que les gouttes d'eau tambourinaient avec force contre les vitres.

À sa grande surprise, Erin remarqua que Liv arborait un air légèrement déconfit, observant ses vêtements trempés avec une moue amusée. Quelques secondes plus tard, elle éclata de rire, communicatif et sincère. Elle la rejoignit, attachant sa ceinture alors que la voiture démarrait, réchauffée par la chaleur du moment.

— «J'ai mis une heure à me préparer, c'est tout fichu», finit par dire Liv en contemplant l'état de sa tenue mouillée.

Erin ne put s'empêcher de sourire. Liv, avec son humour inébranlable, avait toujours eu ce don de rendre les situations les plus banales et les plus chaotiques plus légères. Cela lui faisait revivre les moments passés ensemble, ces dernières soirées où elles discutaient de tout et de rien, riant jusqu'à en pleurer et à en avoir mal aux côtes. Ces souvenirs lui réchauffaient le cœur, lui rappelant que, malgré les épreuves, elle avait des personnes sur qui compter.

Gabriel, qui conduisait, lui adressa un signe discret dans le rétroviseur. Erin sut qu'il respectait l'espace d'intimité que Liv et elle partageaient. Malgré le calme retrouvé après la fin du procès, il veillait toujours sur elle, une ancre dans cet océan d'incertitudes.

Liv tourna les ventilations vers elles pour diffuser l'air chaud, tentant de se voir dans le petit miroir des sièges avant. Erin, observant la scène avec une évidente affection, eut une vague de gratitude l'envahir. Elle se sentait étrangement bien, la chaleur de l'habitacle et la compagnie de la jeune femme apaisant peu à peu ses nerfs. Liv et Keir avaient été là, présents et solidaires, durant les moments les plus durs, notamment pendant les audiences au procès.

— « Tu n'en restes pas moins très jolie. Regarde, essuie juste un peu ton mascara, et personne ne saura qu'il a plu », murmura Erin avec un sourire rassurant.

Ils étaient demeurés près d'elle, la soutenant silencieusement dans les instants où elle devait affronter le souvenir de son infiltration. Bien qu'ils aient découvert, en même temps que Seth, tous les détails de son passé avec le cartel, ils ne l'avaient jamais jugée sur les actes qu'elle avait dû faire pour prouver son allégeance. Au contraire, leur regard n'avait cessé de lui témoigner respect et compréhension.

Quand Liv tourna vers elle un sourire complice après avoir essuyé le coin de ses yeux, elle aperçut le haut que portait Erin qui avait enlevé le blouson de ses épaules et écarquilla soudainement les prunelles, stupéfaite.

— « Merci Erin. Mais… là, je suis jalouse. Tu l'as eu où ? »
— « Je pense que c'est Seth qui l'a déniché », avoua-t-elle, sentant ses joues rougir pour elle.
— « C'est une bonne idée, ça te va bien », répliqua Liv, posant sa main sur celle d'Erin dans un geste spontané de tendresse.

Erin fut littéralement touchée par ce contact familier. Si elle-même n'était pas du genre tactile, elle savait que Liv l'était, surtout dans les moments où son esprit semblait soudain s'assombrir. À travers la vitre, le paysage défila, laissant place à des immeubles plus urbains, et un silence agréable s'installa entre elles. Elle savourait ces rares moments de calme, laissant ses pensées se perdre dans la sérénité de l'instant. Pourtant, un frisson d'incertitude la traversa quand elle surprit le regard de Liv, devenu plus lointain.

— « Dis-moi… est-ce que tu rêves aussi des initiales ? » murmura Liv, presque comme si elle craignait que la question se dissipe dans le brouhaha de la ville.

Erin leva le menton vers le rétroviseur. Gabriel, attentif comme toujours, lui adressa un coup d'œil furtif avant de reporter sa vigilance sur la route. L'interrogation de Liv réveilla en elle un souvenir familier qui n'avait pas manqué de secouer les médias lors de son procès, puisque ce détail avait été son ticket d'entrée au sein du cartel.

Ces deux lettres, à l'époque, avaient été sa seule compagnie durant ses mois d'infiltration, comme un fil d'espoir ténu dans l'obscurité. Petite, elle les avait rapidement associées à sa mère, Sienna, convaincue que ces initiales représentaient ce qu'il lui restait d'elle. Cette croyance, fragile, mais rassurante, l'avait accompagnée longtemps, ancrant en elle une forme de stabilité. Mais avec le temps, le S et le E avaient semblé prendre un autre sens, comme si elles traçaient un chemin plus sûr, plus certain. Sarah avait été la première à la guider, puis Solenn était arrivée. Deux présences marquées par une évidence : un instinct de confiance qui s'était imposé sans hésitation. Et lorsqu'elle avait appris le prénom de l'Ambassadrice, elle eut l'impression que tout s'accordait. Il y avait des vérités silencieuses qui ne trompaient pas.

Et pourtant, tout avait basculé le jour de l'accident, lorsque la moto et le violoncelle s'étaient heurtés, changeant le cours de sa vie. Elle se souvenait encore de l'onde de choc qui l'avait saisie quand Seth avait pris sa main - bien qu'il dirait que c'était elle qui l'avait fait en premier - et de ce moment où il avait décliné son identité complète aux ambulanciers. Cet instant avait éveillé en elle une peur diffuse, mêlée d'un émerveillement inattendu. Comme si, contre toute logique, une étincelle en elle s'était rallumée, la présence de Sofia la confortant par la suite.

Elle laissa son regard se perdre quelque peu, ses doigts effleurant par instinct le bord de son blouson. Cette révélation - la possibilité que Seth puisse être lié à ce symbole mystérieux - avait fait renaître en elle une appréhension qu'elle n'arrivait pas totalement à apaiser. Était-ce réellement probable ? Pouvait-elle croire en une connexion si inattendue, elle qui n'avait jamais cherché une quelconque forme d'attachement ? C'était pourtant avec certaines évidences qu'elle voyait Seth.

Un sourire timide se dessina sur son visage tandis qu'elle sentait une chaleur monter à ses joues, signe de la confusion qui l'animait. La jeune femme entendit sa réponse sans même avoir besoin qu'elle le confirme. Elle posa son regard sur Liv, curieuse de comprendre ce qui l'avait poussée à formuler cette question.

— « Tu voudrais m'en parler un jour ? » demanda Erin d'une voix douce, prête à l'écouter.

Erin ne connaissait que ce que Seth lui avait confié lors de cette fameuse soirée pizza. Liv, tout comme elle, portait en elle des secrets et des douleurs qu'elle dissimulait derrière son sourire rayonnant. Le sujet semblait pesant, comme un fardeau partagé avec Keir, et Erin comprenait intuitivement que s'ils n'en avaient jamais discuté tous ensemble, c'était pour protéger leur amitié peut-être bien plus précieuse.

Tendue d'émotion, Liv eut un éclat sincère dans ses yeux et d'un geste délicat, elle resserra sa main un instant, acceptant silencieusement cette proposition. Alors que la voiture s'immobilisait sur le parking privé du gymnase, Erin laissa son regard se perdre sur la foule dense qui se pressait à l'entrée. Elle observa la pluie diluvienne cesser tout doucement, créant une atmosphère d'excitation dans l'air humide et vibrant. Gabriel, resté au volant, lui fit un signe du menton en direction d'une porte annexe réservée aux invités privilégiés, ce qui la surprit un peu.

— «Tu ne croyais tout de même pas qu'on allait faire la file», lança Liv avec un clin d'œil complice.

Liv sortit en riant, levant le visage vers le ciel comme pour goûter les dernières gouttes qui s'évanouissaient, ses cheveux blonds relâchant une fine bruine autour d'elle. Erin la suivit, les joues rosies et le cœur battant d'anticipation. Elle laissa Liv la guider, sentant dans chaque pas un certain abandon à cette soirée qu'elle n'aurait jamais imaginée. Elles se glissèrent par la porte secondaire, les pass soigneusement exhibés, et furent aussitôt happées par l'atmosphère vibrante du premier match de la saison.

Les couloirs résonnaient des acclamations lointaines, des chants et des cris de supporters, leurs échos se répercutant contre les murs en une musique presque enivrante. Erin ouvrit les yeux, imprégnant chaque détail de ce monde qu'elle découvrait dans cette vie. Son cœur battait plus fort, partagé entre l'excitation de l'événement et l'imminence du moment où elle retrouverait Seth.

— «Bienvenue à ton premier match!» s'exclama Liv, enjouée, son énergie débordant tandis qu'elles franchissaient la dernière porte qui les séparaient du terrain. «Allez, viens, ils sont là-bas!»

Le bruit les enveloppa soudain comme une vague, l'onde de choc la revigorant davantage tandis que les acclamations s'intensifiaient dans les gradins, les pieds tapant le sol et les voix exaltées scandant le nom des équipes à tour de rôle. Erin s'arrêta, éblouie par la vue : la salle était pleine à craquer, chaque siège occupé, les serveurs s'efforçant de se frayer un chemin entre les rangées pour répondre aux attentes des spectateurs. Elle fut tirée par Liv qui avait fini par sautiller en rejoignant les places réservées, tout près du terrain.

Mais ses pensées s'évaporèrent dès qu'elle aperçut Seth s'approchant d'elles. Ses yeux d'ambre semblaient capter la lumière d'une manière presque hypnotique, un éclat à la fois accueillant et insondable.

Il avançait avec une démarche assurée, chaque pas dégageant une élégance maîtrisée, comme s'il contrôlait parfaitement l'espace autour de lui. Erin sentit son souffle se figer un instant, son cœur battant plus fort. Une vague de chaleur mêlée de trouble la traversa, et, malgré elle, un sourire effleura ses lèvres. Pour une fraction de seconde, le monde parut se réduire à la silhouette de Seth et à la puissance de ce moment.

Seth n'eut pas une hésitation : à peine à sa hauteur, il prit son visage entre ses mains et l'embrassa, déclenchant en elle un flot de papillons. Elle sentit ses genoux fléchir légèrement sous l'intensité du contact. Son univers entier semblait se rétrécir à cet instant, jusqu'à ne devenir que cet homme, ce sourire, et la sensation douce de sa peau sur sa taille. Ignorant les sifflements amusés qui fusaient autour d'eux, Seth mit fin au baiser avec une lenteur calculée, gardant son front contre le sien avant de lui désigner d'un mouvement de tête la rangée où Liv les attendait déjà, plongée dans une conversation animée.

Avec une élégance taquine, il lui fit signe de passer devant, mais son regard effleura le haut de son dos. Erin, devinant l'étincelle dans ses yeux, eut un sourire mutin. Elle laissa ses doigts glisser jusqu'à sa main, savourant ce contact comme une douce certitude.

— «Tu savais très bien ce que tu m'offrais», murmura-t-elle, la voix emplie de malice.

— « Je ne pensais pas que ça t'irait aussi bien. »
— « Tu vas apprendre que tout me va bien. »
— « Ça va les chevilles, un peu de pommade, peut-être ? » railla-t-il en passant son bras par-dessus son épaule pour la rapprocher de lui.

Car si elle portait le maillot officiel des State College, l'équipe pour laquelle Keir jouait ce soir, Erin savait que ce n'était pas un simple uniforme. Les initiales « S.E. » étaient imprimées à l'arrière, gravées là comme une marque invisible, un pont vers cette part d'elle-même qu'elle découvrait un peu plus chaque jour. L'idée de pouvoir se réinventer, de se libérer des chaînes du passé lui faisait chaud au cœur. Seth répondit par un sourire en coin, ses yeux dorés nimbés d'une tendresse inébranlable.

Il l'entraîna vers les sièges réservés, serrant doucement sa main dans la sienne, et Erin ressentit une vague de calme la gagner, enveloppée par la ferveur collective. Les gradins, bondés de familles et de proches des joueurs, offraient une vue parfaite sur le terrain, et elle se laissa aller à cette ambiance festive, bercée par les couleurs, les cris et le chant des supporters.

Elle sentit Seth se pencher vers elle, et avant même qu'il ne parle, la chaleur de sa respiration contre son oreille fit frémir chaque fibre de son corps.

— « Tu m'as manqué », murmura-t-il, avec cette douceur brutale qui lui coupait le souffle.

Les mots résonnèrent en elle, simples et pourtant si profonds, comme s'ils secouaient des vies antérieures. Avec lui, elle n'avait jamais eu besoin de longues phrases ; chaque regard mordoré, chaque geste portait en lui une force silencieuse. Erin sentit une chaleur délicieuse envahir son corps, et, tandis qu'elle savourait cet instant, elle frôla son genou du sien, comblant le vide qui les séparait, retrouvant cette présence qu'elle chérissait tant.

— « Tu m'as aussi manqué », réussit-elle à murmurer, une tendresse évidente dans sa voix.

Elle voulut en dire plus, mais Seth, prompt comme toujours, se tourna vers un homme qui venait de l'appeler depuis le terrain, dont la carrure évoquait celle de l'entraîneur. Profitant de cette occasion, un serveur s'approcha pour proposer des collations à toute la rangée, une pause inattendue qui lui arracha un sourire.

Alors qu'elle s'apprêtait à commander, ses yeux se posèrent sur le dos de Seth et s'embrouillèrent de larmes, brisant chacune de ses pensées. Elle se rendit compte que cette simple attention de sa part, ce geste si tendre, touchait une corde sensible en elle. Les souvenirs de luttes passées, des doutes, et des moments de solitude lui revinrent à l'esprit, mais cette chaleur nouvelle, cette connexion avec Seth, lui apportait un réconfort inestimable. Remarquant son silence et son émotion, il lui tendit un jus accompagné de quelques bonbons acidulés, un sourire complice aux lèvres.

— « Tiens, ça va te faire du bien. »

Elle les prit en main avec un certain automatisme, le regard toujours fixé sur lui, comme si chaque geste qu'il faisait était un écho à ses propres sentiments. C'était une sensation encore inédite, un frémissement qui effleurait son cœur, lui apportant une chaleur douce et étonnamment familière. Elle se sentit submergée par une vague d'affection, apercevant à quel point elle avait soif de ces moments de simplicité. C'était lui qui lui faisait du bien.

— « Au fait, comment ça se joue, le basket ? » demanda-t-elle innocemment, le sourire de Seth s'élargissant alors qu'il réalisait qu'elle n'y connaissait rien. Bien qu'elle les avait écouté parler avec animation de ce jeu et des premières rencontres sportives auxquels ils avaient participé durant leur jeunesse, elle n'avait osé leur avouer qu'elle ignorait totalement les règles.

— « Oh là, je pense qu'on a du travail à faire ! » s'exclama-t-il, les yeux écarquillés d'étonnement et d'amusement. « Prépare-toi, il va falloir t'initier ! »

Mais il avait parfaitement lu dans son regard ce qu'elle venait de découvrir sur son dos, il lui déposa un baiser tendre sur la tempe qui la fit frissonner.

Car, fièrement affichées en lettres majuscules sur son maillot, se trouvaient ses initiales. C'était comme si la Terre tournait encore, inlassablement, mais que son cœur, lui, s'était arrêté un instant, conscient que plus rien ne serait jamais comme avant.

EA

C'était sous leurs yeux, depuis toujours.

ÉPILOGUE

With a smile

« Je n'ai jamais fait confiance au destin, mais Erin… elle a cette force de me faire croire en tout. En elle, en nous. Et dans son sillage, je sais qu'on a déjà tout conquis. »

- Seth

Sept ans plus tard

Adossé contre le battant de la porte, Seth observait Erin depuis l'entrée de la chambre, les bras croisés. Son regard glissait sur son reflet dans le miroir de la coiffeuse. Il s'attarda un instant sur les projets réalisés le mois précédent : l'agrandissement de cette chambre d'adolescent, désormais transformée en une suite spacieuse qui englobait l'ancienne pièce où Erin avait séjourné à ses débuts. Mais bientôt, son attention se fixa sur elle, sur la courbe gracieuse de sa nuque et la façon dont sa robe de soirée épousait son corps avec une élégance presque insolente.

— « Tu inspectais les travaux finis, monsieur l'architecte ? » murmura Erin, devinant l'intensité de son regard.
— « Pas besoin, c'est parfait. »

Un sourire arrogant effleura ses lèvres. Tous deux savaient qu'il ne parlait pas des murs. Seth avait supervisé cette initiative de bout en bout, réservant cette partie de la villa Guerrero pour des projets ultimes, après avoir rénové le reste de l'étage dans un style rendant hommage à ses origines. Mais ce soir, rien n'importait plus que cette vision : Erin, debout devant le miroir, réajustant ses boucles d'oreilles sous une mèche flamboyante, les traits de son visage pincés dans une concentration à la fois douce et captivante.

— « On a encore combien de temps ? » demanda-t-elle, une lueur d'inquiétude voilant son regard.
— « Vingt minutes. »

Seth referma la porte derrière lui en s'avançant vers elle. Chaque fois qu'il posait son attention sur elle, un mélange de fièvre et de désir l'envahissait. Il ne se lassait jamais d'elle : sa voix, son parfum, et cette façon qu'elle avait de s'emparer de chaque instant. Dans le reflet du miroir, il surprit son sourire en coin, révélant ce grain de beauté qui la sublimait. Doucement, il se glissa derrière elle, sa main trouvant instinctivement sa taille. Il savait combien elle comptait les minutes avant une représentation, peu importe son expérience sur scène. Ce soir, cependant, avait une saveur particulière : elle allait fouler à nouveau le parquet du Conservatoire de State College, là où tout avait commencé pour elle.

— « Tu sens divinement bon, » souffla-t-il à son oreille, profitant de l'occasion pour soulever une mèche et déposer un baiser sur sa peau.

Erin ferma les yeux, laissant échapper un soupir, s'enveloppant dans ses bras. Seth releva le regard, croisant leur reflet dans le miroir. Elle était radieuse, lovée contre lui. Les années avaient timidement effleuré leur apparence : un éclat argenté isolé dans ses cheveux sombres, et Erin s'épanouissait avec ses premières fines rides du sourire, celles qui rendaient chaque matin une douce redécouverte.

— « Tu seras parfaite », murmura-t-il, mêlant promesse et certitude dans sa voix.

Il ne pouvait s'empêcher de lui chuchoter des paroles rassurantes, l'incitant à ouvrir les yeux. Erin, avec ses magnifiques prunelles bleues, le captivait chaque seconde. Ce soir, il était fier du chemin qu'elle avait parcouru. Elle serra doucement son bras avant de baisser la tête. Elle effleura ses tatouages. Lorsqu'elle releva enfin le regard, un silencieux merci dansait sur ses lèvres, accompagnées d'un sourire mêlé d'émotion et de nervosité. Il savait qu'elle allait briller comme une étoile en plein ciel. *Son ciel.*

— «Et celui-là, tu l'as fais pour quoi?» demanda-t-elle en pointant du doigt un énième dessin, cherchant à se changer les idées.

Ils avaient instauré un petit rituel, expliquant à l'autre, chaque mois, une marque sur leur peau. Seth, avec ses nombreux tatouages, contrastait avec les stigmates d'Erin, qui lui racontait volontiers. Une façon de ne pas oublier d'où ils venaient. Baissant les yeux sur l'esquisse près de son coude, Seth eut une moue à l'idée de lui dévoiler la signification de cet artifice, bien qu'il s'agisse d'un ballon de basket.

— «C'était pour faire plaisir à Keir quand j'ai quitté l'équipe pour mes études. Il a le panier qui va avec», ajouta-t-il en repensant à cette séance où Keir s'était juré de n'en faire qu'un seul, un léger sourire aux lèvres. «Il a fini par se tatouer son numéro de terrain au passage, sa mère l'a tellement houspillé.»
— «Mmh... comme le jour où tu as montré à la tienne celle que tu as sur le dos?»
— «Ce n'est pas pareil. On avait dix-huit ans, moi, c'était y'a deux...»

Il s'arrêta, redoutant toujours la réaction de sa mère, qu'importe son âge. Voyant le grand sourire moqueur de la jeune femme, il resserra ses bras autour d'elle, parsemant son cou de baisers pour faire taire ses rires.

— «Et ça?» demanda-t-il en échange, brûlant de lui poser la question depuis le mois dernier.

Il regardait un point précis sur sa clavicule, effacé par le temps.

— «Entraînement à l'académie, j'avais raté un exercice et on m'a un peu éraflé avec une branche pendant un parcours d'obstacles.»

Seth observa un instant la cicatrice, se penchant légèrement pour l'embrasser.

— « Et voilà, c'est guéri. »

Erin se mit à rire, tandis qu'il remontait jusqu'à son cou en quelques baisers, mais une vibration dans la poche de son pantalon interrompit brièvement leur bulle intime. Posant son menton sur son épaule, la main serrée sur sa taille, il sortit son téléphone d'un geste nonchalant, laissant ses doigts jouer avec le tissu de sa robe. En levant l'écran à leur hauteur, un message de Gabriel apparut.

— « Toujours en avance, ceux-là », murmura-t-il avec amusement.

Une vidéo s'affichait : Gabriel, confortablement installé dans l'amphithéâtre, attendant dans une salle encore baignée de lumière. À ses côtés, son fils, plus si petit désormais, affichait un sourire radieux, sa main formant des oreilles de lapin derrière la tête de son père. Tournant l'angle de la caméra, Solenn était assise quelques sièges plus loin et les saluait avec ferveur. Erin vira son attention vers Seth, ses sourcils se fronçant dans une expression interrogative.

— « *Mamá* n'est pas encore là-bas ? »

Seth adorait savoir Erin appeler sa mère ainsi. Ce mot, empreint de tendresse, s'était installé naturellement depuis qu'Erin avait rejoint la villa, bouleversant leur quotidien d'une manière inattendue. Chaque fois qu'il l'écoutait parler espagnol, un sourire se dessinait sur ses lèvres, accompagné du désir irrésistible de déposer des baisers sur son cou.

Elle et Erin s'entendaient à merveille, se complétant à chaque étape de leur projet. Elle avait remis sa démission de l'Ambassade, le même soir que la victoire de l'équipe de Keir et Erin l'avait soutenue dans cette démarche dès le début. Grâce à son aide, sa mère s'était élevé en figure influente des associations locales et finit par se hisser au rang de Sénatrice d'État. Succéder à Pratt n'avait pas été de tout repos, car la moitié des affaires menées étaient déclarées corrompues. Cela lui avait néanmoins donné l'occasion de repartir à zéro sur de bonnes bases, reprenant en main la Pennsylvanie. L'ambassade du Venezuela ayant déménagé dans un autre bâtiment, l'espace laissé vacant avait été réaménagé pour centraliser une grande partie des organismes d'aide, devenant ainsi la maison des services.

Plus tard, quand Erin eut décidé de se consacrer entièrement à sa carrière de violoncelliste, sa mère était devenue son plus grand soutien, l'encourageant à chaque étape de son parcours. Et s'il était son plus fervent admirateur, Seth avait toujours été à ses côtés durant ses tournées à travers le pays, laissant à son cabinet d'architecte l'autonomie qu'il avait patiemment construite.

— «Elle fait un crochet chez le coiffeur. Sarah l'accompagne», répondit-il en rangeant son téléphone. «Elle a repoussé une commission d'étude, alors elle sera là à l'heure.»
— «Liv et Keir ont aussi réussi à se libérer?» murmura-t-elle.
— «Oui, ils ont même eu leur week-end.»

Seth omit volontairement de mentionner que le coach et toute l'équipe de basket de State College seraient présents. Gabriel avait réservé une section entière de la salle pour eux. Il savait qu'Erin se mettait une pression énorme, non seulement parce qu'elle jouait 'à domicile', mais surtout parce que ce serait sa première prestation en tant qu'instrument majeur, au centre de la scène.

Erin se retourna dans ses bras. Ses cheveux flamboyants effleurèrent son visage, et il inspira instinctivement son parfum de cerise, un sourire irrésistible éclairant ses traits. Elle posa ses mains sur sa chemise impeccablement repassée, les doigts glissant sur le tissu avec une familiarité douce.

— «Tu as tout prévu, hein?» murmura-t-elle, ses yeux pétillant d'émotion.

Elle était la plus organisée des deux, mais, pour cette soirée, il avait voulu prendre les devants, anticiper ses moindres besoins.

— «Même ton livre de chevet t'attend sur le siège de la voiture.»

Elle eut un sourire éclatant, un de ceux qui pouvaient illuminer des vies entières. Ses doigts glissèrent sur sa cravate, la tirant légèrement pour effleurer ses lèvres des siennes. Seth resserra sa prise sur sa taille, prêt à s'abandonner à cet instant, mais la jeune femme esquiva soudainement, une lueur malicieuse dans les yeux.

— «Il me reste cinq minutes pour me préparer, tu croyais quoi», fit-elle joueuse.
— «Qu'on ferait attendre les six cents personnes de l'Auditorium venu pour toi? Tu es la star du soir, après tout.»

Il longea sa main avec la sienne alors qu'elle s'éloignait vers le dressing, conscient qu'elle souhaitait s'habiller un peu plus. Erin leva les yeux au ciel, mais son rire la trahit.

— «Peut-être que je devrais aussi me laisser désirer», plaisanta-t-elle, un sourire malicieux aux lèvres.

Finalement, elle lui lança une paire de chaussons restée à ses pieds, qu'il saisit au vol avec une agilité maîtrisée. Ce geste lui rappela les après-midi passées dans la cour à jouer au basket-ball avec elle. Il se souvenait surtout de ces moments où il l'attrapait par la taille, la déstabilisant pour s'arracher la victoire.
Mais ce soir, c'est elle qui gagnerait. Et tous leurs amis avaient hâte de l'entendre, et Liv, en particulier, avait prévu de kidnapper Keir le lendemain pour lui faire sa demande. Après quelques mois de vie commune, sa meilleure amie n'avait clairement plus envie d'attendre.

— «Tu penses qu'elle va vraiment le faire?» questionna Seth, un sourire amusé sur les lèvres, réajustant sa cravate en face du miroir.

— «Oh, absolument. Elle est prête à tout pour avoir Keir à ses côtés. Et qui pourrait lui résister?» fit-elle dans un léger rire au fond de la pièce.

Il acquiesça, son cœur empli d'affection pour leurs amis dont la vie s'était également embellie. Il savait combien ils pouvaient tous compter chacun sur les autres, et il était heureux de voir leurs quotidiens s'épanouir ensemble. Il ne pouvait que comprendre à quel point Liv avait fini avec brio ses longues études de médecine en dédiant sa réussite à Keir. Car, derrière chaque succès que Seth avait lui-même rencontré, il devait une grande part de son ascension à Erin, comme une force discrète qui l'avait toujours soutenu. Mais, au-delà de l'admiration qu'il portait à son travail, il avait cette priorité en tête : sa famille. Malgré son implication totale dans son métier, il n'avait jamais laissé une réunion ou un projet prendre le pas sur un instant avec elle.

Alors qu'il s'égarait une minute dans ses pensées, Erin surgit finalement du dressing et il ne put s'empêcher de la contempler. Sur ses talons, vêtue de sa robe élégante et d'un fin gilet sur les épaules, elle paraissait tout droit sortie d'un rêve. Du sien.
Il n'avait pas les mots pour lui dire combien elle était sublime. Ses yeux s'illuminèrent d'admiration alors qu'elle s'approcha, posant naturellement ses lèvres sur les siennes, lui ôtant toutes ses esprits. Le monde sembla s'arrêter.

— «Tu es magnifique», murmura-t-il entre deux baisers, le cœur battant.

Un sourire l'effleura tandis qu'il entrelaçait ses doigts aux siens. Leur alliance se frôlait, scintillant sous la lumière tamisée de la pièce. Seth baissa son attention sur ces anneaux qu'ils portaient depuis plus de six ans. Ce simple détail suffisait à raviver en lui une vague d'émotions, son cœur s'accélérant comme au premier jour. Le souvenir de son 'oui' résonnait encore, vibrant comme un écho d'une nouvelle vie, une existence qu'il n'aurait jamais imaginée sans elle. Avant de la rencontrer, il n'avait jamais envisagé la possibilité que la destinée puisse réellement les lier, qu'un fil invisible puisse tracer un chemin vers elle. Et pourtant, chaque jour à ses côtés semblait confirmer cette idée, comme si tout, finalement, avait été écrit.

— «Je ne te l'ai pas dit aujourd'hui», murmura Erin en réajustant sa robe devant le miroir.
— «Quoi donc?» fit Seth, curieux, en penchant la tête pour capter son regard.

Elle tourna son visage vers lui, lui lançant un éclat complice qui bouleversait toujours une partie de lui, aussi profondément qu'à leurs débuts.

— «Que tu me rends heureuse!»

Ces mots, bien que simples, frappèrent Seth avec une intensité inattendue. Chaque syllabe semblait suspendue dans l'air, s'inscrivant directement dans son myocarde. Il se redressa, son pouce glissant avec douceur sur le dos de sa main, comme pour prolonger cet instant précieux. Si elle savait à quel point il retombait amoureux d'elle, chaque jour. Il était tellement fier d'elle. Elle avait ce pouvoir de le faire trembler, et il ne doutait nullement qu'elle allait enflammer le Conservatoire ce soir.

— «Erin...» balbutia-t-il, incapable de trouver les mots.

Mais son regard et ses gestes en disaient long.
Sa femme. Son royaume. Sa Reine.

*Il n'avait plus besoin de rêver des initiales.
Elle était là.*

Merci infiniment d'avoir pris le temps de parcourir cette histoire ! Je tiens à exprimer toute ma gratitude à Lys Sanchez et Charlotte JB pour leur précieuse relecture.

« Et si c'était sous mes yeux »
est le premier One Shot de la collection 'Âme sœur'

SUIVEZ-MOI SUR LES RÉSEAUX POUR EN SAVOIR PLUS

@vasukiwoehrelauteure

À bientôt pour de nouvelles aventures !

Petites scènes bonus

Les étoiles silencieuses

Elle dansait sous la lueur fragile de la lune, ses cheveux s'emmêlant aux caresses du vent, comme des vagues au bord d'une mer calme.
Ses pas étaient légers, presque irréels, dessinant sur le sol des arabesques éphémères, des traces que lui seul voyait comme éternelles.
Il la regardait comme un marin contemple les étoiles, le cœur battant au rythme d'un instinct ancien, celui de l'aimer, de la retrouver, à travers chaque siècle, chaque vie.
Elle, libre comme un courant d'air ; lui, captif de son éclat, prisonnier volontaire d'une lumière qui lui rendait son souffle.

Et alors que le monde s'effaçait autour d'eux, il n'y avait plus que l'écho doux de leurs silences partagés, où même l'univers semblait retenir son soupir.

Le refuge d'Or

Ils avaient pris la route sans savoir où elle les mènerait, le vent dans ses cheveux flamboyants, les horizons inconnus devant eux. Chaque kilomètre parcouru cheminait une promesse, un pas de plus dans cette quête silencieuse de l'autre, où les mots se faisaient rares, mais leurs regards s'avouaient tout, toujours plus fort.

Elle lui montra une vallée lointaine, les yeux brillants de rêves, ses doigts effleurant la carte comme pour dessiner leur futur. Elle parlait peu, mais ses gestes et son souffle remplissaient l'espace, et il sut, sans un bruit, que, peu importe la destination, le voyage était leur maison.

La route, chaque virage, chaque pause devenait une mélodie à deux, un sentier tissé de calme et d'éclats de rire, un écho vibrant de ce qu'ils étaient ensemble. Au bout de chaque nuit, sous des cieux différents, ils se retrouvaient, comme si la terre entière n'était qu'un vaste cercle, ramenant toujours leurs âmes à la même source.

Elle était là, une évidence décuplant l'infini. Son sourire éclairait chaque détour, chaque ombre qui se levait sur leur chemin. Il n'avait besoin de rien d'autre que de suivre le fil invisible qui les reliait, même au bout du monde.

L'Éclat éternel

Elle était un éclat de lumière, un phare dans la brume des jours ordinaires. Ses mots glissaient sur lui comme des murmures d'océan, des vagues douces qui apaisaient les tempêtes de son âme.
Il aimait ses silences autant que ses rires, ces silences qui pourtant criaient sa présence, et ces éclats de joie qui transformaient leurs heures en éternité. Elle était là, à ses côtés, à dévorer le monde d'un regard curieux, et il se perdait dans la cadence de ses gestes, dans la manière dont elle caressait l'air, comme si chaque souffle contenait un trésor.

Dans la simplicité de marcher avec elle, le bruit de leurs pas résonnant à l'unisson, il trouvait une plénitude qu'aucune parole ne pouvait exprimer. Elle était le chapitre manquant de son histoire, et chaque moment passé ensemble devenait une page écrite à l'encre des étoiles, une promesse silencieuse qu'aucun temps, aucune fin ne viendrait effacer.

L'écorce du temps

Ils marchaient au bord d'un lac endormi, l'eau immobile reflétant leurs pas comme un miroir paisible. Chaque mot qu'ils échangeaient semblait graver des échos invisibles dans l'air tiède qui les entourait.

Elle s'arrêta, ses doigts glissant sur une branche basse, comme pour s'ancrer à la terre, à l'instant. C'était un geste humble et puissant à la fois, comme si elle se connectait au cœur même du monde, à cette pulsation silencieuse qui les avait portés jusque-là. Il l'observa, fasciné, sentant en lui un fil secret se tendre, se resserrer, les liants d'une manière qu'aucune distance ne pourrait briser.

Ce n'était pas un choix ni une simple coïncidence.
C'était un rappel ancien, celui de deux âmes qui s'étaient cherchées longtemps, et qui, enfin réunies, se reconnaissaient dans chaque regard, chaque souffle partagé.

Pour prolonger cet univers, découvrez
Quelques secondes d'éternité,
un recueil d'écrits sentimental.